LIV HANSEN

# NORDSEE Brise

## INSELZAUBER WIDER ERWARTEN

FSC
www.fsc.org
MIX
Papier aus verantwortungsvollen Quellen
Paper from responsible sources
FSC® C105338



Dieses Buch ist ein fiktives Werk. Namen, Figuren, Unternehmen, Organisationen, Orte, Begebenheiten und Ereignisse werden fiktiv verwendet. Ähnlichkeiten mit tatsächlichen Personen, realen Handlungen und Schauplätzen sind rein zufällig und nicht beabsichtigt.

Covergestaltung: © Wolkenart – Marie-Katharina Wölk,
www.wolkenart.com
Bildmaterial: ©Shutterstock.com
Lektorat: Herzblut-Lektorat – Stephanie Bösel
ISBN: 9783759242303

Liv Hansen
c/o autorenglück.de
Franz-Mehring-Str. 15
01237 Dresden
Email: Liv-Hansen@gmx.de
Weitere Informationen:
https://www.facebook.com/100094325571541

Herstellung und Druck über tolino media GmbH & Co. KG, München.
Printed in Germany

# Prolog

Als Kriminalkommissar Lukas Stahl früh morgens sein Büro betrat, wartete auf seinem Schreibtisch bereits eine Nachricht, dass er sich sofort bei seinem Vorgesetzten melden sollte. Der Knoten in seinem Magen verstärkte sich. Normalerweise rief Kriminalhauptkommissar Wagner kurz an, wenn er jemanden sehen wollte und zitierte ihn nicht zu sich. Das tat er nur, wenn jemand Mist gebaut hatte. Und Lukas konnte sich schon vorstellen, was das in seinem Fall war. Er hatte versucht, herauszufinden, wer für die schweren Verletzungen seiner Kollegin Janine bei einem Einsatz gegen eine illegale Druckerei verantwortlich war, die seitdem im Koma lag. Ein Einsatz, den er geleitet hatte, deshalb fühlte er sich gleich doppelt verantwortlich für das Wohlergehen seiner Kollegin.

Er musste unbedingt die Täter hinter Gitter bringen! Dafür war er auch bereit gewesen, gewisse Grenzen zu überschreiten, in dem er Kriminaldirektor Hogeboom kritische Fragen zu einem möglichen Informationsleck in der Dienststelle gestellt hatte. Obwohl er immer noch der Meinung war, nur die Interessen seines Teams vertreten zu haben, war Hogeboom anderer Ansicht gewesen. Der Direktor hatte ihm die Schuld als Einsatzleiter zugeschoben und hatte ihm mit Konsequenzen gedroht, wenn er weiter in dem Fall wühlte. Für ihn war das ein eindeutiges Zeichen, dass etwas nicht mit rechten Dingen zuging.

Lukas hatte absolut keine Lust auf eine Standpauke seines Vorgesetzten, aber er würde sie nicht verhindern können. Deshalb zog er seine Jacke aus und ging zu Wagners Büro. Er klopfte an die Tür und trat dann ein. »Sie wollten mich sehen?«

Wagner blickte kurz auf. »Ja, setzen Sie sich.« Er deutete mit dem Kugelschreiber auf den Stuhl vor seinem Schreibtisch.

Lukas nahm Platz und wartete darauf, dass die Standpauke begann.

Sein Vorgesetzter nahm die Brille ab und massierte mit Daumen und Zeigefinger seine Nasenwurzel. »Was ist mit Ihnen los, Stahl?«

»Wie meinen Sie das?«

»Jetzt stellen Sie sich nicht dumm! Dachten Sie, Kriminaldirektor Hogeboom erzählt es mir nicht, wenn Sie zu ihm gehen und unerhörte Verdächtigungen aussprechen?« Aufgebracht sah Wagner ihn an. »Sie hatten dazu keinerlei Befugnis.«

»Aber er hat …«

Wagner hob die Hand. »Ich will nichts hören. Sie sind raus.«

Verwirrt sah Lukas ihn an. »Was meinen Sie damit?«

»Dass Sie nicht länger an dem Fall arbeiten.«

Der Schock fuhr in seine Glieder. »Das können Sie nicht machen! Ich habe seit Monaten daran gearbeitet und ich muss herausfinden, wer Janine das angetan hat.«

Wagner schüttelte den Kopf. »Sie sind offenkundig zu nah dran. Ich kann das verstehen, wirklich, aber es ist besser, wenn Sie sich aus der Sache raushalten.« Er kam um seinen Schreibtisch herum und lehnte sich mit der Hüfte dagegen. »Tatsächlich werden Sie in eine andere Dienststelle versetzt.«

Wut stieg in ihm auf. »Ich werde aus dem Team geschmissen, nur weil ich Hogeboom befragt habe? Das beweist doch schon, dass an der Sache was faul ist! Wohin soll ich versetzt werden? Nach Oldenburg-Süd?«

»Sie gehen nach Spiekeroog, um dort einen erkrankten Kollegen zu vertreten.«

Entsetzt starrte Lukas ihn an. »Ich soll auf irgendeine winzige Insel gehen? Wozu braucht man da einen Kriminalkommissar? Dort passiert doch nie etwas!«

»Der erkrankte Kollege ist ebenfalls Kriminalbeamter, von daher passt das schon.«

»Das kann ich nicht machen. Mein Leben ist hier und auch meine Fälle.«

Die Falten in Wagners Gesicht wirkten tiefer als sonst. »Entweder Sie nehmen den Job an oder Sie sind ganz raus. Sie können es sich aussuchen.«

»Sie würden mich rauswerfen? Wegen einer Befragung?«

Ein Hauch von Mitleid stand im Gesicht seines Chefs. »Sie wissen, dass ich Sie immer geschützt habe, auch wenn Sie manchmal unkonventionell vorgehen. Aber das hier war eine Nummer zu groß. Ich kann Sie nicht mehr schützen. Der Befehl kommt von ganz oben.«

Offenbar versuchte Hogeboom ganz dringend, ihn loszuwerden und das zeigte, dass er mit seiner Befragung richtig gelegen hatte. »Ich kann hier nicht weg.«

»Stahl, sehen Sie es als einen kleinen Urlaub, es ist ja keine Versetzung für immer. Finden Sie ein wenig Ruhe und auch wieder zu sich selbst. Sie sind einer meiner besten Leute, ich verliere Sie nur ungern. Wenn sich die Wogen geglättet haben, nehme ich Sie wieder ins Team. Bis dahin müssen Sie aber unbedingt die Füße stillhalten. Werfen Sie nicht alles weg, was Sie sich erarbeitet haben. Spiekeroog ist wirklich eine schöne kleine Insel, genießen Sie die Zeit dort. Lassen Sie sich von der Nordseebrise den Kopf durchpusten.«

Lukas schluckte schwer. Der Job war sein Leben. Ohne ihn … »Wie lange wird der Kollege wegen der Erkrankung fort sein?«

»Das lässt sich noch nicht sagen. Vielleicht zwei Monate, vielleicht auch länger. Sollte sich abzeichnen, dass er gar nicht zurückkommen kann, wird es eine neue Ausschreibung geben und Sie sind raus.«

*Zwei Monate.* Es kam ihm vor wie eine Ewigkeit. Doch er hatte keine Wahl, als Beamter musste er dorthin gehen, wohin ihn sein Arbeitgeber versetzte. Sonst müsste er die Polizei verlassen und würde auch seinen Beamtenstatus verlieren. Schwerfällig erhob er sich. »Also gut. Wann muss ich mich dort melden?«

»Sie fangen nächste Woche an. Treffen Sie am besten schnell sämtliche Vorkehrungen.« Wagner reichte ihm eine Mappe. »Hier sind alle Informationen über die Insel und wie Ihre Befugnisse dort geregelt sind.« Sein Chef lächelte. »Viel Spaß und vor allem gute Erholung.«

Lukas nickte knapp. »Sie melden sich, sowie ich zurückkommen kann?«

»Natürlich. Wie gesagt, ich verliere Sie nur ungern.«

Nach einer kurzen Verabschiedung verließ Lukas Wagners Büro. Auf dem Gang schlug er mit der Faust gegen die Wand, um seinen Frust loszuwerden. Das half nicht wirklich, außer, dass ihm die Hand wehtat. Zurück in seinem Büro packte er alles zusammen, was er brauchen würde und verließ das Revier. Seine Kollegen hatten versprochen, ihn auf dem Laufenden zu halten, was den Fall und Janines Entwicklung anging. Hoffentlich hatte irgendjemand aus dem Team den Mumm, vernünftig weiter zu ermitteln. Er diente sicher als warnendes Beispiel, was passierte, wenn man versuchte, Antworten zu bekommen.

Eine Zeit lang fuhr er kreuz und quer durch die Stadt, einfach nur, um für die Zeit seines Exils einige Erinnerungen zu haben. Außerdem kaufte er noch einmal einiges ein, denn sicher gab es auf der Insel keine vernünftigen Läden – vor allem mit bezahlbaren Preisen. Auf dem Parkplatz hatte er schon mal in die Mappe geschaut. Offenbar wurde ihm auf der Insel eine Dienstwohnung zur Verfügung gestellt, die sich im gleichen Gebäude befand wie die Polizeistation. Immerhin musste er sich so keine Unterkunft suchen, doch es wäre sicher kein Vergleich zu seiner großzügigen und nett eingerichteten Wohnung hier. Aber es half nichts, er hatte keine Wahl. Er hatte so viel dafür getan, in das Team zu kommen, das konnte er nicht einfach aufgeben.

Vom Revier aus fuhr er direkt zum Krankenhaus. Die Pflegekraft am Empfang kannte ihn bereits von seinen früheren Besuchen und winkte ihn durch. Lukas ging den langen Flur entlang und blieb vor der Tür des Zimmers stehen, in dem Janine seit einer Woche vor sich hinvegetierte. Lukas holte tief Atem, bevor er die Tür öffnete und in den Raum trat. Seine Kehle zog sich zusammen, als er auf seine Kollegin hinunterblickte. Sie lag bewegungslos in einem Krankenhausbett und war an ein Beatmungsgerät sowie diverse Monitore angeschlossen. Der Moment, als sie von dem Auto angefahren wurde, würde für immer in seinem Gedächtnis bleiben. Vor allem dieses furchtbare Geräusch, als ihr Körper auf das Metall und dann den Asphalt traf. Wie eine Puppe war sie durch die Luft geflogen, ihr Mund zu einem lautlosen Schrei aufgerissen. Er hatte nur hilflos dabeistehen und zusehen können. Das Auto war danach einfach mit quietschenden Reifen weitergefahren. Lukas und seine Kollegen hatten versucht, es zu stoppen, doch nur ein Sprung zur Seite hatte verhindert, dass sie ebenfalls angefahren wurden. Als sie sich danach aufgerappelt hatten, war der Wagen bereits außer Sicht gewesen.

Janine war noch immer nicht aufgewacht. Sie hatte mehrere Knochenbrüche, das Schlimmste aber war die Kopfverletzung, die sie sich beim Aufprall auf die Windschutzscheibe zugezogen hatte. Die Ärzte hatten sie schon darauf vorbereitet, dass sie eventuell nicht wieder aufwachen würde. Oder wenn doch, neurologische Probleme haben könnte. Sie würde vermutlich nie wieder die Gleiche sein wie vorher. Und das machte Lukas unglaublich wütend. Janine war immer freundlich und lachte viel. Er arbeitete gern mit ihr zusammen, weil sie einen guten Gegenpol zu seiner eher ernsthaften, wortkargen Art bildete.

Doch am furchtbarsten war es für ihren Mann Jonas und ihre kleine Tochter Natalie, die gerade erst fünf Jahre alt geworden war. Alt genug, um mitzubekommen, dass etwas nicht stimmte, aber zu jung, um irgendwas tun zu können. Bisher hatte Jonas seine Tochter noch nicht mit ins Krankenhaus gebracht, weil es zu schrecklich für sie wäre, ihre Mutter so zu sehen. Das konnte Lukas sehr gut verstehen. Selbst für Erwachsene war der Anblick schwer zu ertragen.

Er schob die Hände in die Jackentaschen und presste die Lippen zusammen. Vermutlich sollte er etwas zu Janine sagen, doch er konnte es nicht. Stattdessen berührte er zum Abschied nur kurz ihre Hand – die überraschend normal im Gegensatz zu ihrem restlichen Körper wirkte – und verließ das Krankenzimmer. Auf dem Flur atmete er tief durch, aber der Kloß in seinem Hals blieb. Rasch machte er sich auf den Weg zum Parkplatz, um dieses bedrückende Ambiente nicht länger ertragen zu müssen. Draußen blieb er einen

Moment stehen und blickte zum blauen Himmel hinauf. Frische grüne Blätter bedeckten die Bäume, Vögel zwitscherten und ein überraschend warmer Wind umwehte ihn. Es wirkte alles so verdammt normal, als wäre nichts geschehen. Doch das war es.

Er wusste nicht, wie er einfach gehen sollte, wenn noch nicht geklärt war, wer die Verantwortung für den schiefgegangenen Einsatz trug. Von Spiekeroog aus würde er keine Antworten bekommen. Und vermutlich wurde er genau deshalb weggeschickt. Janine verdiente Gerechtigkeit.

# 1

Der vom Wind hochgewirbelte Sand stach in Finjas Augen, als sie am breiten Strand in Spiekeroogs Norden kniete und Muscheln einsammelte. Sie war daran gewöhnt, schließlich lebte sie seit ihrer Geburt auf der kleinen ostfriesischen Insel. Es war nicht gerade warm, aber sie nutzte die Gelegenheit, an ihrem freien Tag die Vorräte der Materialien für ihre Kunstwerke aufzufüllen. Der Sturm vor zwei Tagen hatte das Wasser weit aufs Land getrieben und damit auch jede Menge Strandgut, das sie vorrangig für ihre Skulpturen und Schmuck verwendete. Die Touristen liebten solche Mitbringsel, deshalb füllte Finja in der ruhigeren Winterzeit ihr Lager.

Am Rand des Wassers lagen häufig ganze Streifen von Muschelschalen, die mit jeder Flut hinaufgespült wurden. Diesmal aber fand sie wunderbar große und vor allem heile Schalen dicht an den Dünen. Dafür nahm sie den stechenden Sand gern in Kauf. Vorsichtig befreite sie die Muschelhälften vom Sand und legte sie in den Eimer zu den anderen. Am Wasser hatte sie vorhin schon ein Holzstück in vager Herzform gefunden und bereits erste Ideen, wie sie damit ein weiteres Kunstwerk schaffen konnte. Wie jedes Mal überkam sie die Aufregung, wenn sie einen neuen Fund machte und ihre Kreativität übersprudelte.

Sie hatte ein tolles Leben hier, anders konnte sie es nicht sagen. Ihr eigener kleiner Laden, die *Geschenkinsel*, ermöglichte es ihr, auf der Insel zu bleiben und sich dem zu widmen, was sie faszinierte: ihre Kunst. Die Geschäfte im Sommer liefen so gut, dass sie damit die ruhigere Zeit im Winter gut überbrücken konnte. Außerdem hatte sie vor zwei Jahren einen Online-Shop eröffnet, der sehr gut genutzt wurde und anders als der Laden nicht jahreszeitabhängig lief. Das bedeutete aber auch, dass sie immer mehr produzieren musste. Glücklicherweise machte ihr die Arbeit unglaublich viel Spaß, und es störte sie nicht im Geringsten, dass sie dadurch sehr wenig Freizeit hatte. Besonders im Sommer saß sie von morgens bis abends im Laden, um dann nach Feierabend neue Waren zu produzieren.

Die Herstellung der typischen günstigen Souvenirartikel hatte sie vor einiger Zeit an eine Behindertenwerkstatt ausgelagert, deren Mitarbeiter wunderbare Dinge fertigten und dabei viel Spaß hatten. So konnte sie sich den Objekten widmen, an denen ihr Herz hing. Der Erfolg gab ihr recht und sie hoffte, dass es lange so weiterlief.

Finja ließ ihre Finger durch den weichen Sand gleiten und siebte weitere Muscheln heraus. Außerdem fand sie einen großen Schulp, den Rückenknochen eines Tintenfischs. Sie drehte die längliche, helle Kalkstruktur in den Händen. Die Natur war für sie immer wieder faszinierend, und sie versuchte, sie in ihren Kunstwerken neu zur Geltung kommen zu lassen. Vorsichtig legte sie den Schulp in eine Tasche und wandte sich erneut ihrer Suche zu. Zwar war der Wind noch kühl, aber die Sonne hatte inzwischen schon ein wenig mehr Kraft und wärmte ihren Rücken. Auf dem Kopf trug sie eine Mütze, die zugleich dem Schutz vor dem Wind und dem allgegenwärtigen Sand diente.

Sie rutschte ein Stück weiter und betrachtete ein Stück Holz, das aussah, als hätte es bereits einige Zeit im Wasser gelegen. Das waren die interessantesten Objekte, denen man ihre Vergangenheit ansah. Vielleicht könnte sie …

»Was tun Sie da?« Eine tiefe Stimme erklang hinter ihr.

Erschrocken drehte sich Finja um, sie hatte nicht mitbekommen, dass jemand in der Nähe war. Sie blinzelte zu der großen Gestalt hinauf, konnte allerdings wegen der Sonne im Rücken des Mannes nicht viel erkennen. »Ich sammle Muscheln und Treibgut.«

Der Mann deutete auf ihren Eimer und die Tasche. »Was haben Sie mit diesen Mengen vor?«

»Warum interessiert Sie das?« Gut, vielleicht klang sie unhöflich, aber sie hatte keine Lust, sich für irgendwas zu rechtfertigen.

»Mein Name ist Stahl, ich vertrete den Inselpolizisten während seiner Abwesenheit. Beantworten Sie bitte meine Frage.«

Finja schnitt innerlich eine Grimasse. Sie hatte schon von ihrer

Freundin Rieke gehört, dass der neue Kommissar nicht gerade von der kuscheligen Sorte war. Selbst hatte sie ihn bisher nicht kennengelernt, obwohl er bereits einige Monate auf der Insel war – zum Glück. »Ich mache daraus Kunstwerke für meinen Laden.«

»Wissen Sie nicht, dass es verboten ist, gewerbsmäßig etwas vom Strand mitzunehmen? Sei es Sand, Muscheln oder was auch immer. Ich nehme an, Sie verkaufen den Kram.«

Sie verengte die Augen. »Den *Kram* nennt man Kunst. Und es ist nicht verboten, wenn man dafür eine Ausnahmegenehmigung hat. Die habe ich, weil meine Kunstwerke die Insel repräsentieren.«

»Kann ich die Genehmigung bitte sehen?«

Finja erhob sich rasch und stellte sich so hin, dass ihr die Sonne nicht weiter ins Gesicht schien. Jetzt konnte sie Stahl ins Gesicht sehen. Sein kantiges Kinn war glattrasiert, sturmgraue Augen blickten sie abwartend an. Seine Haare waren so kurz geschoren, dass sich selbst bei dem starken Wind kaum etwas bewegte. »Ich habe die Genehmigung nicht dabei, sie liegt zu Hause.«

»Sie sollten sie immer mitführen.«

Langsam nervte sie dieser Typ. »Dann wäre der Wisch inzwischen schon völlig zerfetzt. Außerdem kennt mich hier jeder auf der Insel, da ist das unnötig.«

»Ich kenne Sie nicht.« Er zog einen Block und Stift aus seiner Jackentasche. »Wer sind Sie?«

»Finja Harms, ich bin Inhaberin der *Geschenkinsel.* Vielleicht haben Sie das Geschäft schon bei Ihren Rundgängen gesehen.«

Indifferent hob er die Schultern.

Das ärgerte sie noch mehr. »Kommen Sie gern vorbei und sehen Sie sich an, was ich mit den Muscheln und dem Treibgut mache. Bei der Gelegenheit kann ich Ihnen dann auch die Genehmigung zeigen.«

Sofort schüttelte Stahl den Kopf. »Ich konfisziere die Sachen und Sie können sie sich in der Polizeistation abholen, wenn Sie mir die Ausnahmegenehmigung vorbeibringen.«

Entgeistert sah Finja ihn an. »Das ist nicht Ihr Ernst!«

»Doch, mein voller Ernst. Offenbar hat mein Vorgänger hier vieles sehr locker gehandhabt. Das können Sie bei mir nicht erwarten.«

Heiße Wut stieg in ihr auf. »Jens kennt jeden hier und weiß genau, wer was darf. Vielleicht sollten Sie sich erst mal informieren, bevor Sie einfach etwas entscheiden!«

»Ich werde in etwa einer Stunde wieder in der Polizeistation sein. Kommen Sie heute noch vorbei, sonst entsorge ich den Kram.«

In hilfloser Wut ballte Finja ihre Hände zu Fäusten, während sie dabei zusah, wie der Polizist ihre Tasche und den Eimer nahm und sich damit von ihr entfernte. Was für ein Arsch! Offenbar hatte der Neue noch nicht begriffen, dass auf einer Insel jeder von der Dorfgemeinschaft abhängig war. Wenn er sich so benahm, musste er damit rechnen, dass sich hinter seinem Rücken das Maul über ihn zerrissen wurde. Und jeder erst recht das tat, was er unterbinden wollte. Schon allein, um ihn nicht gewinnen zu lassen. Hoffentlich kam Jens endlich zurück, sonst würde es hier bald sehr unangenehm werden.

Als er außer Sicht war, sammelte Finja aus Trotz noch einige Muscheln und einen glatten Stein und steckte alles in ihre Jackentaschen. Das Holzstück nahm sie in die Hand. Dann machte sie sich langsam auf den Weg zu ihrem Geschäft. Das Zusammentreffen mit Kommissar Stahl hatte den sonst so schönen Tag deutlich eingetrübt. Was hatte er davon, sie so anzugehen? Als hätte er nichts anderes zu tun. Wobei, vermutlich war es tatsächlich so, schließlich befanden sich noch keine Touristenmassen auf der Insel, die würden erst in ein paar Wochen eintreffen. Die meisten Insulaner benahmen sich grundsätzlich ordentlich und es gab kaum irgendwelche Delikte. Vermutlich war er irgendein Hotshot-Ermittler aus einer Großstadt und langweilte sich hier zu Tode. Das gab ihr die Hoffnung, dass er bald verschwinden würde.

Ihre Stimmung hellte sich ein wenig auf. Sie stapfte am Dünenrand den tiefen Sand hinauf und pausierte oben noch einmal, um über den Strand zurückzublicken. Weit hinten rollte das Meer in lang gezogenen Wellen auf den feuchten Sand. Von hier aus sah es so trügerisch friedlich aus, trotzdem lief ein kalter Schauder über ihren Rücken, wie jedes Mal, wenn sie in der Nähe des Meeres war. Das war schon seit ihrer frühesten Kindheit so und sie konnte dieses Gefühl nie ablegen. Anders als die anderen Kinder hatte sie es nie über sich gebracht, ins Meer zu gehen. Oder schwimmen zu lernen. Was richtig blöd war, wenn man auf einer kleinen Insel lebte, aber sie konnte es nicht ändern.

Finja ging den Dünenweg hinunter und freute sich über die inzwischen grünen Blätter an Bäumen und Sträuchern. Nicht mehr lange und die grüne Insel würde ihrem Namen wieder alle Ehre machen. Sie durchquerte ein Wäldchen, in dem der Wind deutlich schwächer blies. An einigen Stellen fanden sich noch Tümpel, wo das Salzwasser durch den Sturm hingetrieben worden war. Finja sprang über ein paar Pfützen und schlug dann den Weg zum Dorf ein. Es war nicht sonderlich groß, aber es gab alles, was man zum täglichen Leben brauchte. Und den Rest konnte man entweder bestellen oder auf dem Festland besorgen. Wobei sie auch nur ungern mit der Fähre übersetzte, weil das bedeutete, das Meer unter sich zu haben.

In recht kurzer Zeit erreichte sie ihren Laden und genoss den Anblick des lachsfarben blühenden Rosenbusches, der an der Hausecke emporwuchs und intensiv duftete. Sie schloss die Tür auf, das hölzerne Glockenspiel über der Tür bimmelte fröhlich. Wie immer brachte sie das zum Lächeln. Genauso wie die Parade von gehäkelten Tieren, die ihr aus den Regalen entgegenblickte. Finja schloss die Tür ab, damit sich nicht doch ein Tourist oder Einheimischer in das Geschäft verirrte, winkte den Tieren zu und ging um den Tresen herum in den hinteren Bereich, wo sie ihre Werkstatt untergebracht hatte. Hier fertigte sie ihre aufwendigeren Stücke und bewahrte ihre gesammelten Schätze auf.

Vorsichtig leerte sie ihre Taschen auf den Werktisch, bevor sie die Jacke auszog und über eine Stuhllehne hängte. Hätte der Polizist sie nicht erwischt, wäre sie mit ihrer vollen Ladung angekommen und hätte damit anfangen können, alles zu waschen und wegzusortieren. Dafür hatte sie einen großen Schubladenschrank so umgebaut, dass die verschiedenen Muschelarten und -farben getrennt waren. Das erleichterte es ihr, die passenden Materialien für ihre Kunstwerke zu finden. Größere Treibholzstücke verstaute sie in einer Kiste, die in einer Ecke stand.

Auf einem zweiten Werktisch standen ihre Acrylfarben und Tools, die sie für das Mandala Dotting benötigte. Sie wechselte die Tätigkeit immer, je nachdem, wozu sie gerade Lust hatte. Manchmal war ihr nach dem fast meditativen Dotting, andere Tage mehr danach, ein Stück Holz zum Leben zu erwecken. Das Häkeln erledigte sie meist während sie im Laden saß und auf Kundschaft wartete oder abends beim Fernsehen. Mittlerweile hatte sie auch noch angefangen, Schmuckstücke herzustellen, ebenfalls mit Muscheln, teilweise nutzte sie aber auch Pflanzen, die sie mit Kunstharz verewigte. Das machte sie logischerweise aber eher ab Frühjahr, wenn die Natur wieder spross.

Mit einem tiefen Seufzer wandte sich Finja dem Schrank zu, in dem sie ihre Geschäftsunterlagen aufbewahrte und begann, die Genehmigung zu suchen. Sie hatte sie seit Jahren nicht mehr gebraucht, deshalb dauerte es einige Zeit, bis Finja sie gefunden hatte. Eine Weile starrte sie darauf, dann gab sie sich einen Ruck und zog sie heraus. Bevor sie sich zur Polizeistation aufmachte, goss sie sich noch einen Kaffee ein und aß ein Stück von dem Kuchen, den sie sich vom Bäcker mitgebracht hatte. Manchmal brauchte sie das, wenn sie frustriert war. So wie heute nach ihrer Begegnung mit dem Kommissar. Vermutlich hätte sie auch bei ihrer Mutter vorbeigehen können, Wiebke hatte häufig leckeres Gebäck da, aber das hätte zu lange gedauert.

Ihre Mutter freute sich immer sehr, wenn sie vorbeikam, da wollte sie nicht nach zehn Minuten schon wieder loshetzen müssen. Vielleicht konnte sie das morgen in ihrer Mittagspause einschieben. Während der Hauptsaison hatte sie durchgehend geöffnet, doch in den Wintermonaten lohnte sich das nicht und sie hatte nur morgens drei Stunden und nachmittags noch einmal drei geöffnet. Das reichte völlig. Zusammen mit ihrem freien Tag – der natürlich nicht am Wochenende war – gab ihr das die Möglichkeit, auch mal etwas anderes zu machen. Einkaufen, Freunde oder Familie besuchen, sich in der Natur inspirieren lassen.

Und ja, sie verzögerte gerade das nächste Treffen mit Kommissar Griesgram, obwohl es besser wäre, das schnell hinter sich zu bringen. Schließlich gab ihr Wunsch, endlich ihre Muscheln und anderen Fundstücke zu bekommen, den Ausschlag. Finja setzte die Mütze ab und besuchte noch kurz das Bad, um ihre Haare zu kämmen und vor allem die Hände zu waschen, bevor sie erneut ihre Jacke anzog und die Genehmigung einsteckte. Von ihrem Laden bis zur Polizeistation waren es zu Fuß nur fünf Minuten, da lohnte es sich kaum, das Fahrrad herauszuholen. Erst recht, weil das Fahren innerhalb des Ortskerns eigentlich verboten war. In der Nebensaison hielten sich eher wenige daran, doch sie wusste genau, wenn Kommissar Stahl sie sehen würde, wäre sie gleich wieder dran.

# 2

Lukas war gerade dabei, ein Formular auszufüllen, als es an der Tür klingelte. Ein Blick auf die Uhr zeigte ihm, dass sich die junge Frau genau an seine Vorgabe gehalten hatte. Offenbar wollte sie ganz dringend ihre illegal gesammelten Muscheln zurück. Rasch stand er auf und ging zur Tür. Vermutlich hatte sie tatsächlich eine Genehmigung, so was dachte sich kaum jemand aus. Er hätte ihr einfach glauben oder sie sich bei Gelegenheit zeigen lassen können. Okay, er gab es zu: Er langweilte sich zu Tode und das war die einzige Ablenkung, die er heute bekommen würde.

An der Tür angekommen schob er den Riegel zurück und öffnete sie. Überrascht starrte er Finja an. Ohne die Mütze und die bis zum Kinn hochgezogene Jacke sah sie völlig anders aus. Lange hellblonde Haare umflossen ihr Gesicht, vom Wind gerötete Wangen und Lippen, grüne Augen blickten ihn missbilligend an. Es dauerte einen Moment, bis ihm auffiel, dass er einfach nur dastand und sie anstarrte, anstatt etwas zu sagen oder sie hereinzubitten. »Haben Sie die Genehmigung?« Das war nicht sonderlich höflich. Irgendwie mussten ihm mit seinem normalen Leben auch seine Manieren abhandengekommen sein.

»Ja.« Sie hielt ihm einen Zettel hin.

»Kommen Sie rein.« Er trat zur Seite und ließ sie eintreten. »Folgen Sie mir.« Lukas führte sie ins Büro und deutete auf einen der Besucherstühle.

»Wo sind meine Muscheln und das Treibgut?«

»Die gebe ich Ihnen gleich, wenn ich die Genehmigung überprüft habe.«

Ihre grünen Augen blitzten aufgebracht. »Glauben Sie etwa, dass ich sie gefälscht habe?«

Lukas hob die Schultern. »Ich habe schon ganz anderes erlebt.«

»Ja, das wette ich.« Sie murmelte es vor sich hin.

»Was meinen Sie damit?«

»Nichts. Könnten wir uns ein bisschen beeilen? Es kann ja sein, dass Sie ganz viel Zeit haben, aber ich habe auch noch andere Dinge zu tun.«

»Wie zum Beispiel?«

Die Frau setzte sich auf den Besucherstuhl und verschränkte die Arme vor der Brust. »Was glauben Sie, wo die Kunstwerke herkommen, die ich verkaufe? Aus China?«

»Offensichtlich nicht, sonst würden Sie nicht am Strand Muscheln sammeln.«

»Eben.« Ihre Augen weiteten sich. »Sie haben die Sachen aber nicht weggeworfen, oder?«

Lukas überlegte einen Moment, ob er sie an der Nase herumführen sollte, nur um noch ein wenig länger das wütende Blitzen in ihren Augen zu sehen, doch schließlich schüttelte er den Kopf. »Nein.« Er setzte sich an seinen Schreibtisch, während die Frau tief durchatmete.

»Gott sei Dank. Da sind gute Sachen bei.«

Er legte die Genehmigung vor sich und suchte dann am Computer die Nummer heraus. Glücklicherweise hatte sein Vorgänger den PC wirklich genutzt und nicht nur als Dekorationsobjekt verstanden. Schließlich hatte er es gefunden und überprüfte die Daten. Bei der Gelegenheit prüfte er auch gleich noch, ob gegen sie irgendetwas vorlag. Aber abgesehen von einer Nichtigkeit während ihrer Schulzeit war ihre Akte sauber. Vermutlich war es schwer, auf einer kleinen Insel zum Verbrecher zu werden, wo einen jeder kannte.

Lukas drehte sich wieder zu ihr um und gab ihr die Genehmigung zurück. »Scheint in Ordnung zu sein.«

»Habe ich doch gesagt. Kann ich dann jetzt wieder unbehelligt am Strand Treibgut und Muscheln sammeln?«

»Natürlich.«

»Wunderbar.« Finja erhob sich und steckte die Genehmigung in die Jackentasche. Sie zögerte. »Wissen Sie, wie es Jens geht?«

»Wem?«

»Ihrem Vorgänger.«

Es nervte ihn, dass er ständig auf den Inselpolizisten angesprochen wurde. »Nein, tut mir leid.«

»Kommt er bald zurück?«

»Das kann ich nicht sagen.«

Mit schräg gelegtem Kopf sah sie ihn an. »Aber Sie müssen doch wissen, wie lange der Job hier geht.«

»Darüber wurde ich nicht aufgeklärt. Mir wurde nur gesagt, dass ich hier die Vertretung machen soll, solange die Behandlung des Stelleninhabers auf dem Festland dauert.« Er hatte gehofft, dass es nur ein paar Wochen sein würden, aber jetzt waren schon sieben Monate vergangen und es war immer noch kein Ende absehbar.

»Okay.« Finja blickte sich um. »Wo sind meine Muscheln?«

»Ich habe sie sicher gelagert.« Lukas ging an ihr vorbei und öffnete eine weitere Tür.

Finja folgte ihm und blickte in den Raum. Ein Mundwinkel hob sich. »Was haben Ihnen die armen Muscheln getan, dass Sie sie in den Knast stecken?«

Lukas konnte nicht anders, er grinste sie an. »Ich wollte nur sicherstellen, dass sie nicht flüchten.« Er hob die Augenbrauen. »Oder befreit werden.« Er hob den Eimer und die Tasche auf und drehte sich zu Finja um. Dabei fing er einen seltsamen Blick von ihr auf. »Was?«

Sie zuckte mit den Schultern. »Ich hätte nicht gedacht, dass Sie überhaupt scherzen können.«

»Kennen wir uns schon so gut, dass Sie das beurteilen können?«

»Auch wieder wahr.« Sie nahm die Sachen entgegen und ging den Flur entlang zur Haustür. Dort blieb sie stehen und wartete, bis er sie geöffnet hatte. »Danke. Vielleicht sollte ich Ihnen nächstes Mal Bescheid sagen, wenn ich wieder auf Sammeltour bin, dann können Sie mir nochmal den Kram bis in den Ort schleppen.« Sie lächelte ihn an.

»Der Eimer war nun nicht sonderlich schwer, das schaffen Sie schon.« Er lehnte sich mit der Schulter an den Türrahmen. »Wie oft machen Sie denn solche Touren?«

»Ganz unterschiedlich. Ich habe schon ein recht großes Lager an Muscheln, aber Treibgut ist hier auf der Insel rar. Deshalb bin ich meist unterwegs, nachdem es einen ordentlichen Sturm gab.« Sie trat aus dem Haus und blickte in den Garten. »Hat Jens Hubert hiergelassen? Ich habe ihn schon lange nicht mehr gesehen.«

»Wen?«

»Seinen Hund.« Sie deutete auf das Namensschild im eingezäunten Vorgarten.

»Ach so. Nein, den hat er wohl mitgenommen.«

»Vielleicht sollten Sie sich einen zulegen, es wirkt viel nahbarer, wenn der Inselpolizist mit einem Hund unterwegs ist.«

»Ich denke nicht, dass sich das für ein paar Monate lohnt. Außerdem habe ich keine Ahnung von Hunden.« Und er wollte auch gar nicht so nahbar wirken, dass er ständig angesprochen wurde.

Finja blickte ihn prüfend an. »Zu schade.«

»Haben Sie einen?«

»Nein, ich sitze den ganzen Tag im Laden, besonders im Sommer, das wäre nicht fair für einen Hund.«

»Ganz davon zu schweigen, dass Hunde auf der Insel überall angeleint sein müssen und nicht frei laufen dürfen.«

»Außer am Hundestrand.«

»Ja. Aber der ist ja nun nicht sonderlich groß und ich frage mich immer noch, wie man es anstellt, dass die Hunde nicht über die Grenze zum normalen Strand laufen. Da ist ja nichts abgesperrt.«

Finja grinste. »Mit erzogenen Hunden kein Problem.«

»Ja, eben. Ich habe schon viele Hunde gesehen, die kein bisschen erzogen waren.«

»Auch wahr.« Finja nickte ihm zu. »Ich muss jetzt los. Man sieht sich.«

»Schönen Tag noch.« Lukas blickte ihr hinterher, als sie den hell gepflasterten Weg hinunterging und dann an den leuchtend blauen Pfählen mit den Tauen dazwischen nach rechts abbog. Ein innerer Drang trieb ihn dazu, ihr ein paar Schritte zu folgen, damit er sie auf dem Tranpad weiter beobachten konnte.

Als sie aus seiner Sicht verschwunden war, kehrte er langsam zur Haustür zurück. Seltsamerweise hatte er sich nicht ganz so einsam gefühlt, als Finja dagewesen war. Kopfschüttelnd trat er ins Haus und schloss die Tür hinter sich. War es inzwischen so weit gekommen, dass er jemandem extra das Leben schwer machte, damit er nicht den ganzen Tag allein hier rumsaß? Das wäre ganz übel. Doch es stimmte, er war es gewohnt, in einem Team zu arbeiten und viel mit Menschen zu tun zu haben. Natürlich könnte er letzteres hier ebenfalls haben, aber er wollte nicht nur Small Talk halten, sondern auch Fälle lösen. Deshalb war er schließlich zur Kriminalpolizei gegangen.

Hier passierte dagegen genau gar nichts. Seit er hier war, hatte er bisher einen Fall von geringem Vandalismus gehabt, eine Streitigkeit aufgelöst und ein verschwundenes Lastenfahrrad gesucht und gefunden. Gut, und einmal einen Einsatz in Gang gesetzt, als ein junger Mann im Watt vom auflaufenden Wasser überrascht worden war. Das war tatsächlich das einzige Mal gewesen, in dem es wirklich um etwas ging. Und er hatte nur am Ufer gestanden und zugesehen, wie die Feuerwehr mit Booten alles absuchte. Im Grunde war es nur Glück gewesen, dass sie den Vermissten gerade noch rechtzeitig gefunden hatten.

Tatsächlich wünschte er sich in der Hauptsaison ein wenig mehr Action, damit sich seine Tage nicht ganz so endlos hinzogen. Wobei er die Ruhe auf der Insel auch mochte, aber er war nicht im Urlaub hier, sondern um zu arbeiten. Er fühlte sich völlig nutzlos. Deshalb hoffte er immer noch darauf, dass der Stelleninhaber jetzt endlich gesund wurde und er in seinen alten Job zurückkehren konnte. Bisher sah es allerdings noch nicht so aus. Soweit er von Wagner gehört hatte, war nicht mal klar, ob sein Vorgänger überhaupt jemals zurückkehren konnte. In dem Fall würde die Stelle allerdings neu ausgeschrieben werden. Doch ihm war bewusst, dass sich das dann noch mal etliche Monate hinziehen konnte, bis der Bewerbungsprozess abgeschlossen war.

Lukas stand auch weiterhin in Kontakt zu einigen seiner früheren Kollegen, die ihn über die neuesten Vorgänge unterrichteten. Janine war nach ein paar Wochen aus dem Koma erwacht, doch sie hatte immer noch gesundheitliche Probleme. Es war unsicher, ob sie jemals wieder in den Dienst zurückkehren konnte. Er hatte ein paar Mal mit ihr telefoniert, es schmerzte, ihre unsicheren Worte zu hören. Seine Kehle zog sich zusammen. Wie konnte es sein, dass die Täter offenbar damit davonkamen, ein Leben so zerstört zu haben? Die Ermittlungen waren bisher im Sande verlaufen, die Täter waren spurlos verschwunden. Oder vielleicht hatte auch niemand wirklich nach ihnen gesucht. Es war ihm unerklärlich, dass seine Vorgesetzten lieber ihn abstraften, als dafür zu sorgen, dass diese Verbrecher hinter Gitter kamen. Aber egal, wie oft er darüber nachgrübelte, es half nicht. Ihm ging es dadurch nur noch schlechter, weil er rein gar nichts unternehmen konnte. Seine eigenen Recherchen führten ebenso ins Leere und er hatte irgendwann aufgegeben.

Wenn er sein Exil auf der Insel wenigstens als Urlaub sehen könnte, aber das gelang ihm nicht. Was auch daran lag, dass er immer nur auf die weißen Wände oder den grauen Linoleumboden des Büros starrte und sich fragte, was zum Teufel er hier eigentlich sollte. Natürlich, er könnte kündigen und damit leben, dass er nie wieder als Polizist arbeiten würde. Oder eine Versetzung beantragen, dann aber in ein anderes Team, möglicherweise sogar eine andere Stadt. Mittlerweile war er fast bereit, das in Betracht zu ziehen. Alles war besser, als hier weiter rumzuhängen und Däumchen zu drehen. Wobei er da nicht ganz sicher war. Immerhin hatte er hier keinen Vorgesetzten, der ihn gängelte. Der für ihn zuständige Polizeiinspektor saß weit entfernt auf dem Festland in Wittmund. Bis auf regelmäßige Berichte und Videokonferenzen einmal im Monat hatte er mehr oder weniger freie Hand. Das war der einzige Vorteil, den er erkennen konnte.

Von sich selbst und der Situation genervt, stand Lukas auf und steckte das Diensttelefon ein, bevor er durch die zweite Tür im Büro in seine angeschlossene Dienstwohnung ging. In der unteren Etage gab es ein kleines Badezimmer und ein Gästezimmer, im Obergeschoss befand sich ein größeres Bad, das Schlafzimmer, die Küche und das Wohnzimmer. Es war alles schon in die Jahre gekommen und nicht sonderlich groß, aber es war besser, als diese lange Zeit in einem Hotel oder einem Ferienapartment wohnen zu müssen. Allerdings gehörte das alles dem Stelleninhaber und es gefiel Lukas nicht sonderlich, in den Dingen anderer Menschen leben zu müssen.

Deshalb nutzte er auch nicht das größere Schlafzimmer, sondern das Gästezimmer. Es war so klein, dass er darin wirklich nur schlafen konnte, für alles andere ging er in den Wohnraum. Der hatte ziemliche Schrägen, weil er unter dem Dach lag, doch immerhin war die Couch gemütlich. Überall standen Pflanzen herum, die den Raum in eine grüne Oase verwandelten – wenn man so etwas mochte. Vor allem aber verbrachte er jeden Tag eine nicht unbeträchtliche Zeit damit, sie zu gießen. Er hatte eine höllische Angst, dass sie eingingen und sein Vorgänger samt Frau in eine tote Wüste zurückkehrte.

Kopfschüttelnd stieg Lukas die Treppe hinauf und ging in die Küche. Er öffnete die Tür des Kühlschranks und schnitt eine Grimasse. Vermutlich hätte er irgendwann mal einkaufen gehen sollen, denn es herrschte gähnende Leere darin. Mit einem Seufzer blickte er auf die Uhr in Form eines Steuerrads. Der Supermarkt hatte schon geschlossen, wie immer freitags ab Mittag. Wenn er nicht hungern wollte, musste er wohl nach Feierabend in eines der Restaurants gehen. Am einfachsten wäre es, sich eines direkt im Ort auszusuchen, doch die erwiesenermaßen besten Speisen bekam er im *Wilkens*, das am Westende der lang gestreckten Insel lag. Meist kochte er selbst, doch einmal im Monat gönnte er sich eines der leckeren Gerichte. Heute war es dann wohl mal wieder so weit.

Sein Magen knurrte in freudiger Erwartung. Lukas presste seine Hand darauf und nahm sich einen Becher Joghurt, der sich noch im Kühlschrank befand. Auch hier vermisste er die Stadt, dort hätte er sich jetzt von irgendeinem Restaurant etwas liefern lassen können. Aber gut, mit dem Fahrrad war das *Wilkens* in zehn Minuten locker zu erreichen und die Bewegung würde ihm guttun. Mit dem Joghurt kehrte Lukas wieder ins Büro zurück.

# 3

Finja liebte die fast zenartige Ruhe, die sie jedes Mal überkam, wenn sie die gesammelten Muscheln erst wusch, dann Stück für Stück auf Schäden untersuchte und in die entsprechenden Schubladen sortierte. Nur das leise Klickern der Muschelschalen aneinander war zu hören. Beruhigender als jede Musik, ihrer Meinung nach. Die geistlose Tätigkeit gab ihr die Möglichkeit, ihre Gedanken zu fokussieren. Oft bekam sie beim Anblick der Muscheln bereits Ideen für neue Designs, manchmal legte sie eine Muschel sofort zur Seite, wenn ihr dazu ein passendes Projekt einfiel. Normalerweise.

Heute jedoch schaffte sie es nicht, ihre wandernden Gedanken im Zaum zu halten. Immer wieder kehrten sie zu ihrer Begegnung mit dem Kommissar zurück. Und nicht nur zu ihrem Ärger über sein Verhalten, den hatte sie inzwischen schon abgehakt. Schlimmer war, dass sie immer noch über den winzigen Moment in der Polizeizelle grübelte, als Stahl tatsächlich so etwas wie Humor gezeigt hatte. Sie mochte es, wenn sie mit einem Mann lachen konnte. Sofort ruderte sie gedanklich zurück. Nein, auf gar keinen Fall würde sie so über den Kommissar nachdenken. Er war ganz offensichtlich ein Griesgram, der sich nur an die Vorschriften hielt. Mit solchen Leuten konnte sie überhaupt nichts anfangen.

Weshalb das Aufblitzen von Humor für sie gefährlich war. Denn optisch gefiel er ihr gar nicht mal so schlecht. Seine Augenfarbe erinnerte sie an das Meer bei Sturm. Gott, ging es noch poetischer? Sie waren einfach nur grau. Mit einem zarten Hauch von blau, der sie gleich interessanter machte. Vor allem schien sich die Farbe je nach Stimmung und Lichteinfall zu ändern. In der furchtbar beigefarben gefliesten Zelle hatten sie deutlich blauer und offener gewirkt. Und am Ende hatte sie fast das Gefühl gehabt, Einsamkeit in ihnen zu sehen. Aber das musste ihre Einbildung gewesen sein. Allerdings war er hierher versetzt worden und hatte keinerlei Freunde oder Familie in der Nähe. Das war vermutlich nicht einfach, besonders nach so vielen Monaten. Ihr würde es jedenfalls ohne ihre Eltern oder gute Freunde wie Rieke und Nando so gehen.

Sorgfältig legte Finja die Muschelschale in die Schublade. Es war nicht ihr Problem, wenn der Inselpolizist unzufrieden wirkte. Schließlich hatte er sich hierher versetzen lassen. Ihm hätte klar sein müssen, dass auf Spiekeroog nicht der Bär steppte. Weder was Verbrechen noch was das Nachtleben anging. Spiekeroog war eher für Ruhesuchende gedacht als für Partytiere. Wobei sie sich Stahl auch schwer als Discotänzer vorstellen konnte. Die bildliche Vorstellung ließ sie grinsen.

Der Kommissar war vielleicht fünf Jahre älter als sie, seine Discozeit lag sicher schon hinter ihm, wenn er überhaupt auf so was stand. Doch sie könnte sich vorstellen, dass er sich beruflich eigentlich woanders befinden sollte als auf diesem Posten. Würde ein Kommissar in dem Alter nicht die große Karriere anstreben? Spannende Fälle, einen Aufstieg in den Rängen. Stattdessen saß er auf der Insel und zählte Möwen. Das konnte nicht sein Ziel sein. Also warum war er hergekommen? Hatte er irgendeinen Zusammenbruch gehabt und versuchte, hier zur Ruhe zu kommen? Möglich war das sicher, auch wenn er nicht so auf sie gewirkt hatte. Eher … getrieben. Nein, er gehörte eindeutig nicht nach Spiekeroog. Sein Vorgänger Jens war da ein ganz anderer Typ, der es genoss, auf der Insel seinen Dienst zu verrichten.

Wenn Jens zurückkam, würde Stahl auf Nimmerwiedersehen verschwinden. Ein weiterer Grund, ihn endlich aus ihrem Kopf zu entfernen. Wobei sie einer Urlaubsromanze durchaus nicht abgeneigt war – allerdings wusste sie nicht, wann der Kommissar die Insel verließ und sie wollte ihm nicht begegnen müssen, wenn es vorbei war. Warum dachte sie überhaupt über so etwas nach? Es war ja nicht so, als hätte ihr Stahl auch nur mit einem Blick oder einer Geste zu verstehen gegeben, dass er an ihr interessiert wäre. Und sie fand ihn eher nervig als interessant.

Erleichtert, das in ihren Gedanken geklärt zu haben, widmete sich

Finja mit Elan wieder ihren Muscheln. Manche putzte sie mit einem weichen Tuch noch einmal ab, bevor sie sie wegsortierte. Die Schalen, die schon ein paar Macken hatten, warf sie in die Kiste mit dem Muschelbruch, den sie bei einigen Kunstwerken verwendete. Manche hatten einen wunderbaren Perlmuttglanz, den sie voll zur Geltung bringen würde. Als das Telefon klingelte, zuckte sie erschrocken zusammen. Die Muschelschale in ihrer Hand zerbrach. »Verdammt!«

Finja warf sie zu den Bruchstücken und nahm das Handy vom Arbeitstisch. Ein Blick auf das Display ließ sie lächeln, als sie das Gespräch annahm. »Hallo Mama.«

»Hallo Schatz, ich wollte nur mal hören, wie es dir geht.« Die fröhliche Stimme ihrer Mutter beruhigte sie immer.

Finja lachte auf. »Bei dir klingt das fast so, als hätten wir uns seit Wochen nicht gesehen oder gesprochen, dabei war ich gestern erst bei euch.« Ihre Eltern lebten schließlich auch auf Spiekeroog und es war ein Fußweg von einer Minute von der *Geschenkinsel* zu dem Haus, in dem sie aufgewachsen war. Sie würde jetzt noch dort leben, wenn sie sich nicht im Obergeschoss des Geschäftshauses eine Wohnung eingerichtet hätte. Sie war nicht sonderlich groß, aber perfekt.

Ihre Mutter seufzte theatralisch. »Es kam mir viel länger vor.« Früher hatte sie selbst jeden Tag im Laden gestanden, doch seit sie ihn an Finja übergeben hatten, war sie in Rente und vermutlich nicht ganz ausgelastet.

Wie immer verspürte Finja einen leichten Hauch von schlechtem Gewissen, obwohl sie wusste, dass sie sich nichts vorzuwerfen hatte. Sie war Einzelkind und ihre Eltern hingen sehr an ihr. Und sie an ihnen, wenn sie ehrlich war. Sie war unglaublich gern mit ihnen zusammen. »Es geht mir gut, Mama.«

»Das freut mich sehr. Ich machte mir nur Sorgen, weil …«

Als sie nicht weiterredete, hakte Finja nach. »Weil was?«

»Weil Rieke jetzt einen festen Freund und damit weniger Zeit für dich hat. Ich möchte nicht, dass du einsam bist.«

Ein warmes Gefühl breitete sich in Finja aus. »Das bin ich nicht und ich unternehme noch genug mit Rieke. Wir haben ja auch vorher nicht jeden Tag aufeinander gehockt. Ich habe meinen Laden und viel zu tun und sie genauso im Restaurant. Erst recht, wenn jetzt bald die Touristen in Scharen kommen.«

»Du weißt, ich kann dir im Verkauf helfen, wenn du mal was anderes vorhast.«

»Danke, ich werde sicher hin und wieder darauf zurückkommen, doch ich bin gern in der *Geschenkinsel* und rede mit meinen Kunden.« Der einzige Nachteil war, dass sie in der Hauptsaison weniger dazu kam, neue Kunstwerke zu fertigen.

»Was hältst du davon, wenn wir heute Abend alle zusammen im *Wilkens* essen gehen? Das ist vermutlich das letzte Mal, bevor die Restaurants von Touristen überschwemmt sind.«

Damit hatte sie wahrscheinlich recht. In Gedanken stellte Finja ihre Abendplanung um. »Gern. Treffen wir uns da?«

»Ja, wir werden ab 18 Uhr dort sein, komm einfach, wann es für dich passt.«

Ihre Mutter kannte sie eindeutig zu gut. Sie kam nur selten pünktlich, weil sie viel zu oft in ihre Kunst vertieft war und dabei jegliche Zeit vergaß. »Ich werde versuchen, dann da zu sein.«

Wiebke lachte leise. »Mach das. Wir freuen uns.«

»Bis nachher.« Finja legte auf.

Es wäre tatsächlich schön, mal wieder essen zu gehen. Nicht nur, weil ihre Dot Mandalas im *Wilkens* zur Kommission an den Wänden hingen und das Essen unglaublich lecker war, sondern auch, weil sie dort Rieke treffen konnte, die als Köchin im Familienrestaurant arbeitete. Und sie war ganz sicher, dass Nando im Service wieder unglaublich charmant sein würde. Er hatte ihre Mutter gleich beim ersten Besuch um den Finger gewickelt.

Das Holzglockenspiel über der Ladentür weckte sie aus ihren Gedanken. Rasch stand sie auf und ging in den Verkaufsraum. Ein junges Touristenpaar hatte den Laden betreten und sah sich mit großen Augen um.

»Hallo, sehen Sie sich in Ruhe um. Wenn Sie Hilfe brauchen, stehe ich gern zur Verfügung.« Das war etwas, das sie erst hatte lernen müssen. Auf die Leute zugehen, aber sie nicht zu irgendetwas zu drängen.

Die Frau lächelte ihr zu. »Danke. Sie haben hier wirklich wunderbare Sachen. Wir sind gestern schon vorbeigegangen, als geschlossen war und ich wollte heute unbedingt mal reinschauen.«

»Das freut mich.«

Finja setzte sich hinter den Tresen und nahm ihr Häkelzeug zur Hand. Das half dabei, dass die Kunden sich nicht beobachtet fühlten – obwohl sie auch immer ein Auge darauf behielt, dass nichts geklaut wurde – und das Eis zu brechen, weil viele Leute gern Fragen zu dem stellten, was sie tat. Außerdem förderte es den Verkauf, weil die Kunden sahen, dass sie die Kunstwerke wirklich selbst herstellte.

Wie erwartet trat die Frau schon bald an den Tresen und löcherte sie mit Fragen. Finja redete unglaublich gern über ihre Arbeit und so verließen die Kunden erst nach zwanzig Minuten mit ihren Einkäufen den Laden. Zufrieden machte sich Finja eine Notiz über den Verkauf und begann, ihre Waren neu zu ordnen, um die Lücken zu kaschieren. Es gab ihr eine ungeheure Befriedigung, die Freude in den Augen der Kunden zu sehen, wenn sie etwas erstanden hatten. Und ja, ihr Konto freute sich auch über jeden Verkauf. Besonders nach der langen Winterflaute konnte sie jede Einnahme gut gebrauchen.

Pünktlich schloss sie den Laden und machte sich auf den Weg zum Restaurant. Wie so oft genoss sie die frische Luft, es roch ein wenig nach Meer. Die Sonne stand schon etwas tiefer, im *Wilkens* würden sie den Untergang dann durch die Fenster hautnah miterleben. Es hatte etwas Magisches. Unwillkürlich ging Finja etwas langsamer, um den Spaziergang zu genießen. Sie hob ihr Gesicht der Sonne entgegen und sog die Strahlen in sich auf. Der Frühsommer war ihre Jahreszeit, wenn die Luft immer wärmer wurde, die Natur überall zum Leben erwachte und alle Farben präsentierte.

Die Vögel brüteten wieder im Schutzgebiet im Osten der Insel, das deshalb nicht mehr betreten werden durfte. Vor allem aber mochte sie es, wie der Wind sanft über ihr Gesicht strich und ihre Haare zum Flattern brachte. Tief atmete sie durch. In ihre Gedanken versunken, blieb sie stehen. Ein Blick auf die Uhr zeigte ihr, dass sie wieder einmal etwas zu spät kommen würde. Mit einem Fluch setzte sie sich erneut in Bewegung und bewältigte den Rest des Weges deutlich schneller. Etwas außer Atem kam sie schließlich beim *Wilkens* an.

Finja öffnete die Tür und betrat das rote Backsteingebäude. In den letzten Monaten hatten Rieke und ihr Bruder Joris den Gastraum deutlich modernisiert, wodurch ihre Kunstwerke an den Wänden noch besser zur Geltung kamen. Den Gästen gefielen die Veränderungen seit der Übernahme der Geschwister ganz offensichtlich, denn es war immer einiges los, selbst in der normalerweise ruhigen Winterzeit. Inzwischen waren schon deutlich mehr Gäste auf der Insel und das merkte man auch beim Betrieb.

Neben Silvie und Nando arbeitete auch Riekes Mutter Imke im Service. In der Winterzeit war sie wegen der Erkrankung und anschließenden langsamen Genesung ihres Mannes Hanno kürzergetreten, doch offenbar hatte sie vor, jetzt wieder voll mitzuarbeiten. Finja freute sich, dass das Restaurant so gut lief und Rieke jetzt endlich glücklich war. Die Jahre davor hatte sie sehr unter der autoritären Art ihres Vaters als Küchenchef gelitten. Zusammen mit Joris lief Rieke jetzt zu wahrer Höchstform in der Küche auf. Es half auch, dass sie Nando nach einigen Querelen endlich eine Chance gegeben und er sich als liebenswerter und vor allem vertrauenswürdiger Mann erwiesen hatte.

Nando war es auch, der Finja jetzt entdeckte und zu ihr eilte. Er begrüßte sie mit einer festen Umarmung. »Hola Finja! Schön dich zu sehen. Deine Eltern sind bereits an Tisch 15.« Er deutete zur Fensterfront, die auf die Terrasse und dahinter das Meer hinausblickte. Nando zwinkerte. »Ich habe euch natürlich den besten Platz gegeben.«

»Danke, das sehe ich.« Ihre Eltern hatten bereits gefüllte Gläser vor sich stehen. »Könnte ich einen Eistee haben?«

»Kommt sofort.«

Finja lächelte ihm zu. »Danke.« Sie durchquerte den Gastraum und blieb ruckartig stehen, als ihr Blick auf Kommissar Stahl fiel, der allein an einem der anderen Tische saß. Sein Blick ruhte auf ihr. Da sie es unhöflich fand, ihn zu ignorieren, nickte sie ihm zu, bevor sie weiter zum Tisch ihrer Eltern ging.

Sie lächelte ihre Eltern an, als sie sich zu ihnen setzte. »Tut mir leid, dass ich etwas zu spät bin.«

Ihr Vater wackelte mit den Augenbrauen. »Wie üblich.«

Finja lachte. »Stimmt. Es war so eine tolle Luft draußen.«

»Absolut, ich habe fast den ganzen Tag im Garten verbracht.« Ihre Mutter strahlte. »Das macht so viel Spaß! Die Erdbeeren sind schon ein ganzes Stück gewachsen. Allerdings dauert es noch, bis ich den ersten frischen Früchtekuchen backen kann.«

»Ich kann es kaum erwarten. Hast du eigentlich noch was von dem Quellerbrot? Dann muss ich nachher unbedingt noch mit zu euch gehen und mir ein paar Scheiben mitnehmen.«

»Natürlich. Ich weiß doch, wie sehr du das liebst. Ich habe extra eines für dich gebacken.«

Sie hatte so ungeheures Glück mit ihren Eltern und das war ihr jeden Tag bewusst. »Perfekt.«

»Das ist doch der neue Inselpolizist, dem du eben zugenickt hast, oder?«

Die Frage ihrer Mutter erwischte Finja eiskalt. Automatisch blickte sie zu Stahl hinüber, der sie immer noch beobachtete. »Ja. Habt ihr ihn schon kennengelernt?«

»Nein, bisher nicht offiziell. Ich glaube, er hält sich sehr zurück und sitzt die meiste Zeit nur im Büro. Ganz anders als Jens.« Wiebkes Augen leuchteten. »Aber er ist schon ein stattlicher Mann.«

»Mama!«

Wiebke sah sie unschuldig an. »Was denn? Das war eine rein sachliche Feststellung.«

»Mag ja sein, aber es ist doch völlig unerheblich, wie der Kommissar aussieht.«

»Findest du?«

»Ja, absolut.« Verzweifelt suchte Finja nach einem anderen Thema. »Was macht dein Bootprojekt, Papa?« Ihr Vater baute seit einigen Jahren an einer kleinen Jolle und würde damit vermutlich nie fertig werden. Es machte ihm einfach Spaß, daran herumzubasteln.

»Ich habe jetzt alles abgeschliffen und werde morgen die erste Lackschicht auftragen.«

Ihre Mutter stieß sie mit dem Ellbogen an. »Er sieht irgendwie einsam aus, oder?«

»Papa?«

»Nein, der Polizist. Wahrscheinlich kennt er hier niemanden, weil er sich nie unter die Leute mischt.«

Finja unterdrückte ein Seufzen. »Ich denke, wenn er jemanden kennenlernen wollte, hätte er inzwischen genug Gelegenheit dafür gehabt.«

Wiebke runzelte die Stirn. »Vielleicht ist er schüchtern.« Sie senkte die Stimme. »Er guckt immer wieder hier rüber. Woher kennst du ihn eigentlich?«

»Er wollte heute Morgen am Strand meine Genehmigung zum Sammeln von Treibgut und Muscheln sehen.«

Ein langsames Lächeln breitete sich auf dem Gesicht ihrer Mutter aus. »Vermutlich wollte er nur mit dir ins Gespräch kommen und deinen Namen erfahren.«

Finja schnitt eine Grimasse. »Wohl kaum. Er wollte mich einfach nur unter Druck setzen. Sogar meine Funde hat er als Geiseln genommen!«

Ihre Eltern brachen in Gelächter aus.

Ein Seufzer stieg tief aus ihrer Brust auf. Sie konnten aber auch echt nichts ernst nehmen, doch es war schön, sie so fröhlich zu sehen. Finja hielt die ernste Miene nicht lange durch, wenn sie so ansteckend lachten. »Ihr seid keine Hilfe.«

Mühsam beruhigte sich ihre Mutter. »Tut mir leid. Wie hat er den Kram denn als Geisel genommen?«

Finja grinste. »Er hat sie in die Gefängniszelle gesteckt.«

Das rief einen weiteren Heiterkeitsausbruch hervor.

Wiebke presste eine Hand gegen ihre Rippen. »Ich kann nicht mehr, mir tut schon alles weh.«

Streng sah Finja sie an. »Selbst schuld. Es war eine dramatische Situation für mich.«

Ihr Vater wischte mit der Serviette Tränen aus seinen Augenwinkeln. »Entschuldige. Wie hast du sie befreit? Bist du eingebrochen?«

Ihre Mutter begann erneut zu lachen.

Finja sah sich im Restaurant um. Die Blicke aller anderen Gäste lagen auf ihnen. Es wäre ihr peinlich, wenn sie so etwas nicht schon häufiger erlebt hätte. Sie sah zu Stahl, auf dessen Gesicht ein seltsamer Ausdruck lag. Ein Mundwinkel war etwas höher, so als wüsste er nicht ganz, ob er lächeln sollte. Rasch wandte sie den Blick ab, damit er nicht dachte, sie redeten über ihn. »Wir erregen schon Aufmerksamkeit.«

In diesem Moment kam Nando zu ihrem Tisch, ein breites Grinsen überzog sein Gesicht, als er einen Eistee vor sie stellte. »Was ist denn hier los?«

Finja rollte mit den Augen. »Eltern.«

Nando nickte, als könnte er ihr Dilemma nachempfinden, dabei wusste sie, dass er in der Beziehung nicht so viel Glück gehabt hatte. »Auf jeden Fall ist es sehr ansteckend, ich sehe überall nur fröhliche Gesichter.«

»Das liegt sicher an dem guten Essen und dem charmanten Service.«

»Bestimmt. Und an dem ansteckenden Lachen. Also macht ruhig weiter, wenn die Gäste gut gelaunt sind, bleiben sie länger und essen mehr.«

»Wir werden uns bemühen.« Das kam von ihrem Vater.

»Ist Rieke in der Küche?«

Sofort funkelten Nandos Augen. »Natürlich.«

»Meinst du, sie hätte kurz Zeit für mich?«

»Aber klar, geh ruhig in die Küche.«

Finja erhob sich. »Danke.« Sie wandte sich an ihre Eltern. »Ich bin gleich wieder da.«

Ihre Mutter lächelte sie an. »Wir haben es nicht eilig.«

Es fiel ihr schwer, aber Finja blickte nicht noch einmal zu dem Kommissar, als sie sich auf den Weg in die Küche machte.

# 4

Lukas versuchte, Finja und die beiden älteren Leute, vermutlich ihre Eltern, so vertraut wie sie mit ihnen umging, nicht zu beobachten, aber es gelang ihm einfach nicht. Ihm gegenüber war Finja eher frostig gewesen, doch hier zeigte sie sich von einer deutlich besser gelaunten Seite. Wenn sie lachte, transformierte sich ihr ganzes Gesicht. Von gut aussehend zu wahrhaft atemberaubend. Und das war noch ein Grund, sie möglichst nicht anzusehen. Mal davon abgesehen, dass er nicht beim Spannen erwischt werden wollte. Auf jeden Fall wusste er jetzt, von wem Finja das ansteckende Lachen geerbt hatte.

Als sie sich erhob, folgte er ihr mit seinem Blick bis zur Küchentür. Im Gegensatz zu vorhin trug sie jetzt eine enge schwarze Jeans mit einem ebenso schwarzen Tanktop und einer offenen moosgrünen Bluse darüber. Zufällig wusste er genau, dass sie perfekt zu ihrer Augenfarbe passte. Vor allem aber enthüllte die Kleidung, was die dicke Jacke vorher versteckt hatte: Finja hatte eine unglaubliche Figur. Schlank, aber trotzdem an den richtigen Stellen mehr als großzügig gerundet. Verdammt, er sollte nicht starren, trotzdem konnte er sich erst losreißen, als sie hinter der Tür verschwunden war.

Sein Kopf schwang zurück und er erstarrte, weil Finjas Mutter ihn mit einem wissenden Lächeln beobachtete. *Verdammt!* Gut, dass er nicht dazu neigte, rot zu werden, sonst hätte er jetzt eine knallrote Birne. Höflich nickte er ihr zu und versteckte sich dann hinter der Speisekarte. Er sollte endlich auswählen, was er essen wollte und so schnell wie möglich von hier verschwinden. Das Wasser lief in seinem Mund zusammen, als er all die leckeren Gerichte sah. Er hatte schon einige durchprobiert, war aber immer bereit für eine neue Entdeckung.

»Entschuldigen Sie die Störung.«

Überrascht sah Lukas auf und entdeckte Finjas Mutter, die neben seinem Tisch stand. Offenbar hatte sie sich angeschlichen, während er versucht hatte, im Boden zu versinken. Er ließ die Karte sinken. »Ja?«

»Ich bin Wiebke Harms, die Mutter von Finja. Sie sind Kommissar Stahl, richtig?«

»Das stimmt.« Noch immer wusste er nicht, was sie von ihm wollen könnte. Außer ihm den Kopf waschen, dass er ihre Tochter beäugt hatte.

Frau Harms lächelte. »Finja hat uns eben von den verhafteten Muscheln erzählt.« Ihr Lächeln verbreiterte sich, die Falten um ihre blauen Augen wurden tiefer.

»Genau genommen habe ich sie nur sichergestellt.«

Ein Lachen entschlüpfte ihr. Rasch presste sie eine Hand auf ihren Mund. »Tut mir leid, das ist urkomisch.«

Gegen seinen Willen hoben sich seine Mundwinkel. »Schön, dass die Geschichte Sie erheitern konnte.«

»Das hat sie tatsächlich. Wie gefällt Ihnen die Arbeit hier auf der Insel?«

Wie sagte er das diplomatisch? »Es ist sehr … ruhig hier.«

»Ja, das kann ich mir vorstellen. Vermutlich waren Sie vorher irgendwo in einer großen Stadt und hatten jeden Tag mit Verbrechen zu tun.«

»Zumindest in einer größeren Stadt, ja. Es ist eine Umstellung.« Was konnte sie nur von ihm wollen? »Kann ich Ihnen irgendwie helfen?«

»Oh, natürlich, ich wollte Sie nicht zuschwafeln oder ausfragen. Ich hatte den Eindruck, dass Sie vielleicht etwas einsam sind, so allein beim Essen. Deshalb wollte ich eigentlich fragen, ob Sie sich zu uns setzen möchten.«

Überrascht schwieg Lukas einen Moment. »Ich denke nicht, dass das Ihrer Tochter recht wäre.«

»Sie wird es überleben.«

Mist, er brauchte dringend eine Ausrede. »Sie kennen mich gar nicht. Es wäre nicht richtig, Ihr Familienessen zu sprengen.«

Frau Harms hob eine Augenbraue. »Genau darum geht es doch, wenn man mit jemandem spricht: um ihn kennenzulernen. Und es hätte den Vorteil, dass Sie nicht allein essen müssen. Ich finde, es ist immer schön, wenn man dabei ein wenig Gesellschaft hat.«

Prinzipiell stimmte das, aber nicht zwangsläufig mit völlig fremden Personen. »Ich weiß nicht …«

»Aber ich.« Resolut nahm sie ihm die Speisekarte aus der Hand. »Ich bin nicht Ihre Mutter, aber ich bestimme jetzt einfach mal, dass Sie sich mit an unseren Tisch setzen. Denken Sie nicht, dass Ihre Mutter das Gleiche machen würde?«

Eher nicht, sie war deutlich zurückhaltender Fremden gegenüber. »Als Polizist sollte ich nicht mit den Leuten fraternisieren.«

Ihre Augenbrauen schoben sich zusammen. »Wir sind hier auf einer kleinen Insel. Da ist jeder mit jedem bekannt oder verwandt. Wollen Sie die ganze Zeit allein bleiben wie bisher?«

»Ich bin nur als Vertretung da und werde sicher in Kürze abgelöst.«

»Na, umso mehr Grund, keine Zeit zu verschwenden.« Abwartend blickte sie ihn an.

Lukas seufzte. »Also gut, Sie haben gewonnen. Ich ahne, wo Ihre Tochter die Durchsetzungsfähigkeit herhat.«

Frau Harms strahlte ihn an. »Danke für das Kompliment.«

Wie könnte er ihr böse sein? Sie war es offenbar gewohnt, ihren Willen durchzusetzen und tat das dabei so charmant, dass er es nicht schaffte, abzulehnen. Er sollte wirklich standhafter sein, aber sie hatte mit einem recht: Er fühlte sich tatsächlich etwas einsam. Zu Hause würde er sich mit seinen Freunden oder Kollegen treffen, oder auch hin und wieder mit seinen Eltern oder seiner Schwester. Hier jedoch war niemand, mit dem er mal reden konnte. Gut, er könnte einfach anrufen, aber er hatte ihnen nichts von seinen Problemen erzählt und wollte nicht, dass sie sich Sorgen machten.

Deshalb erhob er sich und folgte Finjas Mutter zum Tisch. Noch immer fühlte er sich ziemlich unwohl dabei und wäre am liebsten umgedreht. Er konnte die Blicke der anderen Gäste förmlich auf sich spüren, als er sich auf den freien Platz neben Finjas Vater setzte.

Der lächelte ihn an. »Guten Abend. Ich kann mir vorstellen, wie es jetzt in Ihnen aussieht, aber glauben Sie mir, es ist besser, einfach mitzuspielen, wenn sich eine der Harms-Frauen etwas in den Kopf gesetzt hat. Und es lohnt sich immer.« Er hielt Lukas die Hand hin. »Ich bin übrigens Barne, meine Frau hießt Wiebke.«

Er schüttelte sie. »Lukas Stahl.«

»Ich nehme an, Sie sind auch Kriminalkommissar wie Ihr Vorgänger?«

»Ja.«

»Es ist immer gut, jemanden auf der Insel zu haben, der eine Ahnung von dem hat, was er tut.«

Ja, nur dumm, wenn es hier nichts von dem zu tun gab, mit dem man sich auskannte. »Bisher war noch nicht so viel los.«

»Das kommt noch, im Sommer werden Sie sich bestimmt die ruhigen Zeiten zurückwünschen.«

Schwer vorstellbar. »Dann werde ich wohl nicht mehr hier sein.«

Wiebke beugte sich vor. »Oh, kommt Jens zurück?«

»Bisher wohl nicht, aber es kann sein, dass bald ein längerfristiger Ersatz auf die Insel kommen wird.«

»Wollen Sie denn nicht hierbleiben? Spiekeroog ist so schön.«

Lukas neigte den Kopf. »Das ist es. Allerdings beruflich nicht das, was ich anstrebe. Ich möchte richtige Verbrecher verfolgen und fassen.«

»Verständlich. So eine kleine Insel ist vermutlich nicht für jeden etwas.«

Lukas bemühte sich um ein unverfängliches Konversationsthema. »Was machen Sie denn beruflich?«

Barne lächelte in Erinnerung. »Ich war Schreiner, Mattes hat meine Werkstatt vor ein paar Jahren übernommen, als ich in Rente gegangen bin. Wiebke hat den Geschenke-Laden geführt und ihn ebenfalls vor ein paar Jahren an Finja übergeben.«

Wiebke nickte. »Sie hat sich unglaublich reingekniet. Ich habe damals überwiegend Souvenirs verkauft, die ich selbst irgendwo eingekauft hatte. Finja macht vieles selbst.«

Da er Finja auf Mitte zwanzig schätzte, mussten ihre Eltern sie erst sehr spät bekommen haben, wenn sie jetzt bereits in Rente waren. »Aus den Muschelschalen.«

»Unter anderem, ja. Sie sollten sich wirklich mal im Laden umsehen, es gibt dort viel zu entdecken.«

Er hatte den Eindruck, dass sie nicht nur von den Waren sprach. »Wenn ich mal Zeit habe, mache ich das sicher.«

Barne schüttelte den Kopf. »Wiebke.«

Unschuldig sah sie ihren Mann an. »Was denn? Ich kann doch wohl stolz auf Finja sein.«

»Natürlich, aber du solltest ihn nicht so drängen.«

Zum Glück kam in diesem Augenblick der Kellner vorbei. Nando grinste ihn an. »Anscheinend sind Sie umgezogen, dann kann ich Ihren Tisch ja neu besetzen.«

»Warten Sie besser noch, es kann sein, dass ich ihn gleich noch brauche.«

»Okay.« Er zückte Block und Stift. »Was darf es sein?«

Lukas wartete, bis Finjas Eltern ihre Bestellungen aufgegeben hatten, bevor er seine nannte.

»Eine gute Wahl. Kann ich sonst noch etwas für Sie tun?«

»Halten Sie sich immer vom Watt fern.«

Nando schnitt eine Grimasse. »Das tue ich, doch ich werde bald einen geführten Wattwanderkurs machen, da werde ich dann lernen, wie man sich im Watt richtig verhält und wie man die Anzeichen richtig deutet.«

»Eine gute Idee.« Vielleicht sollte er so etwas auch mal machen, er hatte kaum Ahnung davon. Er wusste nur das, was er sich nach dem Einsatz angelesen hatte.

»Ich weiß nicht, was Finja essen möchte, vielleicht könntest du in der Küche ihre Bestellung aufnehmen.« Wiebke lächelte Nando spitzbübisch an.

Ein breites Grinsen erschien auf Nandos Gesicht. »Eine hervorragende Idee, das werde ich gleich mal machen.« Er rannte beinahe zur Küche.

Lukas blickte ihm hinterher. »Hoffentlich verletzt er sich nicht.«

Finjas Eltern lachten. Wiebke beugte sich vertraulich vor. »Keine Angst, Rieke passt schon auf ihn auf.«

So wie bei der Wattwanderung. Hätte sie nicht nach ihm gesucht, hätten sie Nando nie rechtzeitig gefunden. Wenn er ehrlich war, hatte es ihn beeindruckt, wie tief die Liebe zwischen ihnen war. Inzwischen hatte er sie schon einige Male im Ort oder auch im Restaurant gesehen und er konnte sich nicht erinnern, jemals glücklichere Menschen erlebt zu haben.

Automatisch setzte er sich aufrechter hin, als die Küchentür aufschwang und Finja in den Gastraum zurückkam. Ihr Blick traf sofort auf seinen. Offenbar hatte Nando ihr schon verraten, dass er nun an ihrem Tisch saß.

Finja setzte sich und sah ihre Mutter an. »So lange war ich doch gar nicht weg, dass ihr mich ersetzen musstet.«

Wiebke lächelte fröhlich. »Das haben wir auch nicht, er sitzt auf einem anderen Stuhl.«

Finja verdrehte die Augen. »Witzig.«

Ihre Mutter lachte nur vergnügt. »Das finde ich auch.«

Lukas blickte von der einen zur anderen. »Ich sollte …«

»… dort sitzen bleiben.« Wiebke tätschelte seine Hand. Dann sah sie zu Finja. »Richtig?«

Die zuckte mit den Schultern. »Meinetwegen. Solange er von mir keine Genehmigung zum Essen sehen will.«

Lukas schnitt eine Grimasse. »Das werde ich mir jetzt wohl ewig anhören dürfen.«

»Ja.« Finja wirkte dabei fast fröhlich. Offenbar genoss sie es, ihn leiden zu lassen.

»Okay.« Vermutlich würde er sie nach heute sowieso nie wiedersehen, oder höchstens mal im Vorbeigehen. Das konnte er ertragen, bis er die Insel verließ.

Ihr Vater beugte sich vor. »Die Harms-Frauen können sehr nachtragend sein, doch sie haben ein Herz aus Gold.«

Finja wirkte geradezu entsetzt. »Also ehrlich, Papa! Willst du mich als Nächstes auch noch zur Ehe anpreisen?«

Barne sah aus wie der personifizierte Unschuldsengel. »Würde das etwas bringen?«

»Wohl kaum. Außerdem ist Kommissar Stahl ja nur noch für kurze Zeit auf der Insel. Du würdest ja nicht wollen, dass ich Spiekeroog verlasse, oder?«

Für einen Moment wirkte ihr Vater wirklich erschrocken. »Nein, absolut nicht.«

Wiebke wiegte nachdenklich den Kopf. »Wenn du dafür einen tollen Mann hättest, der dich glücklich macht, hätte ich nichts dagegen. Schöner wäre es aber natürlich, wenn du hier einen passenden Mann findest.«

Finja stützte einen Ellbogen auf den Tisch und legte die Hand über die Augen. »Ich kann nicht glauben, dass wir darüber reden – noch dazu vor einem mehr oder weniger Fremden. Was soll er von euch denken?«

Tatsächlich fand er die Unterhaltung ziemlich spaßig, aber es wäre wohl besser, das nicht zuzugeben. Stattdessen bemühte er sich um eine professionelle Miene. »Alles, was Sie sagen, kann vor Gericht gegen Sie verwendet werden.«

Zu seiner Überraschung grinste Finja ihn an. »Perfekte Antwort. Ich sehe, wir verstehen uns.«

In der folgenden Stunde wurde es immer deutlicher, dass Finja ihren Humor und ihre lockere Art eindeutig von ihren Eltern geerbt hatte. Er mochte es, wenn sich jemand nicht verstellte und auch keine Angst davor hatte, ihre Meinung zu sagen, auch wenn die vielleicht nicht jedem gefallen würde. Kurz gesagt: Er mochte Finja und ihre Familie tatsächlich. Es geschah nicht oft, dass er das bereits nach so kurzer Zeit sagen konnte. Normalerweise brauchte er deutlich länger, um anderen Menschen gegenüber aufzutauen.

# 5

Finja sah dem Kommissar hinterher, als er nach dem Essen das Restaurant verließ. Er hatte auf einen Nachtisch verzichtet, und sie könnte sich vorstellen, dass er das extra getan hatte, um der Situation zu entgehen. Es wunderte sie, dass er sich überhaupt von ihrer Mutter dazu hatte überreden lassen, sich zu ihnen zu setzen. Andererseits konnte Wiebke sehr überzeugend sein, wie sie selbst schon unzählige Male erlebt hatte.

»Was hältst du von dem Kommissar?« Ihre Mutter sah sie neugierig an.

Finja hob die Schultern. »Kann ich nicht sagen. Er ist sehr verschlossen, schätze ich.« Bis auf die Male, an denen er sich aus der Reserve hatte locken lassen. Es war sogar sein Sinn für Humor aufgeblitzt. »Warum hast du ihn an unseren Tisch gebeten?« Vermutlich sollte sie eher ‚gezwungen' sagen.

»Er kam mir irgendwie so allein vor, niemand hat mit ihm geredet. Ich wollte ihm zeigen, wie es sein kann, Teil der Gemeinschaft zu sein.«

Kein Wunder, dass Wiebke von allen Bewohnern der Insel gemocht wurde. Sie hatte einfach ein weiches Herz und nahm jeden so an, wie er war. Selbst der größte Grummelkopf wurde bei ihrer Mutter butterweich.

»Ich werde die Insel übrigens nicht verlassen, ich habe hier mein Geschäft, das ich mir mühsam aufgebaut habe. Das könnte kein Mann jemals toppen.«

Ihre Mutter lächelte sie an. »Sag niemals nie.«

Finja zuckte nur mit den Schultern. Das Gespräch war müßig, weil kein geeigneter Kandidat in Sicht war. Für eine Urlaubsromanze würde sie auf keinen Fall ihr Leben aufgeben. Und wie sollte sie hier jemand anderen kennenlernen? Es gab nicht gerade viel Auswahl an Männern halbwegs in ihrem Alter unter den ständigen

Bewohnern der Insel. »Ich bin glücklich mit meinem Leben, so wie es ist. Ein Mann ist dafür nicht nötig.«

»Das stimmt.« Wiebke nahm Barnes Hand. »Aber es ist so viel besser, wenn du jemanden an deiner Seite hast, der dich liebt und unterstützt. Der immer für dich da ist, wenn du ihn brauchst. Und der dich zum Lachen bringt.«

Sowohl bei ihren Eltern, als auch bei Rieke und Nando oder Joris und Lena hatte sie das hautnah miterlebt. Selbst Riekes Tante Nele hatte mit über vierzig vor einigen Monaten den perfekten Mann gefunden. Finja war sozusagen fast nur noch von unglaublich glücklichen Menschen umgeben. Das war schon manchmal ein wenig nervig, aber irgendwie auch schön. Sie gönnte es jedem von ihnen, nur wusste sie nicht, ob das wirklich für sie das Richtige war. Ihre Freiheit war ihr unglaublich wichtig. Sie wollte nicht für jeden Moment des Tages Rechenschaft ablegen. Oder dass sich jemand gekränkt fühlte, wenn sie sich in ihrer Kunst vergrub und darüber alles andere vergaß.

Wie würde jemand wie Stahl damit umgehen, dass sich nicht alles um ihn drehte? Vermutlich würde er dann schnell abspringen und sich jemanden suchen, der ihm noch sein Bier hinterhertrug. Nein, das war ungerecht, sie kannte ihn nicht gut genug, um das sagen zu können. Und warum dachte sie überhaupt über so etwas Abwegiges nach? Sein Leben spielte ganz woanders und er hatte sicher nicht vor, hier etwas mit jemandem anzufangen. Vielleicht hatte er sogar eine Freundin oder Ehefrau dort, wo immer er auch herkam.

»Du bist so still, Schatz. Ist alles in Ordnung?« Besorgt sah ihre Mutter sie an.

»Ja, natürlich. Ich bin wohl nur etwas müde nach dem langen Tag und extrem gesättigt. Das Essen war grandios, aber auch viel zu viel.«

Ihr Vater hob die Augenbrauen. »Dann können wir dich nicht zu einem Nachtisch überreden?«

Finja grinste. »Nachtisch geht immer.« Besonders wenn die Speisen so lecker waren wie im *Wilkens*.

Mit dem Nachtisch blieb sie noch eine weitere halbe Stunde sitzen, dann verabschiedete sie sich von ihren Eltern und verließ das Restaurant. Die beiden liebten es, den Abend zu zweit ausklingen zu lassen. Tief atmete sie die kühlere Nachtluft ein und ging den schmalen Weg durch die Dünen hinunter zum Ort. Es war inzwischen fast dunkel, nur ein leichter hellerer Schimmer beleuchtete die Landschaft von Westen. Finja mochte die Stille und die salzige Luft.

Etwas raschelte in einem Busch einige Meter von ihr entfernt und sie blieb stehen. Tatsächlich hatte sie auf Spiekeroog noch nie vor irgendetwas Angst gehabt, weder tagsüber noch nachts. Irgendwelche Gewaltverbrechen kamen hier nicht vor, glücklicherweise. Gut, hin und wieder gab es mal einen Touristen, der über die Stränge schlug, aber selbst das war ziemlich selten. Spiekeroog war keine Partyinsel, für so etwas fuhren die Leute lieber nach Sylt oder eine der anderen größeren Inseln.

Den Blick hielt sie weiter auf den Busch gerichtet und wurde schließlich belohnt, als ein Reh hervorkam und zu grasen begann. Gerade im Sommer sah man die scheuen Tiere nicht allzu oft, die vermutlich irgendwann durch das Watt auf die Insel gekommen waren. In der ruhigeren Jahreszeit liefen sie hin und wieder durch die Dünen auf der Suche nach frischem Grün. Finja blieb so lange still stehen, bis das Reh schließlich mit langen Sprüngen davonlief.

Mit einem Lächeln ging sie langsam weiter. Immer wieder blickte sie in den Himmel, wo bereits die ersten Sterne zu sehen waren. Sie war unglaublich dankbar, auf dieser idyllischen Insel leben zu dürfen. Nur sehr wenige konnten hier aufwachsen und dann auch noch einen Job machen, der sie erfüllte und ihnen ermöglichte, auf Spiekeroog zu bleiben. Viele der jungen Leute gingen aufs Festland, weil die allermeisten Jobs im Tourismusbereich waren – und zudem noch saisonabhängig. Seit sie zusätzlich den Online-Shop eingerichtet hatte, erleichterte das die Winterruhe enorm. Aber sie konnte sich nicht darauf ausruhen, sondern musste ihre Entscheidungen immer hinterfragen und ihr Angebot dem Bedarf anpassen.

Vielleicht konnte sie bald … Ihr Fuß blieb an einem losen Pflasterstein hängen und Finja stolperte nach vorn. Gerade noch rechtzeitig konnte sie sich abfangen und fluchte unterdrückt. Das kam davon, wenn man nach oben blickte und gleichzeitig vorwärtsging. Den Rest des Weges achtete sie darauf, wohin sie die Füße setzte, sie konnte es sich nicht leisten, sich direkt vor dem Sommergeschäft die Knochen zu brechen und längere Zeit auszufallen.

Eine Viertelstunde später kam sie heil bei der *Geschenkinsel* an und schloss die seitliche Eingangstür auf, die direkt zu ihrer Wohnung führte.

Wie immer glitt ein Lächeln über ihr Gesicht, als sie ihre Räume betrat. Sie waren vorher als Lager und Entspannungsraum genutzt worden, da ihre Eltern ein Haus hatten, in dem sie lebten. Sie hatten ihr angeboten, dass sie dort im Dachgeschoss wohnen bleiben könnte, doch sie wollte etwas Eigenes haben. Nicht, weil sie nicht gern bei ihren Eltern war, sondern weil sie sich auch beweisen wollte, selbständig leben zu können. Vor allem war es auch extrem praktisch, morgens noch im Schlafanzug mit dem ersten Kaffee in den Werkraum gehen zu können und an ihren Kunstwerken zu arbeiten. Oder immer mal wieder zwischendurch, nachdem die Farbe getrocknet war.

Finja stieg die Treppe hinauf ins Obergeschoss, wo sich das Wohnzimmer, ein winziges Bad und das Schlafzimmer befanden. Wie immer zog es sie zuerst ins Wohnzimmer. Sie schaltete die Beleuchtung an und ihr Blick wurde von den funkelnden Objekten angezogen, die am Lampenschirm hingen und das Licht in alle Richtungen brachen. Es war derzeit eines ihrer Lieblingsstücke. Davon hatte sie viele, die überall in der Wohnung verteilt waren. Die Wände waren bedeckt von diversen Dot Mandalas und gemalten Werken, auf der Fensterbank und in diversen Nischen und auf den Regalen standen Objekte aus Treibholz, Muscheln und allem anderen, was sie am Strand gefunden hatte. Hin und wieder tauschte sie einzelne Kunstwerke aus und gab sie in den Verkauf, während sie ihre Wohnung mit neuen bestückte. So wurde es nie langweilig.

In einem der Regale saß eine Armada von gehäkelten Tieren. Das waren ihre Probestücke, die sie immer selbst behielt, während die Nachfolger in den Verkauf kamen. Irgendwann hatte sie aufgehört, sie zu zählen, aber es waren unglaublich viele. Liebevoll stupste sie die Nase des Seehunds Piet an, der stilecht in Ostfriesennerz, Schal und Mütze gekleidet war. »Na ihr? Was habt ihr heute Abend so getrieben?«

Natürlich dachte sie nicht, dass sie jemals eine Antwort bekommen würde, aber es machte ihr Spaß, mit ihnen zu reden. Oder sie auch mal auf eine Tour mitzunehmen und Fotos von ihnen zu machen. Mit echten Spiekerooger Landschaften oder Gebäuden im Hintergrund ließen sie sich im Internet deutlich besser verkaufen.

Finja blickte auf die Uhr und entschied, dass sie heute noch ein bisschen was tun konnte. Rasch ging sie hinunter in die kleine Küche und holte sich ein Glas Wasser, dann betrat sie ihre Werkstatt. Sie räumte den Tisch leer und nahm sich ein paar der bereits mit der Hintergrundfarbe bemalten runden Leinwände aus dem Gestell, in dem sie zur Trocknung gelegen hatten. Meist wählte sie dunkle Hintergründe, weil die Muster darauf am besten zur Geltung kamen. Wobei auch hellere sehr elegant wirken konnten.

Sie entschied sich für eine dunkelbraune Leinwand mit fünfzig Zentimetern Durchmesser und legte die Schablone darauf, mit der sie die Hilfslinien einzeichnete. Anschließend nahm sie den großen Zirkel und setzte von der Mitte ausgehend jeden Zentimeter einen neuen Kreis. Es war tatsächlich nicht die leichteste Arbeit, weil sie sich dabei die ganze Zeit über das Stück beugen musste. Als sie damit fertig war, streckte sie ihren Rücken, bevor sie noch zwei weitere Untergründe vorbereitete. Es war immer besser, gleich mehrere Stücke zu bearbeiten, weil sie so immer etwas zu tun hatte, während ein anderes Werk gerade trocknete. Manchmal nutzte sie die Zeit auch, um verschiedene Objekte zu gießen oder die getrocknete Keramik aus den Gießformen zu befreien.

Finja zog sich den Rollwagen mit all ihren Farben an den Tisch und begann mit einer ihrer liebsten Tätigkeiten: Sich die Farbzusammenstellung zu überlegen und zu testen, wie die einzelnen Farben miteinander harmonierten. Dafür hatte sie Pappvierecke mit der Untergrundfarbe bemalt. Mit einem Pinsel zog sie die Farben in leichten Schwüngen über die Pappe. Wenn eine noch nicht ganz passte, mischte sie diese in kleinen Behältern so lange, bis sie perfekt war. Inzwischen war sie so geübt darin, dass diese Prozedur nicht sonderlich lange dauerte.

Immer wieder dachte sie sich neue Muster aus, doch heute würde sie auf ihre alten, besonders beliebten zurückgreifen, die sich immer gut verkauften. Eines der Werke würde sie nach Bestellung anfertigen, also mit den Farb- und Musterwünschen einer Kundin. Meist ließen sie ihr größtenteils freie Hand, solange sie in dem Farbbereich arbeitete, der gewünscht war. Der Vorteil daran war, dass sie das Geld bereits auf dem Konto hatte und sich nicht fragen musste, ob und wann sie das Kunstwerk verkaufen würde. Manchmal war es etwas schwieriger, ihre Kreativität dabei zum Fließen zu bringen, doch es war ihr bisher jedes Mal gelungen. Und tatsächlich war einiges davon wirklich überraschend gewesen. Farben, die sie sich nie selbst ausgesucht hätte, waren plötzlich zu ihren Lieblingen geworden.

Nachdem sie alle Farben zusammengestellt hatte, begann sie mit dem fast meditativen Prozess des Dottens. Bald war sie so vertieft darin, dass sie gar nicht mitbekam, wie die Zeit verging. Erst als sich ihr Nacken verkrampfte, blickte sie auf die Uhr und stöhnte auf, als sie erkannte, dass es bereits mitten in der Nacht war. Warum passierte ihr das immer wieder? Ganz einfach: Sie hatte unglaublich viel Spaß an der Arbeit. Es war wunderbar, zu sehen, wie sich aus den Anfängen komplexe Muster entwickelten, die durch ihre Gleichförmigkeit ihren besonderen Reiz erhielten. Zufrieden betrachtete sie den erzielten Fortschritt, dann wischte sie ihre Hände an einem Lappen ab und reinigte die Tools.

Schließlich schaltete sie das Licht aus und verließ den Raum. Manchmal fiel ihr das wirklich schwer, aber heute war sie so müde, dass sie kaum die Augen offen halten konnte. Finja stolperte die Treppe nach oben, machte sich schnell im Bad fertig und fiel ins Bett. Sowie ihr Kopf das Kissen berührte, schlief sie ein.

# 6

Lukas zögerte, bevor er auf die Klingel drückte. Was zum Teufel machte er hier eigentlich? Als wäre es nicht schlimm genug, dass er gestern am Abendessen teilgenommen hatte – wenn auch nicht freiwillig –, er sollte Finja jetzt nicht schon wieder belästigen. Aber er war heute Morgen mit dem nicht zu unterdrückenden Wunsch aufgewacht, sich für den gestrigen Abend zu entschuldigen. Es war nicht seine Art, sich in eine Familie zu drängen, erst recht nicht bei Leuten, die er nicht kannte.

Es schien unendlich lange zu dauern, bis sich etwas hinter der Tür regte. Ein Schlüssel klimperte, dann öffnete sich die weiße Holztür langsam. Durch den Spalt war eine verschlafene Finja zu sehen. Sie trug nur ein kurzes Nachthemd, ihre Haare waren unglaublich zerzaust. Ihre Augen schienen tief in den Höhlen zu liegen, das Weiß war gerötet. Hatte sie etwa die Nacht durchgezecht?

Sie hielt sich am Türrahmen fest, als hätte sie Angst, umzufallen. »Ja?«

»Guten Morgen. Tut mir leid, dass ich störe, ich dachte, Sie wären schon wach.«

»Die Klingel hat mich geweckt.« Ihre Augenlider sanken wieder hinunter. »Ich brauch Kaffee.« Sie verschwand im Haus und ließ die Tür offen stehen.

Etwas irritiert betrachtete Lukas den Spalt und entschied, ihn als Einladung zu verstehen, hereinzukommen. Er trat ins Haus und schloss die Tür hinter sich, bevor er den klappernden Geräuschen folgte. Schließlich fand er Finja in einer winzigen Küche, in der kaum zwei Personen Platz fanden. Mit der Hüfte lehnte sie an der Spüle, während sie darauf wartete, dass der Kaffee durchgelaufen war. Ihre Augen waren fast geschlossen. Jetzt erst bemerkte Lukas, dass ihre Arme mit Tätowierungen bedeckt waren. Bisher hatte sie immer lange Ärmel getragen und sie so versteckt. Noch ein Detail, das sie zu einem faszinierenden Rätsel machte. Und er liebte es, Rätsel zu lösen. Lukas blieb in der Türfüllung stehen. »Lange Nacht?«

»Ja.«

»Soll ich Ihnen einen Drink gegen den Kater mixen?«

Das schien sie ein wenig aufzuwecken. Ihre grünen Augen funkelten ihn an. »Ich habe gearbeitet, nicht getrunken. Nicht, dass es Sie etwas angehen würde.«

*Autsch.* »Die ganze Nacht durch?«

»Nein, die halbe. Aber vier Stunden Schlaf sind einfach zu wenig.«

Da konnte er nur zustimmen. Das hatte er oft genug bei Überwachungseinsätzen erlebt. »Was haben Sie gemacht?« Seltsamerweise interessierte ihn das wirklich.

»Gedottet.«

»Was?«

»Punkte auf eine Leinwand aufgebracht.«

Wollte sie ihn auf den Arm nehmen? »Okay.«

In diesem Moment war der Kaffee fertig und sie goss ihn in eine Tasse. Obwohl er noch heiß sein musste, trank sie sofort einen Schluck. »Ah, das tut gut.« Sie drehte sich zu ihm um. »Auch einen?«

Eigentlich sollte er gehen, aber er brachte es nicht über sich. »Gern.« Finja goss noch eine Tasse ein und reichte sie ihm. »Danke.« Lukas trank einen Schluck und hustete. »Fehlt da nicht Wasser?«

Finja grinste ihn an. »Zu stark für den Kommissar?«

»Ich mag es, wenn man erkennt, dass es ein Getränk sein soll.«

»Schlappschwanz.«

Er stellte die Tasse ab. »Wie bitte?«

»Kommen Sie mit.«

Einen Moment lang blickte Lukas sie an. »Wohin?«

Lachend schob sie sich an ihm vorbei durch die Tür. »Ganz sicher nicht ins Bett.«

Erneut überraschte sie ihn. »Das hatte ich auch nicht angenommen.« Wobei, jetzt, wo sie es gesagt hatte, schaffte er es nicht, das

Bild aus seinem Kopf zu bekommen.

Er folgte ihr durch einen engen Gang und blickte dabei auf ihre wohlgeformte Hüfte, die sich unter dem Nachthemd verlockend bewegte. Ihre Beine waren lang und gerade und endeten in schlanken Füßen mit dunkelrot lackierten Nägeln. Verdammt, es war wirklich keine gute Idee gewesen, hierherzukommen. Zumindest hätte er sich schon an der Tür verabschieden sollen, anstatt ihr ins Innere zu folgen. Aber er schaffte es nicht, sich umzudrehen und einfach zu gehen. Er musste wissen, was sie ihm zeigen wollte. Wie hieß es noch so schön? Neugier war der Katze Tod. Das hatte seine Oma immer zu ihm gesagt. Und es stimmte vermutlich.

Nachdem sie durch eine Tür und einen weiteren Flur entlanggegangen waren, kamen sie schließlich in einem großen Raum an, den sie offenkundig für ihre Kunst benutzte. An einem gigantischen Werktisch blieb Finja stehen und deutete auf zwei runde Leinwände, die darauf lagen. »Das ist Dotten, genauer gesagt Dot Mandala.«

Lukas trat näher und beugte sich darüber. Je länger er die Muster ansah, desto perfekter erschienen sie ihm.

Finja nahm eines in die Hand und trat ein paar Schritte zurück, bevor sie es vor ihre Brust hielt. »Aus der Ferne wirken sie noch besser.«

Damit hatte sie allerdings recht. »Sieht gut aus.« Und nicht nur das Kunstwerk. »Was machen Sie sonst noch?« Okay, auch wenn es ihn wirklich interessierte, wollte er zumindest zum Teil noch länger mit ihr im Nachthemd hier stehen.

»Kommen Sie mit.« Vorsichtig legte sie die Leinwand zurück, dann ging sie durch einen von einem Vorhang verdeckten Durchgang.

Lukas folgte ihr und endete in ihrem Geschäft. Es gab so viel zu sehen, dass er eine Weile einfach nur an den Regalen entlangging und sich alles in Ruhe ansah. Schließlich drehte er sich zu ihr um. »Beeindruckend. Das haben Sie alles selbst gemacht?«

»Die einfacheren Souvenirs lasse ich anfertigen, aber alles Gehäkelte, Gedottete und die Skulpturen sind von mir.«

»Jetzt verstehe ich auch, warum Sie nachts arbeiten müssen.« Wie konnte eine einzige Person so viel produzieren?

»Das muss ich nicht, aber manchmal verliere ich mich so in dem Prozess, dass ich gar nicht merke, wie die Zeit vergeht. Der Laden ist nicht immer so voller Objekte, ich habe ihn schon mal für den Sommertourismus aufgestockt. Im Winter habe ich viel Zeit dafür, die Sachen herzustellen, weil nur selten Kundschaft kommt.«

»Trotzdem ist es unglaublich. Danke, dass Sie es mir gezeigt haben.«

Finja lächelte ihn an. »Kein Ding, die Kunst ist mein Leben und ich zeige sie außerordentlich gern.« Sie betrachtete ihn prüfend. »Warum sind Sie eigentlich hier? Ich hätte tatsächlich nicht gedacht, dass ich Sie so schnell wiedersehe.«

»Ich wollte mich dafür entschuldigen, Ihnen den Abend mit Ihren Eltern verdorben zu haben.«

Erstaunt sah sie ihn an. »Warum sollten Sie ihn verdorben haben?«

»Ich hätte mich mehr wehren sollen, als Ihre Mutter mich an Ihren Tisch holen wollte.«

Finja lächelte wissend. »Ich kenne meine Mutter nun schon mein Leben lang und ich weiß genau, dass man keine Chance hat, wenn sie sich einmal was in den Kopf gesetzt hat. Von daher nehme ich Ihnen das nicht übel.«

Erleichtert atmete er auf. »Das freut mich. Es ist nicht meine Art, mich jemandem aufzudrängen.«

»Das hatte ich auch nicht angenommen.« Eine Weile blickte sie ihn an. »Sie sehen tatsächlich ein wenig einsam aus. Es kann auf der Insel schwierig sein, wenn man niemanden kennt. Kommen Sie jederzeit gern vorbei, wenn Ihnen nach einem Gespräch ist.«

Das war unerwartet. »Obwohl ich mich Ihnen gegenüber am Strand so streng benommen habe?«

»Ja, auch wenn ich es für mich eher arschlochig nenne.« Sie grinste breit. »Sie sollten Ihre Miene sehen.«

Schnell versuchte er, seine Stirn zu glätten. »Ich bin es nicht gewöhnt, dass jemand so offen mit mir redet.«

»Was, haben Sie gar keine Freunde?«

»Die denken eher weniger, dass ich ein Arschloch bin.«

Das Lächeln verschwand. »Das habe ich auch nicht gesagt. Nur, dass Ihr Verhalten am Strand so war. Hätten Sie dort, wo Sie herkommen, auch jemanden so behandelt, der nichts Unrechtes gemacht hat?«

»Kommt drauf an, was derjenige getan hat.«

Ihre Augenbrauen hoben sich. »Ich habe Muschelschalen aufgesammelt. Ich würde mal sagen, dass das kein Kapitalvergehen ist.«

Lukas seufzte. »Nein, eher nicht. Okay, ich gebe zu, dass ich übertrieben hart reagiert habe. Ich hatte keinen guten Tag und habe das an Ihnen ausgelassen. Dafür entschuldige ich mich.«

Finja nickte. »Entschuldigung angenommen.«

»Danke.« Er blickte auf die Uhr. »Ich sollte dann vermutlich ins Büro zurückgehen.«

»Wartet da Arbeit auf Sie?«

Ohne es zu wollen, schnitt Lukas eine Grimasse. »Eher nicht. Daher meine schlechte Laune.« Und das war mehr, als er zugeben wollte.

Neugierig sah Finja ihn an. »Warum haben Sie sich auf die Stelle beworben, wenn Sie eigentlich nicht hier sein wollen?«

Schweigend blickte Lukas sie einen Moment lang an. »Wer sagt, dass ich mich beworben habe?«

Verständnis huschte über Finjas Gesicht. »Irgendwer erzählte mal, dass man als Beamter im Öffentlichen Dienst auch versetzt werden kann. Das ist echt Mist.«

»Ja, einer der Nachteile.« Neben einigen Vorteilen.

»Dann sind Sie bestimmt froh, wenn Jens zurückkommt und Sie die Insel verlassen können, um nach Hause zurückzukehren. Wo kommen Sie eigentlich her?«

»Oldenburg.«

»Na, das ist ja wenigstens nicht ganz so weit weg. Waren Sie schon mal wieder da, seit Sie hier angefangen haben?«

»Nein, dazu bin ich bisher noch nicht gekommen. Und ich hatte eigentlich gehofft, dass es nicht allzu lange dauern wird, bis mein

Vorgänger zurückkommt. Aber so wie es aussieht …« Er zuckte mit den Schultern.

Finja schien ungewohnt ernst. »Es geht mich nichts an, aber wie wäre es, wenn Sie versuchen, das Ganze als kleine Auszeit zu sehen? Die Ruhe hier zu nutzen und vom Alltag wegzukommen? Ich kann mir vorstellen, dass der Job als Kriminalkommissar ziemlich stressig ist. Und manchmal auch belastend. Hier haben Sie die Gelegenheit, ein wenig abzuschalten, die Natur zu genießen.«

Damit hatte sie recht, aber es fiel ihm ungeheuer schwer, nichts zu tun. »Ich versuche es, aber ich habe den Dreh noch nicht wirklich raus.«

Finja legte den Kopf schräg, während sie ihn musterte. »Das scheint mir auch so. Wenn Sie wollen, kann ich Ihnen an meinem freien Tag ein paar schöne Orte auf der Insel zeigen.«

Er sollte das ablehnen, aber er nickte bereits, bevor er zu Ende gedacht hatte. »Danke, das wäre nett.«

Finja lächelte breit. »Perfekt. Ich mache schon noch einen echten Insulaner aus Ihnen.«

Gott, worauf hatte er sich da eingelassen? Er sollte sich so weit wie möglich von ihr entfernt halten, denn sie reizte ihn schon, seit er sie das erste Mal gesehen hatte. Und jetzt, nachdem er wusste, wie sie im kurzen Nachthemd und schlafzerzausten Haaren aussah, würde er sie sicher nicht so schnell aus dem Kopf bekommen. Genau das, was er jetzt noch brauchte. »Ich dachte, ein echter Spiekerooger wird man nur durch Geburt? Jedenfalls wurde mir das neulich erzählt.«

»Oder wenn man in eine alteingesessene Familie einheiratet.«

»Also das hatte ich nicht vor. Mir reicht auch mein Status als etwas längerer Besucher.« Lukas trank schnell aus und hob die Tasse. »Danke für den Kaffee.«

Finja nahm ihm die Tasse ab. »Gern. Ich bringe Sie zur Tür.«

Lukas folgte ihr zurück in den Wohnbereich und dann zur Haustür. Es fiel ihm schwer, seinen Blick auf etwas anderes zu richten, als ihr kaum bedecktes Hinterteil.

An der Tür drehte sie sich zu ihm um und erwischte ihn dabei, wie sein Blick über ihren Körper nach oben glitt. Ihre Augenbraue hob sich. »Alles gesehen?«

*Verdammt!* Hitze schoss in seine Wangen. »Tut mir leid, das war nicht richtig. Sie sollten lieber nicht irgendwelchen Leuten die Tür im Nachthemd öffnen, es ist zu gefährlich.«

Sie schnaubte. »Wir sind auf einer kleinen Insel, ich kenne so gut wie jeden hier. Sie kennen sicher die Statistik besser als ich: Wie oft ist hier schon eine Frau in ihrem Haus überfallen worden?«

»Noch nie.«

»Genau. Außerdem sind Sie ja nicht irgendwer, sondern der Inselkommissar. Wenn ich bei Ihnen nicht sicher bin, bei wem denn dann?«

»Ich bin auch nur ein Mensch.«

»Glücklicherweise, Kommissar Stahl.«

Er verzog den Mund. »Nennen Sie mich Lukas. Irgendwie wirkt das Kommissar hier so übertrieben.«

Finja lächelte. »Lukas, das klingt deutlich menschlicher als Kommissar Stahl. Ich bin Finja.«

»Das sind Sie tatsächlich schon die ganze Zeit in meinen Gedanken.« Und warum erzählte er das jetzt? Er musste eindeutig schnell hier raus.

Ihr Lächeln verbreiterte sich. »Interessant. Es stört mich übrigens nicht, wenn Sie mich ansehen.«

Lukas wusste nicht, was er dazu sagen sollte. Finja war so völlig anders als die Frauen in Oldenburg, die er kannte.

Sie lachte auf. »Das war eine reine Feststellung, kein Grund so ein Gesicht zu ziehen. Ich habe immer montags frei, ich hole Sie am nächsten Montag ab für eine kleine Inseltour.«

Das war bereits in zwei Tagen. »Ich habe montags Dienst.«

»Dann nehmen Sie das Handy mit und hängen Sie ein Schild an die Tür mit der Nummer. Jens ist auch immer auf der Insel unterwegs gewesen. Kontaktpflege und so.«

»Okay.« Er nickte ihr zu. »Dann bis Montag.«

Finja grinste fröhlich. »Wenn wir uns nicht schon vorher sehen. Es ist eine sehr kleine Insel.«

# 7

Durch das Fenster in der Tür blickte Finja dem Kommissar nach, wie er mit schnellen Schritten zurück zur Polizeistation ging. Vermutlich hatte sie ihn schockiert, so wie ihr das bei sehr vielen Leuten gelang. Sie machte es nicht mal absichtlich, aber das Leben war zu kurz, um es mit irgendwelchen Lügen zu vergeuden oder nicht genau das zu sagen, was man wollte. Ja, sie hatte damit schon viele Männer abgeschreckt – Frauen natürlich auch –, doch das interessierte sie nicht. Wer ihre Art nicht tolerieren konnte, wäre nur eine Verschwendung ihrer Zeit. Lukas kannte sie noch nicht und war deshalb vermutlich etwas unsicher, wie er mit ihr umgehen sollte.

Seine Entschuldigung für sein Verhalten am Strand gefiel ihr. Das hätte nicht jeder gemacht und sie war sicher, er meinte es ernst. Und ja, es gefiel ihr auch, wie beeindruckt er von ihrer Kunst gewesen war, nachdem er sie erst einmal gesehen hatte. Natürlich erwartete sie nicht von jedem, dass er herumschleimte und alles ganz toll fand, aber wenn sie sich mit jemandem abgab, dann sollte er zumindest ihren Kunstwerken nicht völlig abgeneigt sein. Wenn er wirklich nicht interessiert wäre, hätte er nicht so lange in ihrem Laden gestanden und sich alles genau angeschaut.

Fast so genau wie sie in ihrem Nachthemd. Der Gedanke löste einen kleinen Schauer in ihr aus. Natürlich wurde sie oft genug von Männern und manchmal auch Frauen so angesehen. Ihre hellen Haare fielen eben auf, genauso wie die Tätowierungen. Auch ihre Figur trug dazu bei, besonders, wenn sie eng anliegende Kleidung trug. Im Nachthemd lief sie tatsächlich seltener in der Öffentlichkeit herum und sie hätte auch nicht so die Tür geöffnet, wenn sie nicht völlig übernächtigt gewesen wäre. Normalerweise kamen um die Uhrzeit höchstens mal ihre Eltern vorbei oder Rieke.

Finja kehrte in die Küche zurück und goss sich einen weiteren Kaffee ein. Zwar hatte Lukas' Anwesenheit sie aufgeweckt, aber sie hatte heute noch viel vor. Sie konnte es kaum erwarten, ihre Projekte weiterzuführen. Schon jetzt sahen sie großartig aus und sie würden noch viel besser werden. Während sie eine Scheibe Brot toastete, malte sie sich aus, wie sie die Muster weiterführen würde. Vielleicht könnte sie noch irgendwo graue Farbe einfügen. Sturmgrau mit ein paar blauen Einsprengseln …

Kopfschüttelnd legte sie die fertige Toastscheibe auf ihren Teller und setzte sich an den winzigen Tisch. Als Lukas hier gewesen war, hatte sie gemerkt, wie klein ihre Küche wirklich war. Wenn sie jemals jemanden fand, mit dem sie zusammenleben wollte, könnte sich das zu einem Problem entwickeln. Schließlich war der Rest ihrer Wohnung auch nicht wesentlich größer. Sie könnte höchstens ihre Werkstatt aufgeben und zum Wohnen nehmen, aber wo sollte sie dann ihre Objekte fertigen? Mit einem Lachen schob sie diese Gedanken beiseite. Darüber konnte sie nachgrübeln, wenn es jemals so weit war. Bisher war ein geeigneter Kandidat noch nicht in Sicht.

Mit Mühe unterdrückte sie die Bilder von Lukas in ihrem Kopf. Zwar war ihr der Kommissar inzwischen etwas – okay, deutlich – sympathischer als bei ihrer ersten Begegnung, aber er war nicht nur ein paar Jahre älter als sie, er hatte ganz klar gemacht, dass er wieder nach Oldenburg zurückkehren würde, sobald Jens zurückkam. Er konnte es gar nicht erwarten, die Insel zu verlassen. Sie wäre sehr schlau, wenn sie sich das immer vor Augen hielt, sobald ein Hauch von Interesse in ihr aufkam. Und jetzt reichte es wirklich mit diesen völlig nutzlosen Gedanken.

Rasch bestrich sie ihren Toast dick mit Marmelade und biss herzhaft hinein. Frühstück war ihre liebste Mahlzeit, besonders mit einem guten starken Kaffee und viel Süßkram. Ihre Mutter reagierte immer völlig entsetzt, dass sie Kaffee dem inseltypischen Tee vorzog. Zwar mochte sie auch schwarzen Tee mit Kluntjes, doch der weckte sie nicht so auf wie ein starker Kaffee. Sie könnte wetten, dass Lukas ebenfalls eher auf Kaffee stand, aber gut, er war ja auch kein Ostfriese. Finja verdrehte die Augen, als ihre Gedanken erneut zum Inselpolizisten zurückflogen. Es war eindeutig Zeit, sich abzulenken.

Nach dem Frühstück zog sich Finja ordentlich an und ging kurz ins Bad, danach öffnete sie den Laden und bereitete gleichzeitig im Arbeitsraum alles für die nächste Dottingrunde vor. Im Sommer konnte sie das vergessen, weil dann ständig Kunden in den Laden kamen und sie in ihrer Konzentration störten, doch jetzt konnte sie noch gut die Zeit zwischen den Besuchen nutzen, um weiter zu arbeiten. Eine Weile betrachtete sie die Leinwand und beschloss, noch eine Reihe Swooshes hinzuzufügen. Sie suchte sich den passenden Pinsel heraus, öffnete den kleinen Farbtopf und tauchte den Pinsel so tief hinein, dass die langen Borsten vollständig bedeckt waren.

Finja stützte ihr Handgelenk auf die Tischplatte, atmete langsam aus und malte mit dem Pinsel einen langen Bogen um das längliche Element, das sie gestern Abend noch fertiggestellt hatte. Es erforderte einiges an Übung, eine ruhige Hand und vor allem Geduld, gleichförmige, elegante Swooshes zu zaubern. Manchmal fertigte sie ihre Mandalas nur mit Punkten, doch ihrer Meinung nach machten die Muster mit Swooshes nicht nur mehr Spaß, sondern wirkten auch deutlich freundlicher und weniger kleinteilig. Sie schob die Leinwand auf dem Drehteller weiter und setzte die nächsten Schwünge. Es dauerte nicht lange, bis sie die Runde beendet hatte und das Projekt wechselte, um die Farbe trocknen zu lassen. Auch das war etwas, das sie in leidvoller Erfahrung gelernt hatte: Wenn sie ungeduldig wurde, konnte es passieren, dass sie die Farbe mit den Fingern, einem Tool oder ihrem Ärmel verwischte oder zwei Farben ineinanderliefen. Deshalb bearbeitete sie stets mehrere Projekte nebeneinander.

Als das hölzerne Glockenspiel an der Tür einen Kunden ankündigte, schloss sie schnell das Farbtöpfchen und wischte ihre mit Farbe besprenkelten Hände an einem Lappen ab. So gern sie sich in ihrer Kunst vertiefte, freute sie sich doch über Kundschaft. Und das nicht nur, weil sie damit Geld verdiente, sondern weil sie es liebte, sich mit den Menschen über ihre Kunst auszutauschen. Gut, zumindest mit den meisten. Es gab auch immer wieder welche, die sie am liebsten im hohen Bogen hinausbefördern würde. Doch die waren zum Glück selten.

Finja schob den Vorhang beiseite und betrat den Laden. Rieke stand vor dem Regal mit Häkeltieren und betrachtete sie eingehend. Grinsend trat Finja zu ihrer Freundin. »Was hast du jetzt wieder gemacht?« Es war schon lange kein Geheimnis mehr, dass Rieke immer dann ein neues Tier für ihren Freund Nando kaufte, wenn sie etwas getan hatte, das sie hinterher bereute.

Rieke drehte sich mit einer Grimasse zu ihr um. »Wie kommst du darauf, dass ich etwas gemacht hätte?«

Sie blickte ihre Freundin nur vielsagend an.

Ein tiefer Seufzer war die Antwort. »Ich habe mal wieder zu schnell geurteilt. Ich fand, dass sich Nando zu intensiv um eine Gruppe Schülerinnen vom Gymnasium gekümmert hat und habe ihm das vorgehalten.«

»Lass mich raten, es war alles ganz harmlos.«

»Natürlich.«

Finja nickte. »Wie immer. Du weißt, dass Nando dich abgöttisch liebt. Er hat für dich sogar sein Erbe aufgegeben und sich entschieden, hier zu bleiben.«

»Ich weiß!« Etwas ruhiger fuhr Rieke fort. »Das Problem liegt bei mir, nicht bei ihm. Mein Verstand weiß, dass er mich liebt und mich nie betrügen würde.«

»Und dein Herz auch.«

»Ja, doch manchmal hakt irgendwas bei mir aus und ich werfe ihm Dinge vor, von denen ich genau weiß, dass sie Schwachsinn sind.«

Finja legte den Arm um Riekes Rücken. »Es ist gut, dass dir das bewusst ist und es wird weniger, diesen Monat warst du noch gar nicht hier.« Nachdenklich blickte sie auf die Amigurumis. »Vielleicht sollte ich das als neues Geschäftsmodell in Betracht ziehen.«

Rieke lachte. »Da würdest du schnell pleitegehen. Ich glaube, nur ich bin so blöd.«

»Du würdest dich wundern, was ich hier alles mitbekomme.«

»Ich will es gar nicht wissen. Ich möchte lieber glauben, dass sich alle gut verstehen.«

»Das wäre natürlich umso schöner. Also, welcher darf es diesmal sein?« Inzwischen besaß Nando neben dem Esel, den er als Erstes bekommen hatte, bereits ein Stinktier, ein Nashorn und ein Schwein.

»Warte mal, ich habe was Neues ausprobiert, das habe ich noch nicht im Laden. Ich hole es schnell.«

Rasch ging sie in ihre Wohnung und lief die Treppe hinauf zum Wohnzimmer, wo sie ihre Probestücke aufbewahrte. Sie fand das gesuchte Modell und kehrte damit in den Laden zurück. »Hier, extra für euch.«

Rieke betrachtete es und brach in Gelächter aus. »Genial, wenn das nicht Luis ist!«

Luis war der Löffler, den Nando verletzt im Watt gerettet hatte und der jetzt auf der Wiese hinter dem Restaurant lebte. »Freut mich, dass er dir gefällt.«

»Das tut er absolut! Nando wird begeistert sein, wenn er ihn sieht.«

»Und dir hoffentlich alles verzeihen.«

Rieke grinste. »Das hat er schon längst.«

»Ich frage jetzt nicht, wie du das hinbekommen hast.«

»Besser nicht.« Rieke sah sie neugierig an. »Aber mal was ganz anderes: Nando hat erzählt, dass Kommissar Griesgram bei euch am Tisch gesessen hat. Wie kam es denn dazu? Und warum hast du mir nichts davon erzählt?«

Finja seufzte. »Du kennst doch meine Mutter. Sie fand, er sähe einsam aus und hat ihn deshalb an unseren Tisch geholt, während ich bei dir in der Küche war.«

Rieke hob die Augenbrauen. »Und das, nachdem er dir das Leben schwer gemacht hat?«

»Ja. Mama fand es eher lustig, dass er meine Muscheln konfisziert hat.«

»Und, wie ist er so?« Rieke blickte betont unschuldig.

»Nicht ganz so arschlochig, wie ich vermutet hatte. Er ist sehr zurückhaltend und sitzt im Grunde hier die Zeit ab, bis er wieder zu seiner normalen Arbeit zurückkehren kann.«

»Ich kann das gar nicht verstehen. Die Insel ist so schön, er könnte hier eine wirklich tolle Zeit verleben.«

Finja hob die Schultern. »Manche Leute leben halt lieber in der Stadt. Vor allem ist sein gesamtes soziales Umfeld dort und auch die interessantere Arbeit. Von daher kann ich ihn schon ein wenig verstehen. Stell dir vor, dich würde jemand einfach nach Berlin versetzen.«

Rieke verzog den Mund. »Eine grausige Vorstellung. Okay, du hast recht, wir kennen hier jeden und sind das Leben auf der Insel gewohnt, deshalb gefällt es uns.«

»Darum werde ich ihm am Montag die Insel ein bisschen zeigen, dann weiß er sie vielleicht mehr zu schätzen.«

Erstaunt sah Rieke sie an. »Wann habt ihr denn das abgemacht? Gestern im Restaurant?«

Innerlich rollte Finja die Augen. Natürlich hatte sie ihren Mund nicht halten können, es war klar, dass ihre Freundin das nicht auf sich beruhen ließ. »Nein, als er vorhin hier war.«

»Oh, war er das?« Rieke grinste so breit, dass ihre Mundwinkel fast ihre Ohren berührten.

Finja streckte die Zunge heraus. »Ja, das war er. Er wollte sich dafür entschuldigen, dass er der Einladung meiner Mutter gefolgt ist und ich damit überrumpelt wurde.«

»Das ist aber nett von ihm.«

»Ja.«

»Und, was war sonst noch?«

»Er fand meinen Kaffee zu stark.«

Rieke lachte. »Na, wer nicht? Das Zeug kann niemand trinken, wenn er davon nicht Haare an Stellen bekommen möchte, wo sie nichts zu suchen haben.«

»Banause.« Auf Riekes drängenden Blick hin, redete sie weiter. »Er hat sich den Laden angeschaut und ist dann gegangen.«

»Und?«

»Und, was?«

Ungeduldig sah Rieke sie an. »Nun lass dir doch nicht alles aus der Nase ziehen!«

»Sonst war nichts. Wie gesagt, ich habe ihm angeboten, ihm die Insel zu zeigen, das war alles.«

»Irgendwie enttäuschend. Ich hatte erwartet, dass bei euch ein Feuerwerk abbrennt oder so.«

Finja lächelte. »Nicht jeder hat so eine Liebesgeschichte wie du oder Joris. Er wird gehen, wenn Jens zurückkommt.«

Rieke nickte verständnisvoll. »Du willst nicht verletzt werden, wenn er geht. Das verstehe ich.« Besser als die meisten anderen, nachdem ihr Bruder damals die Insel Hals über Kopf verlassen hatte und erst zehn Jahre später zurückgekehrt war.

»Ich kenne ihn gar nicht, zumindest noch nicht. Wenn ich das tue und ihn dann mag, werde ich dir Bescheid sagen.«

»Versprochen?«

»Klar.« Schließlich waren sie schon seit dem Kindergarten die besten Freundinnen.

»Okay, ich bin gespannt.« Überraschend ernst blickte sie Finja an. »Ich wünsche dir, dass du einen Mann triffst, der dich genauso glücklich macht wie Nando mich. Du hast es verdient.«

Finja umarmte sie. »Vielleicht tue ich das irgendwann. Aber wenn nicht, bin ich auch zufrieden mit meinem Leben.« Was absolut stimmte. Sie brauchte keinen Mann, um glücklich zu sein, doch wenn sich jemals eine Gelegenheit ergab, und der Richtige vor der Tür stand, würde sie diese ergreifen. Sie würde nur nicht die Luft anhalten, bis es so weit war.

»Falls wir uns bis dahin nicht mehr sehen oder sprechen: Viel Spaß am Montag. Und ich erwarte einen vollen Bericht spätestens Dienstagmorgen.«

Lachend löste sich Finja von ihr und stupste Luis an. »Was ist, möchtest du den Kleinen mitnehmen?«

»Aber so was von. Ich bin schon gespannt, was Nando zu ihm sagt. Was schulde ich dir?«

»Da er noch nicht im Laden steht, denk dir einen Preis aus.« Finja nahm die fünfzehn Euro entgegen, die Rieke ihr reichte. »Danke.«

»Ich habe zu danken.« Sie sah auf die Uhr. »Du schließt ja gleich den Laden für die Mittagspause. Hast du was vor?«

»Ich denke, ich werde mal eine Runde am Strand drehen und mir den Kopf durchpusten lassen.«

»Gute Idee. Ich wünschte, ich hätte Zeit, mitzukommen. Einen schönen Tag noch!«

Finja lächelte. »Dir auch.«

Sie ging hinter Rieke her zur Tür und schloss sie ab, nachdem ihre Freundin den Laden verlassen hatte. Anschließend kehrte sie in ihre Werkstatt zurück und betrachtete noch einmal die Projekte, bevor sie sich anzog und das Haus verließ.

# 8

Was hatte er sich dabei gedacht, zu Finja zu gehen? Vor allem hätte er sich auch vor der Tür entschuldigen können und ihr nicht ins Haus folgen sollen, nachdem er gesehen hatte, dass sie nur ein Nachthemd trug. Das sollte er als Inselpolizist nicht tun, er musste sich seiner Position entsprechend verhalten. Ja, es war nichts passiert, aber was, wenn ihn jemand beobachtet hatte? Normalerweise interessierte ihn das nicht sonderlich, doch hier auf der Insel wurde das sicher anders betrachtet. Sein Vorgänger war verheiratet und vor allem gut bekannt, da wurde das sicher nicht so beäugt wie bei ihm als Fremden. Darüber sollte er nächstes Mal nachdenken.

Nächstes Mal … Vielleicht sollte er ihre Verabredung absagen. Sicher wäre es deutlich interessanter, wenn Finja ihn über die Insel führte, als wenn er allein ging. Vor allem konnte sie ihm auch Plätze zeigen, die er allein nicht entdecken würde. Und es wäre auch gut, mehr über die Insel zu erfahren. Wenn bald mehr Touristen kamen, würde er sicher öfter mal angesprochen werden, wenn er in Uniform unterwegs war. Überhaupt, die Uniform! In Oldenburg war er es gewohnt, in normaler Kleidung zur Arbeit zu gehen. Uniform trug er als Kriminalkommissar – wenn es denn sein musste – nur zu hochoffiziellen Anlässen. Er fühlte sich nicht gerade wohl darin, auch wenn die blaue Uniform immerhin schon deutlich besser aussah als die alte beige-grüne. Glücklicherweise war das vor seiner Zeit umgestellt worden.

Lukas schaltete den PC aus und griff nach dem Diensthandy. Nachdem er mehrere Stunden im Büro gesessen hatte, hielt er es nicht mehr aus. Er brauchte Bewegung und frische Luft. Bei seiner vorherigen Dienststelle war ihm die Zeit im Büro nie so unendlich lang vorgekommen. Hier schien es, als wenn der Tag absolut nicht verging. Vermutlich lag es daran, dass hier einfach nichts passierte. Wenn er einen Anruf am Tag bekam, war das schon viel. Es könnte natürlich daran liegen, dass sich herumgesprochen hatte, das der heilige Jens nicht mehr hier saß. Okay, das war ungerecht, sein Vorgänger hatte sich die Zuneigung der Einheimischen garantiert hart erarbeitet. Er hielt das nicht für nötig, denn schließlich würde er schon bald nicht mehr hier sein.

Vorhin hatte er Kriminalhauptkommissar Wagner angerufen und nachgefragt, wie es mit seiner Ablösung aussah. Sein Vorgesetzter hatte ihm keine Hoffnung gemacht, dass er die Insel in den nächsten Wochen verlassen konnte. Offenbar schlug die Behandlung bei Jens nur langsam an und er würde in nächster Zeit noch nicht arbeitsfähig sein. Oder vielmehr würde er noch dort bleiben müssen, wo die medizinischen Möglichkeiten besser waren. Lukas schnitt eine Grimasse. Was jammerte er hier eigentlich rum? Wenigstens war er gesund und Spiekeroog nun auch nicht ganz furchtbar. Ein wenig Langeweile konnte er doch wohl noch ertragen. Er musste sich einfach etwas suchen, das ihn ablenkte und die Zeit schneller vergehen ließ.

Rasch verließ er die Polizeistation und holte das moderne Fahrrad aus dem Verschlag neben dem Haus. Als er vor einigen Monaten den Drahtesel von Jens gesucht hatte, hatte er eines von diesen eher alten, verschrammten Rädern erwartet und war überrascht gewesen, dass es solch ein neumodisches Zweirad hier auf der Insel überhaupt gab. Sicher könnte er auch zu Fuß patrouillieren, doch dann konnte er das weit entfernte Westende und Ostende nicht an einem Tag erreichen. Lukas schwang sich aufs Rad und fuhr den Plattenweg hinunter auf den Tranpad. Momentan konnte er noch mit dem Fahrrad fahren, doch wenn im Sommer die Massen an Touristen hier entlangliefen, würde er schieben müssen. Er radelte Bi d'Utkiek hinunter in Richtung Westen und nickte grüßend, als er im Bereich des Wäldchens einer älteren Frau begegnete. Missbilligend sah sie ihn an, aber glücklicherweise sagte sie nichts, bis er vorbei war.

Auf dem Gartenweg fuhr er am Kurpark vorbei, der mit den frischen Blättern erstaunlich grün wirkte. Vor ein paar Wochen war er noch ziemlich trist gewesen. Der Fahrtwind war kühl, aber dank der wärmenden Sonnenstrahlen war die Temperatur angenehm. Er fuhr geradeaus auf den Westend und konnte endlich richtig in die Pedale treten. Der hell gepflasterte Weg war breit genug und ideal zum Fahrradfahren. Außerhalb des Ortes gab es auch deutlich weniger Fußgänger und Lukas atmete erleichtert auf. Vielleicht sollte er sich einfach immer irgendwo außerhalb der Polizeistation verstecken. Dummerweise entsprach das nicht seiner Arbeitsmoral.

Mit dem Rad kam er ziemlich schnell am westlichen Ende der Insel an. Er fuhr an der Endstation der Museums-Pferdebahn vorbei und hielt am Abgang zum Weststrand an. Eine Weile blickte er über die Dünen und den Strand zum Meer. Aus der Entfernung wirkte es so friedlich und still, doch er hatte die Sturmflut miterlebt und wusste, dass das nur eine Täuschung war. Nach einigen Minuten bog er ab auf den Palisadendiek und umrundete das westliche Ende der Insel. Der befestigte Weg führte nur bis zum Zeltplatz, danach gab es einen Sandweg, der bis zum Alten Anleger führte, wo die Insel endete.

Um seiner Tour wenigstens einen kleinen professionellen Anstrich zu geben, stieg Lukas am Kiosk des Zeltplatzes vom Fahrrad und betrat das rot und blau gestrichene Holzhäuschen. Draußen standen Ständer mit Postkarten, innen gab es eine bescheidene Auswahl an Lebensmitteln für die Zelter. Lukas nahm sich eine kleine Flasche Cola aus einem Kühlschrank mit Glastür und ging damit zur Kasse. Ein Mann etwa in seinem Alter stand hinter dem Tresen.

Er grinste Lukas an. »Oh, hoher Besuch heute. Was führt Sie her?«

Lukas stellte die Flasche auf den Tresen. »Der Durst.«

Der Mann nickte. »Das kann hier schon mal passieren. Ich bin übrigens Hajo, der Pächter vom Kiosk.« Er hielt Lukas die Hand hin.

Lukas schüttelte sie. »Lukas Stahl, derzeitiger Inselkommissar.«

Hajo grinste wieder. »Das habe ich mir fast gedacht. Wie ist es so auf der Insel?«

»Ruhig, sehr ruhig.«

»Das gibt sich im Sommer, da wünscht man sich dann fast die Nebensaison zurück. Aber ich natürlich nicht, hier ist nur zwischen 1. Mai und 15. September geöffnet. In der Zeit muss ich alles fürs Jahr verdienen.«

»Das ist nicht viel Zeit. Ist hier alles in Ordnung?«

»Aber ja, hier gibt es nur sehr selten mal Ärger.«

Lukas reichte ihm seine Karte. »Wenn es doch mal so sein sollte, melden Sie sich bei mir.«

Hajo nahm sie entgegen und heftete sie an die Pinnwand. »Alles klar. Ich rechne aber eher nicht damit. Meist sind es nur ein paar besoffene Spinner, die mal Ärger machen. Vielleicht auch mal ein Diebstahl oder eine Belästigung. Doch alles eher harmlos.«

»Hoffen wir, dass es so bleibt.«

»Ja. Und wenn nicht, weiß ich jetzt ja, an wen ich mich wenden muss.« Fröhlich lachte er.

»Gut.« Lukas deutete auf die Cola. »Was macht das?«

»Drei Euro.«

Lukas schluckte die Bemerkung hinunter, wie teuer die kleine Flasche war. Natürlich, der Kioskbetreiber musste sein Geld in einer sehr kurzen Saison verdienen und die Lebensmittel vom Festland hier rüberzubringen, kostete auch etwas. Er zahlte die Cola und steckte das Portemonnaie ein. »Dann einen schönen Tag noch.«

»Ebenso. Kommen Sie gern jederzeit vorbei.«

Lukas nickte ihm zu und verließ den Kiosk. Draußen öffnete er die Flasche und trank einen Schluck. Die Bewegung und der Wind machten tatsächlich durstig. Beim nächsten Mal sollte er sich vielleicht ein Getränk und auch einen Snack mitnehmen. Während er trank, blickte er auf den Zeltplatz hinunter, wo bereits die ersten Leute ihre Zelte aufgebaut hatten. Das würden in den nächsten Wochen sicher noch viel mehr werden. Nachdem er die Flasche geleert hatte, gab er sie im Kiosk zurück und machte sich dann auf den Rückweg.

Auf dem Westend sah er die alte Rettungsstation, das weiß getünchte Gebäude wurde jetzt als Sommerstall genutzt. Jedenfalls stand das auf einem Schild. Ein großer schwarzer Hund lag mitten auf dem Weg in der Sonne und blinzelte ihn an. Lukas fuhr langsamer und machte einen Bogen, falls der Hund aufsprang und ihm vors Rad lief. Doch der setzte sich nur auf und blickte ihn aufmerksam an. Es sah fast aus, als grinste er.

»Na, Hund, zu wem gehörst du?« Er dürfte hier eigentlich nicht unangeleint herumlaufen. Lukas hielt an und blickte zum Sommerstall hinüber. Doch der war verschlossen, es war niemand zu sehen. Manche Einheimische nahmen es hier mit den Regeln nicht ganz so genau, aber einen Hund völlig unbeaufsichtigt auf der Insel herumlaufen zu lassen, würde sich vermutlich niemand trauen, erst recht nicht zur Brutzeit. Es gab empfindliche Bußgelder für so etwas. Vielleicht war der Hund am Hundestrand abgehauen, aber der lag einige Kilometer entfernt.

Lukas stieg ab und lehnte das Rad an einen Pfosten, bevor er zum Hund zurückkehrte. Der wedelte mit dem Schwanz und machte keine Anstalten wegzulaufen. Vorsichtig näherte er sich dem Tier und streckte ihm seine Hand entgegen. Die schnüffelnde Nase stieß gegen seine Finger. »Also gut, wo kommst du her?« Lukas sah sich um. »Wohnst du in einem der Gebäude dort hinten?«

Der Hund stieß ein Bellen aus, das frappierende Ähnlichkeit mit dem Atmen von Darth Vader hatte. Lukas lachte. »Okay, Vader. Was mache ich jetzt mit dir? Ich kann dich nicht einfach hierlassen.« Erst recht nicht direkt neben den Marschwiesen, in denen die Vögel brüteten. Wer sagte, dass der Hund nicht anfing zu wildern, wenn er Hunger hatte?

Ratlos blickte sich Lukas um. Es war nirgends jemand zu sehen, der ihm helfen könnte. Er ging zum Sommerstall und versuchte, die Tür zu öffnen, doch sie war abgeschlossen. Als er sich umdrehte, stand Vader direkt hinter ihm. Mit flehendem Blick beobachtete er ihn, sein Schwanz wedelte heftig. Lukas stieß einen tiefen Seufzer aus. Rasch zog er sein Handy heraus und machte ein Foto von dem Hund. Das würde er brauchen, um herauszufinden, wem er gehörte.

Lukas suchte ein Seil oder etwas in der Art, um Vader zur Polizeistation zu führen, doch da war nichts. Der Hund musste ihm schon freiwillig folgen, er konnte ihn schlecht tragen, wenn er das Fahrrad auch noch transportieren musste. Zu dumm, dass er heute den Anhänger nicht dabei hatte. Lukas schrieb einen Zettel mit der Aufforderung, sich bei der Polizeistation zu melden, wenn jemand etwas über die Herkunft des Hundes wusste, und klemmte ihn in die Tür. Mehr konnte er momentan nicht machen.

Er nahm sein Fahrrad und blickte Vader an. »Komm mit.«

Zu seiner Überraschung folgte ihm der Hund bereitwillig, als er das Fahrrad den Weg entlangschob. Offenbar freute sich Vader über die Gesellschaft. Es wäre besser, wenn Lukas ein paar Leckerlis dabei hätte, aber woher hätte er wissen sollen, dass er sie brauchen würde. Ein weiterer Punkt auf seiner Liste, was man als Inselpolizist immer in der Tasche haben sollte. Neben Handschellen, Schlagstock und Pistole, obwohl er sich damit hier ziemlich affig vorkam.

Als er sicher war, dass Vader ihm folgen würde, stieg Lukas aufs Rad und fuhr langsam los. Der Hund lief schneller hinter ihm her, seine Zunge baumelte beim Laufen aus dem Maul. Die Geschwindigkeit hielt Lukas nicht zu schnell und vor allem gleichmäßig, sodass Vader ihm gut folgen konnte. Immer wieder blickte er zur Seite, um sicherzustellen, dass sich der Hund nicht aus dem Staub machte oder verausgabte. Jeden, der ihm entgegenkam, fragte er, ob Vader bekannt war, doch er erhielt immer nur ein Kopfschütteln.

Sollte er gleich zum Supermarkt fahren, um für den Hund das Nötigste zu besorgen? Er entschied sich dagegen. Das Risiko, dass Vader dort abhauen würde, war zu groß. Deshalb bog er in den Tranpad ein und kam kurz darauf bei der Polizeistation an. Wie selbstverständlich folgte der Hund ihm ins Haus und blickte ihn nur erwartungsvoll an, als Lukas die Tür hinter ihm schloss. Was sollte er jetzt mit ihm machen? Die Arrestzelle kam ihm in den Sinn, doch er brachte es nicht über sich, Vader in dem kahlen Raum unterzubringen.

Stattdessen nahm er eine alte Decke und ein Kissen und baute dem Hund ein kuscheliges Plätzchen an der Wand neben dem Schreibtisch. Mit einem tiefen Seufzer ließ sich Vader dort nieder und legte das Kinn auf die Vorderpfoten. Lukas glaubte, Dankbarkeit in seinen braunen Augen zu sehen, aber vielleicht war der Blick auch lange geübt, um genau das zu bekommen, was er wollte. Er kniete sich neben den Hund und strich mit der Hand durch sein Fell. Es war überraschend weich, allerdings auch mit allerlei Dreck bedeckt. Vermutlich sollte er ihn erst einmal waschen, bevor er hier überall Flöhe verteilte.

Noch wichtiger war allerdings Nahrung und vor allem Wasser. Deshalb holte er eine flache Schüssel aus der Küche und füllte frisches Wasser hinein. Der Hund trank sofort ausgiebig. Lukas suchte alle Schränke ab, doch offenbar hatte sein Vorgänger keinerlei Hundefutter hier vergessen. Also musste er doch noch einmal los und das Nötigste besorgen. »Kann ich dich hier einen Moment allein lassen?«

Vader hob ein Augenlid und gähnte herzhaft. Lukas musste lachen. Es schien so, als fühlte sich der Hund bereits heimisch.

»In Ordnung, mach keinen Unsinn, sonst wars das mit unserer Freundschaft.«

Vaders Ohren wackelten, sonst rührte sich nichts an ihm.

Lukas strich ihm noch mal über den Kopf und erhob sich. »Bis gleich.« Er verließ das Büro und schloss die Tür leise hinter sich.

Diesmal holte er den Anhänger aus dem Unterstand und befestigte ihn am Fahrrad. So war er schneller als zu Fuß und konnte auch mehr transportieren, denn er musste ja praktisch bei null anfangen. Ihm kam der Gedanke, dass es unsinnig war, mehr als nur das Allernötigste zu kaufen, schließlich würde der Besitzer des Hundes ihn sicher bald abholen, aber er wollte auch, dass es Vader bei ihm gut ging. Kopfschüttelnd trat er in die Pedale.

# 9

Zielstrebig hielt Finja im Supermarkt auf das Regal mit den Süßigkeiten zu, als sie aus den Augenwinkeln eine vertraute Gestalt erblickte. Neugierig blieb sie stehen und starrte den Rücken an. Ja, der Mann sah eindeutig so aus wie Lukas, aber warum sollte er sich in dem Gang mit Tierfutter aufhalten? Das ergab überhaupt keinen Sinn. Vermutlich sollte sie einfach weitergehen und sich um ihren Kram kümmern, aber sie schaffte es nicht. Stattdessen trat sie ebenfalls in den Gang und näherte sich dem Inselpolizisten. Er hockte vor einem Ständer mit Hundehalsbändern und schien am Ende seiner Weisheit zu sein.

»Haben Sie sich verlaufen oder eine Neigung, von der ich noch nichts weiß?«

Er zuckte sichtbar zusammen und verlor fast das Gleichgewicht, als er zu ihr herumruckte. Als er sie erkannte, gab er einen Laut von sich, der halb erleichtertes Aufatmen und Stöhnen schien. »Nein, ich versuche, ein Hundehalsband zu finden.«

»Ich würde sagen, dann sind Sie hier richtig.« Neugierig trat sie näher. »Wozu brauchen Sie das?«

Er verdrehte die Augen. »Ich dachte mir, das würde gut bei mir aussehen.«

Finja grinste breit. »Okay, dumme Frage, aber seit wann haben Sie einen Hund?«

»Seit eben gerade. Ich habe vorhin einen aufgesammelt, der unangeleint herumlief und es war niemand in der Nähe. Vielleicht kennen Sie ihn ja.« Er zog sein Handy heraus und zeigte ihr das Foto eines großen schwarzen Hundes.

Gründlich betrachtete sie es, dann schüttelte sie den Kopf. »Nein, tut mir leid, den kenne ich nicht.« Sie lächelte. »Aber niedlich ist er. Was haben Sie mit ihm gemacht?«

»Er ruht sich im Büro aus, während ich die nötigsten Dinge besorge.« Er schnitt eine Grimasse. »Ich habe keine Ahnung von Hunden. Es fängt schon damit an, dass ich nicht weiß, was für eine Art Halsband ihm passt.« Hoffnungsvoll sah er sie an. »Kennen Sie sich damit aus?«

»Ein wenig, ich sitte manchmal den Hund einer Freundin.« Sie deutete auf ein Hundegeschirr. »Ich würde so etwas nehmen, das lässt sich in der Größe anpassen und man zerrt den Hund nicht ständig am Hals rum.«

Lukas nahm es vom Ständer und erhob sich. »Perfekt, eine Sache weniger.«

»Vielleicht sollten Sie mit dem Hund zu Hanke gehen, damit er ihn untersucht und auch nachschaut, ob er einen Chip hat. Mit etwas Glück kann er damit den Besitzer feststellen.«

Seine Miene glättete sich. »Gut, dass ich Sie getroffen habe, an den Chip habe ich nicht gedacht. Hanke ist der Tierarzt, richtig?«

»Ja.« Sie nannte ihm die Adresse. »Sonst haben Sie beruflich wohl eher nicht mit Hunden zu tun, oder?«

»Nein, normalerweise kläre ich Verbrechen an und von Menschen auf.«

Finja grinste ihn an. »Wunderbar, so können Sie hier auf der Insel sogar noch was dazulernen.«

Lukas brummte etwas, das sie nicht verstehen konnte. »Jetzt muss ich noch das richtige Futter finden. Was frisst so ein Hund?«

»Ich würde einfach ein paar Dosen und einen kleinen Sack Trockenfutter nehmen, Sie wissen ja nicht, wie lange der Hund bei Ihnen ist. Und vielleicht ein paar Leckerlis für zwischendurch.«

Rasch nahm er einige Dosen aus dem Regal und stellte sie in seinen Wagen. Ein Sack mit Trockenfutter folgte.

Finja reichte ihm ein paar Tüten mit Leckerlis. »Die mag mein Pflegehund besonders.«

»Danke.« Auch sie landeten im Wagen. »Jetzt fehlen noch Näpfe und eine Leine, mein Vorgänger hat leider alles mitgenommen.«

Sie lächelte. »Genauso wie den Hund.«

»Ja.« Lukas seufzte. »Ich dachte nicht, dass ich hier auf den Hund komme.«

»Wie nennen Sie ihn?«

»Darth Vader.«

Finja lachte laut auf. »Das tun Sie nicht!«

Verwirrt sah er sie an. »Warum nicht?«

»Weil das der Bösewicht ist, ein Tier muss einen positiv besetzten Namen kriegen.«

»Am Ende ist er doch wieder einer der Guten. Zählt das nicht?«

»Nein, auf keinen Fall. Wie sind Sie denn darauf gekommen?«

Lukas zuckte mit den Achseln. »Er klang beim Bellen so.«

»Trotzdem, da muss was Besseres her.«

Er wirkte nicht sonderlich begeistert. »Ich weiß ja nicht mal, wie lange er bei mir sein wird. Vielleicht meldet sich im Laufe des Tages noch der Besitzer.«

»Mag sein, aber Sie können ihn ja kaum ständig ‚Hund' nennen, wenn Sie ihn rufen.«

»Dann suchen Sie einen Namen aus.«

Das war eine große Verantwortung. »Ist es ein Junge oder Mädchen?«

»Ich habe keine Ahnung.«

»Wie soll man ihm den passenden Namen geben, ohne das zu wissen?«

Lukas verzog den Mund. »Mir war erst mal wichtiger, dass er etwas zu fressen bekommt. Und danach kümmere ich mich darum, herauszufinden, wem er gehört.«

Damit hatte er vollkommen recht. »Tut mir leid, ich hoffe, der Hund mag das Fressen.«

»Da bin ich sicher. Danke für die Hilfe beim Aussuchen des Geschirrs und des Futters.«

»Kein Ding. Und wenn Sie doch irgendwann Hilfe beim Aussuchen eines Namens brauchen, sagen Sie Bescheid.« Sie biss sich auf die Zunge, um ihm nicht anzubieten, vorbeizukommen und den Hund in Augenschein zu nehmen. Auf keinen Fall würde sie sich ihm aufdrängen.

Lukas blickte sie einen Moment lang an. »Möchten Sie ihn sich ansehen?«

»Gern.« Finja sah auf die Uhr. »Allerdings muss ich gleich zum Laden zurück. Ich könnte aber nach Ladenschluss vorbeikommen. Das wäre nach 17 Uhr.«

Lukas nickte. »Ich bin da, klingeln Sie einfach.« Er zwinkerte. »Und bringen Sie ein paar Namensideen mit.«

»Mache ich. Sagen Sie mir Bescheid, wenn Sie in der Zwischenzeit den Halter finden?«

»Natürlich.«

»Dann viel Spaß noch beim Aussuchen. Bis später.« Finja wackelte mit den Fingern und verließ den Gang.

Rasch erledigte sie noch ihre Einkäufe und kehrte zur *Geschenkinsel* zurück. Nachdem sie alles verstaut hatte, aß sie einen kleinen Salat und öffnete danach den Laden. Es kamen tatsächlich ein paar Kunden, sodass sie gut beschäftigt war. In den wenigen freien Minuten machte sie ein Update ihres Online-Shops und nahm ein paar Bestellungen entgegen, die ein nettes Einkommen bringen würden. Dementsprechend gut gelaunt war Finja, als sie nach Feierabend ihren Laden schloss, sich die Mitbringsel schnappte und sich auf den Weg zur Polizeistation machte. Es lag ganz sicher nicht daran, dass sie sich darauf freute, Lukas wiederzusehen. Oder Darth Vader zu treffen. Grinsend schüttelte sie den Kopf. Auf so einen Namen konnte auch nur ein Mann kommen. Der arme Hund.

Als sie merkte, dass sie beinahe rannte, mäßigte sie ihren Schritt. Auf keinen Fall sollte es so wirken, als würde sie darauf brennen, ihn wiederzusehen. Bevor sie den kleinen Weg zur Tür der Polizeistation hinunterging, atmete sie noch einmal tief durch. Finja musste über sich selbst lachen. Normalerweise neigte sie überhaupt nicht dazu, nervös zu sein. Es gab überhaupt keinen Grund dafür, erst recht nicht, wenn sie zum Inselpolizisten ging. Vor allem war es nicht mal das erwartete Unbehagen, wenn man zur Polizei kam, sondern eher die positiv aufgeregte Variante. Sie konnte sich nicht erklären, warum. Bisher war ihre Beziehung eher … kompliziert gewesen und sie erwartete auch nicht, dass sich das ändern würde. Lukas war einfach so völlig anders als sie. Vermutlich war es genau das, was sie an ihm reizte.

Kopfschüttelnd blieb sie vor der Tür stehen und drückte auf die Klingel. Sofort erklang Bellen aus dem Haus, dicht gefolgt von Lauten, die tatsächlich nach dem schweren Atmen von Darth Vader klangen. Finja musste grinsen, als Lukas die Tür öffnete. Seine kurzen Haare waren zerzaust, er trug eine löchrige Jeans und ein schwarzes T-Shirt. Seine Füße waren bloß.

»Hallo. Kommen Sie rein.«

Finja trat in den Hausflur und hielt ihm ihre Mitbringsel hin. »Ich habe den Korb und ein paar der Spielzeuge mitgebracht, die ich für den Hund meiner Freundin bei mir aufbewahre. Ich brauche sie derzeit nicht, deshalb können Sie die haben, bis Sie den Besitzer des Hundes gefunden haben.«

»Das ist super, danke.« Er nahm ihr die Sachen ab.

Finja schloss die Tür hinter sich und folgte ihm ins Büro der Polizeistation. Der Hund – sie weigerte sich, ihn Darth Vader zu nennen – stand auf einer Decke neben dem Schreibtisch. Als er sie sah, begann er mit dem Schwanz zu wedeln.

»Wie gefiel ihm das Futter?«

Lukas hob die Schultern. »Er hat es gefressen. Ich glaube nicht, dass er da sonderlich mäkelig ist.«

»Das ist schon mal gut.«

»Ich war auch beim Tierarzt mit ihm. Der sagte, er wäre etwa zehn Jahre alt, ist so weit gesund, nur etwas unterernährt. Er meinte, vielleicht wäre Vader schon seit einiger Zeit allein auf der Insel unterwegs. Auf jeden Fall kennt er ihn nicht, und das würde er vermutlich, wenn er einem der ständigen Bewohner gehören würde.«

»Hat er keinen Chip?«

»Nein. Es scheint ein Mischling zu sein, wohl irgendwas mit Labrador darin.«

Finja hockte sich vor den Hund und hielt ihm ihre Hand hin, damit er daran schnüffeln konnte. »Was sagt Hanke, ist es ein Rüde?«

»Ein Mädchen.«

Finja lächelte, als die Hündin den Kopf unter ihre Hand schob. »Na, meine Süße? Du willst bestimmt nicht nach einem bösen Mann benannt werden, oder?« Die Hündin öffnete das Maul, es sah fast aus, als würde sie eine Grimasse schneiden. Finja lachte. »Ja, das kann ich gut verstehen. Wir finden einen schönen Namen für dich, keine Angst.«

Die Zunge fuhr über Finjas Hand.

»Auf jeden Fall ist sie sehr zutraulich und auch nicht schreckhaft. Ich kann mir nicht vorstellen, dass sie ein Straßenhund ist.« Lukas' Stimme erklang hinter ihr.

»Nein, vermutlich nicht. Gibt es keine Vermisstenmeldung?«

»Ich habe keine gefunden. Vielleicht ist sie auf dem Festland weggelaufen und bei Ebbe über das Watt hierhergekommen.«

Finja wog das ab. »Möglich, aber eher unwahrscheinlich. Ich glaube nicht, dass Hunde diesen matschigen Untergrund mögen, zumindest nicht mehrere Kilometer lang. Vor allem müsste es einen Grund geben, warum sie das überhaupt auf sich nimmt. Ich halte es eher für möglich, dass sie irgendwelchen Urlaubern gehört.«

»Die müssten doch gemerkt haben, dass sie weg ist und sich hier oder wo immer gemeldet haben.«

»Sollte man annehmen, aber vielleicht waren sie ganz froh, den Ballast loszuwerden.«

Lukas verzog den Mund. »So etwas kann ich nicht nachvollziehen. Wenn man sich für einen Hund entscheidet, dann behält man ihn, bis er stirbt. Zumindest, wenn es keinen schwerwiegenden Grund gibt, ihn abgeben zu müssen. Doch auch dann lässt man ihn nicht einfach frei, sondern bringt ihn zu einem Tierheim oder einer anderen Einrichtung.«

Finja nickte. »Da sind wir einer Meinung. Was wollen Sie jetzt machen? Einen Aufruf im Netz, wem der Hund gehört?«

»Ja, vielleicht schreibe ich auch die Hotels an, ob jemand den Hund kennt.«

Finja kraulte die Hündin unter dem Kinn. »Eine gute Idee. Wir sollten ein Foto von ihr machen und es in den Restaurants, Geschäften, im Kino, in der Kogge und im *Meerestied* aushängen. Dorthin kommen viele Leute.« Sie überlegte. »Auf dem Zeltplatz. Und am Fähranleger.«

Lukas seufzte. »Da werde ich ja einiges in nächster Zeit zu tun haben.«

Finja grinste ihn an. »Ich dachte, Sie langweilen sich hier, so haben Sie etwas Sinnvolles zu tun. Wir können die Arbeit aber auch aufteilen, ich bin sicher, meine Eltern helfen gern. Meine Mutter ist in einem Handarbeitskreis und hat überallhin Kontakte. Wenn ich ihr das Foto und den Aufruf schicke, hat sie das sicher ganz schnell verbreitet.«

Dankbarkeit stand in Lukas' Augen. »Das würde mir wirklich helfen, danke. Ich kenne hier nicht so viele Leute.«

»Kein Ding. Das ist der Vorteil an einer kleinen Insel mit einer dichtgestrickten Gemeinschaft.« Finja blickte in die braunen Augen des Hundes. »Leia.«

»Was?«

Sie sah zu Lukas auf, der sie verwirrt anstarrte. »Sie könnten sie Leia nennen. Prinzessin Leia. Dann bleibt es wenigstens in der Familie.«

Er lächelte. »Gute Idee.«

# 10

Lukas versuchte, zu verstehen, wie Finja tickte, aber sie überraschte ihn immer wieder. Und das machte sie interessanter. Es gefiel ihm, wie liebevoll sie die Hündin – Leia – behandelte und dass sie bereit war, ihre Freizeit für ihn zu opfern. Aber er verstand nicht ganz, warum sie das tat. »Darf ich Sie etwas fragen?«

»Klar.« Wenn sie lächelte, bildeten sich Grübchen in ihren Wangen.

»Warum helfen Sie mir, obwohl ich Sie anfangs so schlecht behandelt habe?«

Finja zuckte mit den Schultern. »Ich bin nicht nachtragend. Außerdem haben Sie sich ja entschuldigt. Genau genommen helfe ich auch eher Leia.«

»Okay.«

»Wir sind auf einer kleinen Insel, hier hilft jeder jedem. Das war schon immer so. Und genau das mag ich an Spiekeroog.«

Lukas nickte langsam. »Es muss schön sein, sich auf andere verlassen zu können.«

»Das ist es. Was übrigens nicht heißen muss, dass man jeden einzelnen mag. Aber wenn Not am Mann ist, dann ist man auch für denjenigen da, mit dem man sonst eher wenig zu tun hat. Das funktioniert sehr gut.«

»Sie mögen das Leben hier wirklich, oder?« Es gefiel ihm, dass sie so geerdet war. In der Stadt schienen ihm viele Frauen nicht recht zu wissen, was sie wollten. Und sie wirkten oft irgendwie unzufrieden.

»Ja, absolut. Ich wüsste nicht, wo ich lieber wäre.«

»Die meisten Frauen in Ihrem Alter würden vermutlich eine Stadt vorziehen. Mehr Jobs, viele Leute im gleichen Alter, Geschäfte im Überfluss.«

»Ich habe einen Job, ich möchte nichts anderes machen. Und was brauche ich mehr, als es hier schon gibt? Ich habe Freunde, meine Eltern sind hier. Sollte ich doch mal ein Geschäft brauchen, das es hier nicht gibt und wo ich auch nicht online bestellen kann, fahre ich aufs Festland. Ist ja nicht so, als wäre ich hier angekettet.«

»Das stimmt natürlich. Tut mir leid, ich war einfach neugierig.«

»Kein Problem.« Finja erhob sich langsam. »Wenn wir schon bei privaten Fragen sind – warum sind Sie hier? Sie sagten neulich, dass Sie hierher versetzt wurden und kein Mitspracherecht hatten. Ich dachte nicht, dass so etwas überhaupt möglich ist. Sie sind ja kein Leibeigener.«

Lukas verzog den Mund. »Normalerweise wird das auch abgesprochen und man hat die Möglichkeit, abzulehnen. In meinem Fall war das aber nicht so, weil man mich loswerden wollte. Ich hatte die Möglichkeit, hierher zu kommen oder mir eine andere Stelle zu suchen.«

»Das klingt mehr wie eine Strafaktion.«

»Das war es auch.«

Finjas Augenbrauen hoben sich. »Ich kann mir nicht vorstellen, dass Sie etwas Verbotenes gemacht haben. Sie sind so … korrekt.«

Aus ihrem Mund klang das fast wie ein Schimpfwort. »Das bin ich nicht immer. Sagen wir einfach, dass meine Vorgesetzten nicht glücklich über meine Vorgehensweise in einem Fall waren.« Warum erzählte er ihr das eigentlich? Es ging niemanden etwas an. Vermutlich wollte er nur nicht, dass sie ihn für einen schlechten Menschen hielt. Das war armselig.

»Ich bin echt froh, dass ich unabhängig bin. Ich denke, ich hätte den Typen meine Meinung gesagt.«

Das konnte er sich bildlich vorstellen. »So was ist immer wenig hilfreich, wie ich jetzt erleben darf. Ich habe Fragen gestellt, die jemandem nicht gefielen.«

»Das ist doch Ihr Job.«

»Ja, sollte man annehmen. In dem Fall hat es mir eine mehrmonatige Tour auf Spiekeroog eingebracht. Vermutlich sollte ich froh sein, dass es nichts Schlimmeres war.«

Ihre Augenbrauen schoben sich zusammen. »Es ist nicht richtig, jemanden für etwas zu bestrafen, das nicht falsch war.«

Es wärmte ihn, dass sie ihm glaubte. »Nein, aber jetzt ist es so und ich werde das Beste daraus machen. Vielleicht kommt mein Vorgänger ja bald zurück, oder wenn nicht, wird jemand anders für die Stelle gesucht.«

Prüfend blickte sie ihn an. »Ich nehme nicht an, dass Sie sich bewerben würden, oder?«

Da musste er nicht überlegen. »Nein. So schön die Insel auch sein mag, hier gibt es nicht die Art von Job, die ich mir vorstelle. Ich bin Kriminalkommissar geworden, weil ich Kriminalfälle lösen wollte. Also richtige, nicht wer die Genitalien beim Utkieker verhüllt hat.« Er schnitt eine Grimasse. »Ich habe mir mal ein paar alte Fälle hier angesehen.«

Finja lachte laut auf. »Ich könnte sagen, wer es damals war, aber ich schweige wie ein Grab.«

»Ehrlich, wen interessiert das? Es wurde nichts zerstört, also ist es für mich kein Verbrechen.«

»Stimmt. Es war lustig und Jens hat das auch eher mit einem Augenzwinkern gesehen. Das größte Problem war, da überhaupt dranzukommen, um es abzunehmen. Die Feuerwehr hat dann geholfen.«

»Ich will gar nichts gegen den Job hier sagen, für manche ist er bestimmt ein Traum. Aber er passt nicht zu dem, wofür ich Kommissar geworden bin. Ich möchte Verbrechen aufklären, die Täter ihrer gerechten Strafe zuführen. Dafür habe ich studiert und einige Opfer gebracht. Hier kann ich damit nichts anfangen.«

»Ich verstehe. Sie haben recht, jeder ist anders und muss seinem Weg folgen. Aber das heißt nicht, dass Sie leiden müssen, während Sie hier sind. Ich kann Ihnen dabei helfen, die Zeit schnell rumzubekommen.«

Interessiert sah er sie an. »Woran denken Sie dabei?«

Finja zwinkerte ihm zu. »Lassen Sie sich überraschen.«

Hitze schoss durch seinen Körper. Lukas versuchte, sie zu unterdrücken, schaffte es aber nicht ganz.

Ihr Grinsen zeigte, dass sie es bemerkt hatte. »Das hatte ich nun nicht gerade im Sinn.«

Lukas überlegte, sich dumm zu stellen, doch das brachte er nicht über sich. »Tut mir leid, das war unangemessen.«

»Ach was, es war menschlich.« Sie lächelte ihn an. »Und ich habe nichts dagegen, wenn Sie über mich fantasieren.«

Er schüttelte den Kopf. »Hat Ihnen schon mal jemand gesagt, dass Sie absolut außergewöhnlich sind?«

»Ich glaube, die meisten nennen es eher ‚irre' oder ‚ein wenig verrückt'.«

»Das würde ich nicht sagen.«

»Sondern?«

»Sie sind offenbar unglaublich frei, in dem, was Sie denken, sagen oder tun. Das gefällt mir.« Gut, letzteres hätte er jetzt vielleicht nicht sagen sollen. Auch wenn er gerade nicht im Dienst war, sollte er sich doch professionell benehmen.

Ihr Lächeln verschwand langsam, als sie näher zu ihm trat. »Es gibt nicht viele Männer, die das zu schätzen wissen.«

»Dann sind es Idioten.«

»Das denke ich auch.« Prüfend sah sie ihn an. »Sie sind völlig anders als ich. Ernsthaft, pflichtbewusst, sehr darauf bedacht, das Richtige zu tun.«

»Ja.« Seine Stimme klang rau.

»Ich sollte mich also lieber von Ihnen fernhalten.«

»Das wäre sicher sinnvoll.« Es kostete ihn sämtliche Selbstbeherrschung, sie nicht zu berühren. Wie kam es, dass er sich so zu ihr hingezogen fühlte, obwohl sie überhaupt nicht zueinander passten?

»Wollen Sie das denn?«

Der Geruch ihres Shampoos stieg in seine Nase. Er sollte Ja sagen, aber er brachte es nicht über sich. Und zwar nicht nur, weil er dann wieder allein auf dieser Insel wäre, so wie die Monate zuvor. »Nein.«

Ihr Lächeln kehrte zurück. »Gut. Wie wäre es, wenn wir uns duzen? Hier auf der Insel sind mehr oder weniger alle per du und es ist ziemlich anstrengend, sich ans Siezen zu erinnern.«

Wieder erwischte ihn einer ihrer Themenwechsel auf kaltem Fuß. »Okay.« Zugegeben, jeden anderen hätte er schon lange geduzt, vermutlich hatte er versucht, auf die Art eine Barriere zwischen ihnen aufrechtzuerhalten.

»Klasse. Also, hat Hanke Leia gebadet?«

»Nein, das war ich.« Er deutete auf seine Kleidung. »Deshalb dieser Aufzug.«

»Und was hat sie mit deinen Socken gemacht, sie gefressen?«

»Nicht ganz. Die Schuhe hat sie angeknabbert. Die Socken habe ich ausgezogen, nachdem sie bei der Überschwemmung, die Leia im Bad angerichtet hat, nass geworden sind.«

Finja lachte. »Ich kann es mir bildlich vorstellen. Mit Cooper ist es mir am Anfang auch so ergangen.«

»Cooper?«

»Der Hund meiner Freundin. Wir müssen die beiden miteinander bekannt machen, sicher würden sie sich gut verstehen.«

»Ich weiß nicht, ob Leia so lange hier sein wird. Wenn sich ihr Besitzer findet, ist sie bald zu Hause.« Seltsam, dass ihm nach bereits so kurzer Zeit etwas fehlen würde.

»Oder sie bleibt vielleicht für immer hier. Wir wissen nicht, was passieren wird. Also sollten wir jeden Tag so nehmen, wie er kommt.«

»Und genau da unterscheiden wir uns. Ich versuche immer, alles vorauszuplanen. Spontaneität ist nicht so meins.«

»Und doch hast du den Hund mitgenommen, als du gesehen hast, dass er Hilfe brauchte.«

»Ich konnte ja keinen Hund frei auf der Insel herumlaufen lassen. Schon gar nicht in der Brutsaison.«

Finja sah ihn nur mit einer hochgezogenen Augenbraue an.

»Okay, er tat mir auch leid so allein.«

Sie lächelte ihn an, als wäre er ihr Lieblingsschüler. »Geht mir ebenso.«

Lukas runzelte die Stirn. »Reden wir noch vom Hund?«

»Nicht zwangsläufig.«

Er seufzte. »Ich bin aber kein Tier, das du aufnehmen musst. Ich komme durchaus allein zurecht.«

»Das ist mir bewusst.«

Deutlich konnte er das ‚aber' hören, das in ihren Worten mitschwang. Deshalb sah er sie einfach nur an, bis sie weiterredete.

»Ich finde, niemand sollte allein sein. Gute Freunde oder Familie machen das Leben doch erst richtig lebenswert.«

Er nickte. »Das habe ich alles in Oldenburg.« Sein Freundeskreis war zwar nicht riesig, aber dafür konnte er sich jederzeit darauf verlassen.

»Gut. Aber hast du mit jemandem von ihnen darüber geredet, warum du hier bist und wie du dich fühlst?«

»Nein.«

Er hatte nicht gewollt, dass jemand erfuhr, was passiert war. Stattdessen hatte er es so dargestellt, als hätte er die Auszeit gebraucht und sich deshalb nach Spiekeroog versetzen lassen. Seltsamerweise hatten seine Freunde ihm das abgenommen, obwohl sie ihn besser kennen müssten. Und seine Mutter war geradezu begeistert gewesen, dass er sich mal ein wenig erholte und vor allem für einige Monate nicht in Gefahr sein würde. Sie hatte nichts dagegen gesagt, als er Polizist werden wollte, aber er konnte in ihren Augen sehen, dass sie Angst um ihn hatte. Dabei kam er als Kriminalkommissar eher wenig in gefährliche Situationen, aber möglich war es natürlich immer. Wie er auch bei Janine gesehen hatte.

»Du kannst jederzeit mit mir darüber reden. Oder wenn du Gesellschaft brauchst, stehe ich gern zur Verfügung. Natürlich nur, wenn du möchtest. Wenn du lieber etwas mit Männern machen möchtest, verstehe ich das natürlich.«

»Warum sollte ich männliche Gesellschaft bevorzugen?«

Sie hob die Schultern. »Keine Ahnung. Manche ziehen Männergespräche vor.«

Vermutlich wäre das einfacher, die würden ihn zumindest nicht ständig aus dem Konzept und mit ihren körperlichen Vorzügen in Versuchung bringen. Dennoch schüttelte er den Kopf. »Ich mache gern was mit dir. Du reißt mich aus meinem Trott und sorgst dafür, dass ich nicht in der Polizeistation versauere.«

Finja grinste ihn breit an. »Ich wusste doch, dass du intelligent bist.« Sie deutete auf Leia. »Wie wäre es, wenn du sie in den Garten lässt, damit sie sich daran gewöhnt und dort auch ihr Geschäft verrichten kann?«

»Ich wollte erst kontrollieren, ob der Zaun dicht und hoch genug ist. Sie ist ja ein Stück größer als der Vorgängerhund.« Jedenfalls wenn er von den Fotos ausging, die er gesehen hatte.

»Dann tu das, ich kann in der Zwischenzeit dafür sorgen, dass Leia es hier gemütlich hat. Soll ihr Platz weiterhin im Büro sein, oder bei dir im Wohnbereich?«

Lukas dachte kurz nach. »Im Büro ist es wohl besser. Dort ist sie tagsüber bei mir und hat nachts ihre Ruhe.« Und zur Not konnte er den Korb auch mit ins Wohnzimmer nehmen.

»Alles klar.« Sie holte den großen Korb heraus und sprach mit Leia, während sie ihr einen gemütlichen Platz einrichtete. Nach einer Weile sah sie über ihre Schulter. »Wolltest du nicht draußen was machen?«

Schuldbewusst erkannte Lukas, dass er sie einfach nur angestarrt hatte, während sie auf dem Boden kniete und das Hinterteil in die Höhe streckte. »Äh, ja.«

Rasch wandte er sich ab und verließ das Büro. Auf dem Flur glaubte er ihr melodiöses Lachen zu hören. Es gefiel ihm wirklich, auch wenn sie meistens über ihn lachte. Vermutlich wäre es sinnvoll, wenn er sie nicht so tief in sein Leben eindringen ließ, egal, wie einsam er sich auf der Insel fühlte. Aber er hatte gar keine Chance, Finja war wie ihre Mutter: Nicht zu stoppen, wenn sie sich einmal etwas in den Kopf gesetzt hatte. Offenbar hatte sie ihn als ihr aktuelles Sozialprojekt auserkoren. Das gefiel ihm nicht sonderlich, schließlich war er nicht bedürftig, doch noch weniger würde es ihm gefallen, wenn er sie nicht wiedersah. Verdammt, er war wirklich ein hoffnungsloser Fall.

# 11

Gut gelaunt summte Finja vor sich hin, während sie Leia das Geschirr anlegte. Liebevoll kraulte sie die Hündin hinter den Ohren. Schon immer hatte sie es geliebt, sich mit Tieren zu umgeben, aber sie stand von Frühjahr bis Herbst quasi pausenlos im Laden, das wäre nichts für einen Hund. Der brauchte Auslauf und jede Menge Bespaßung, das konnte sie höchstens im Winter bieten. Glücklicherweise fuhr ihre Freundin Annika öfter mal weg und ließ Cooper in der Zeit bei ihr. Natürlich verwöhnte Finja ihn dann hemmungslos, was sie beide unglaublich genossen. Allerdings war es jetzt schon wieder ein paar Monate her und Finja vermisste es, sich um jemanden zu kümmern. Vielleicht drängte sie sich Lukas deshalb ständig auf. Sie verzog den Mund. Vermutlich sollte sie das nicht tun, es ging sie schlicht nichts an, dass er einsam war.

Doch er war erwachsen und konnte ihr einfach sagen, wenn sie nervte. Sie war sicher, dass er das auch sofort tun würde. Bisher schien er allerdings ganz zufrieden mit der Situation und wenn sie seinen Blick richtig gedeutet hatte, war von seiner Seite durchaus ein wenig Interesse vorhanden. Gut, das war ihre Schuld, sie hätte ihm nicht im Nachthemd die Tür öffnen sollen. Andererseits war es auch ganz nett, wieder mal ein leichtes Prickeln zu verspüren. Sie hätte nur nicht gedacht, dass das gerade bei dem zugeknöpften Inselkommissar passieren würde.

Finja zog den letzten Riemen fest und testete mit den Fingern, ob Leia genug Platz in dem Geschirr hatte, damit nichts drückte, sie aber nicht daraus entwischen konnte. Es saß perfekt. Zufrieden befestigte sie die Leine daran und stand auf.

»Komm, suchen wir den heißen Kommissar.« Ups, das hatte sie nicht laut sagen wollen. Rasch sah sie sich um, ob Lukas vielleicht irgendwo lauerte und atmete auf, als sie weiterhin allein war. Leia blickte sie schmelzend an und stieß eines ihrer Darth Vader-Bellen aus. Das brachte Finja wieder zum Lachen. »Du verrätst ihm nicht, was ich gesagt habe, oder?«

Leia schien zu grinsen, während sie fröhlich mit dem Schwanz wedelte. Nicht sicher, was diese Antwort bedeuten sollte, nahm Finja die Leine und führte die Hündin nach draußen. Lukas richtete gerade den Zaun an einer Seite, als sie am Vorgarten ankamen. Es stand noch immer ein Schild mit ‚Hubert' darin, was sie auf eine Idee brachte. »Ist der Garten ausbruchsicher?«

Lukas drehte sich zu ihr um und lächelte, als er Leia in ihrem neuen Geschirr sah. »Steht ihr hervorragend. Ich bin gleich fertig, dann sollte sie eigentlich nicht entwischen können.« Er runzelte die Stirn. »Außer sie kann gut springen, dann wird der Zaun sie nicht stoppen können. Vielleicht sollte ich sie doch lieber nur im Haus halten.«

»Probieren wir es aus.« Finja öffnete das Tor, ließ Leia hindurch und löste die Leine vom Geschirr, nachdem sie es geschlossen hatte. »Okay, lauf los.«

Wie auf Befehl schoss Leia vorwärts, direkt auf Lukas zu. Der wirkte etwas unsicher, bückte sich dann aber und empfing sie mit ausgestreckten Armen. Leia warf sich hinein, als hätte sie ihr Leben lang nichts anderes gemacht.

Ein Stich fuhr durch Finjas Herz, als sie das glückliche Lächeln auf Lukas' Gesicht sah. Es ließ ihn deutlich nahbarer und geradezu sympathisch wirken. Keine Spur mehr von dem grüblerischen, kalten Kriminalkommissar. Dies war wohl sein wahres Ich, das er die meiste Zeit verbarg. Genau das hatte sie dazu gebracht, ihm zu helfen. Und es hatte sich gelohnt. Finja lachte, als Leia ihm quer über das Gesicht leckte und er verspätet zurückzuckte. Er verzog den Mund, hob den Saum seines T-Shirts hoch und wischte mit dem Stoff über sein Gesicht.

Finja starrte auf seinen durchaus muskulösen Bauch und seufzte enttäuscht auf, als das T-Shirt ihn gleich darauf wieder verdeckte. Okay, ja, sie gab es zu, sie mochte es, wenn Männer auf ihren Körper achteten. Natürlich nur, wenn das Gesamtpaket stimmte. Sie musste mit einem Mann lachen können, reden und natürlich Gemeinsamkeiten finden. Ein schöner Körper schadete aber definitiv nicht.

Während Lukas die Hündin an den Seiten kraulte, blickte er zu Finja herüber. Offenbar sah er etwas in ihren Augen – oder auch den Sabber, der ihr aus dem Mund lief – das seinen Blick deutlich erwärmte. Er richtete sich auf und ging auf Finja zu. Ihr Herz klopfte schneller, je näher er kam. Gott, das war lächerlich. Sie würde doch wohl nicht auf einen Mann stehen, nur weil er mit einem Hund spielte. Gut, nicht nur, aber auch. Es sagte viel über einen Menschen aus, wie er mit einem Tier umging und dafür sorgte, dass es ihm gut ging. Finja versuchte, etwas Unverbindliches zu sagen. »Offenbar gefällt es Leia hier.«

Dicht vor ihr blieb Lukas stehen. »Ja, scheint so.« Dabei lag sein Blick auf ihrem Gesicht.

Da sie befürchtete, was er in ihren Augen lesen konnte, blickte Finja auf die Uhr. »Ich sollte jetzt vermutlich gehen.«

Etwas wie Enttäuschung breitete sich in seiner Miene aus, doch er nickte. »Ich habe dich lange genug aufgehalten. Danke, dass du die Sachen vorbeigebracht und Leia ihren Namen gegeben hast.«

Finja bemühte sich um ein Grinsen. »Ich konnte sie ja kaum weiter mit Darth Vader herumlaufen lassen.«

»Ich glaube, ihr wäre es egal. Vermutlich wird sie nicht lange genug hierbleiben, um sich überhaupt an den Namen zu gewöhnen.«

Das machte sie seltsamerweise traurig. Dabei sollte es sie doch freuen, wenn Leia zu ihrer Familie zurückkam. »Stimmt.« Es war besser, sich nicht von Gefühlen binden zu lassen. Es schmerzte zu sehr, wenn es dann vorbei war und das bezog sich nicht nur auf Tiere.

»Was hast du? Du wirkst bedrückt.« Besorgnis lag in seinem Blick.

»Ach, ich bin albern. Irgendwie wünschte ich, Leia könnte hierbleiben.«

Lukas neigte den Kopf. »Es ist sicher besser, wenn ich bald ihre

Besitzer finde, ich werde ja schließlich nicht ewig auf der Insel bleiben und spätestens dann muss sie irgendwo hin.«

Was beides irgendwie traurig war. »Wenigstens hat sie bis dahin einen guten Platz.«

»Ich werde mich bemühen.«

Das brachte sie zum Lächeln. »Du hast das wunderbar gemacht und Leia hat dich schon zum Knutschen gern. Ich würde sagen, das war ein voller Erfolg.«

Lukas verzog das Gesicht. »Eigentlich hatte ich mich heute schon gewaschen, mehrfach, wenn ich ihr Bad mitzähle.«

»Das hätte ich zu gern sehen mögen.«

Seine Augenbrauen hoben sich. »Okay, nächstes Mal kannst du sie waschen, mal sehen, was du dann sagst.«

»Klingt spaßig, sag mir gern Bescheid, wenn es so weit ist.«

»Deal. Bring aber am besten Wechselkleidung mit.«

»Oder ich ziehe mich einfach vorher aus.«

Er stand dicht genug, dass sie sah, wie sich seine Augen verdunkelten. »Das wäre auch eine Option. Darf ich …?« Kopfschüttelnd brach er ab. »Vergiss das.«

Mist, gerade, wo es spannend wurde. »Ich denke eher nicht.«

Verlegenheit stand in seiner Miene. »Entschuldige, das war völlig daneben. Kommt nicht wieder vor.«

»Nicht? Zu schade. Jedenfalls, falls du fragen wolltest, ob du dabei sein darfst.«

Verwirrung zeichnete sich bei ihm ab. »Ich verstehe dich nicht.«

»Ganz offensichtlich.« Sie trat näher an ihn heran. »Wenn du mich gefragt hättest, ob du dabei sein darfst, wenn ich den Hund ohne Kleidung – oder zumindest weniger Kleidung – wasche, dann hätte ich zugestimmt.« Sie war häufig sehr direkt, aber so direkt seltener. Zumindest bei einem Mann, den sie kaum kannte und von dem sie nicht wusste, wie er darauf reagieren würde. Gespannt hielt sie den Atem an, als sie auf seine Antwort wartete.

Diesmal war eindeutig Verlangen in seinen Augen zu sehen. Zumindest, wenn sie das stürmische Grau richtig deutete. »Gut zu wissen, aber ich sollte so etwas trotzdem nicht sagen. Oder auch nur daran denken.«

»Warum nicht? Du bist ein normaler Mann, kein Roboter. Was würdest du in so einer Situation tun, wenn du in Oldenburg wärst?«

»Ich würde wohl versuchen, die Frau besser kennenzulernen, um herauszufinden, ob sie das wirklich ernst meint.«

Das klang doch schon mal ganz positiv. »Dann tu das doch hier auch.«

»Wir sind auf einer kleinen Insel, jeder kennt dich. Außerdem werde ich bald nicht mehr hier sein.«

»Na ja, ich habe dich ja auch nicht gebeten, mich zu heiraten. Noch nicht, zumindest.«

Er wurde etwas blasser. »Verdammt, hau doch nicht immer so was raus.«

Zufrieden grinste sie ihn an. »Warum denn nicht? Ich fand es witzig.«

»Mit so etwas spaßt man nicht.«

Sofort wurde sie ernst. »Tut mir leid, wenn dich das irgendwie verletzt hat. Schlechte Erfahrungen gemacht?«

»Nein, aber ich möchte dich nicht irgendwie ausnutzen. Ich will dir nicht wehtun.«

»Das wirst du nicht. Ich weiß genau, dass es nur eine Sache von kurzer Dauer sein kann. Aber warum sollten wir darauf verzichten, wenn wir es beide wollen?«

»Gute Frage.«

»Und sieh es mal so, wenn ich dich irgendwann nerve, bist du mich ja bald los.«

Sein Mundwinkel hob sich. »Das ist ein Vorteil.«

Scherzhaft boxte Finja gegen seine Schulter. »He, wenn du so schon anfängst …«

Er fing ihre Hand ein und hielt sie fest. »Dann?«

Finja seufzte. »Bist du ziemlich schlau. Es gibt einige Männer, die mit meiner Art nicht zurechtkommen.« Die meisten, um ehrlich zu sein.

»Das kann ich überhaupt nicht nachvollziehen.«

Forschend sah sie ihn an, weil sie nicht erkennen konnte, ob er das ernst meinte. »Nicht?«

»Nein. Du bist eine absolut faszinierende Frau. Ein Rätsel. Und ich mag Rätsel.«

Erleichtert atmete sie auf. »Puh, da habe ich ja Glück.«

»Es wird sich noch herausstellen, ob du das auch weiterhin denkst. Ich bin nicht immer der einfachste Mensch.«

»Einfach ist langweilig.« Sie drückte seine Hand, dann löste sie sich von ihm. »Ich werde jetzt gehen, damit du Zeit hast, dich mit Leia richtig anzufreunden. Wenn du Lust hast, komm gern morgen wieder zum Frühstück vorbei.«

Lukas schnitt eine Grimasse. »Das würde ich gern, aber dein Kaffee …«

Finja lachte. »Dann lade mich zu dir ein – aber in dem Fall komme ich nicht im Nachthemd.«

Er rieb über sein Kinn. »Die Frage ist, was schlimmer wäre.«

»Also wenn es so schon losgeht …«

Mit den Fingern über ihren Lippen brachte er sie zum Schweigen. »Ich komme gern.«

Lächelnd zog sie seine Hand von ihrem Mund. »Wunderbar. Ich werde mich auch bemühen, den Kaffee etwas schlapper zu machen.«

»Perfekt.« Sein Blick wanderte nach unten.

Es war eine echte Versuchung, aber Finja entschied, dass Vorfreude die beste Freude war. Deshalb ging sie rückwärts in Richtung Tor. »Wir sehen uns morgen früh?«

»Absolut. Kann ich Leia mitbringen?«

»Unbedingt. Ich freue mich auf euch.« Finja verließ den umzäunten Bereich und winkte ihm zu, bevor sie den Weg hinunterging. Sie musste sich dazu zwingen, nicht zu hüpfen, so leicht fühlte sie sich.

# 12

Lukas erwachte von einer sanften Berührung an seinem Gesicht. Sofort begann sein Herz schneller zu schlagen, als er sich vorstellte, wie Finja … Darth Vader-Atmen drang an sein Ohr und Lukas stöhnte enttäuscht auf. Er fuhr mit der Hand über weiches Fell anstatt glatte Haut. *Leia*. Er beugte sich zum Nachttisch und schaltete die Lampe an. Ja, es war eindeutig die Hündin, die mit ihm im Bett lag. »Wie kommst du denn hierher?« Eigentlich hatte er die Tür vom Büro zur Wohneinheit geschlossen.

Leia winselte und drängte sich enger an ihn. Es wirkte fast, als hätte sie Angst, dass er sie wegschickte. Doch das brachte er nicht über sich. Stattdessen hob er die Decken an und erlaubte Leia, sich darunter an ihn zu schmiegen. »Ist es so gut für dich?« Leia leckte über sein Ohr, das er schnell zu hielt. »Lass das, ich habe schon geduscht.«

Ihr Hundeatem wehte in sein Gesicht und machte ihm bewusst, dass er so sicher nicht schlafen konnte. Deshalb drehte er Leia so, dass sie mit dem Rücken zu ihm lag. Dann schlang er seinen Arm um sie. Es fühlte sich tatsächlich gut an, ein anderes atmendes Wesen mit sich im Bett zu haben. Leia stieß einen tiefen Seufzer aus, ihre Muskeln entspannten sich spürbar. Lukas schaltete das Licht aus und schloss die Augen. Es dauerte nicht lange, bis er selbst wieder in einen tiefen Schlaf sank.

Als Lukas das nächste Mal aufwachte, drangen bereits die ersten Sonnenstrahlen unter dem Vorhang hervor. Ein Blick auf die Uhr zeigte, dass er länger geschlafen hatte als geplant. Aber es war früh genug, dass er vor der Arbeit zu Finja gehen konnte. Leia lag noch immer unter der Decke und schnarchte fröhlich. Das brachte ihn zum Grinsen. Wer hätte gedacht, dass sie so eine Schnarchnase war. Vorsichtig bewegte er sich zur anderen Seite des Bettes und stand auf. Die Hündin konnte so lange schlafen, bis er geduscht und sich rasiert hatte. In dem engen Bad war sowieso nicht genug Platz für zwei.

Lukas holte sich frische Kleidung aus dem Schrank und ging damit ins Badezimmer. Dort hängte er sie an die Tür, während er sich auszog und in die Dusche stieg. Da es schon so spät war, hielt er sich nicht lange unter dem heißen Strahl auf, sondern stieg bereits drei Minuten später in seine Jeans. Schnell putzte er sich die Zähne, rasierte sich und fuhr einmal mit der Bürste über seine kurzen Haare, dann kehrte er ins Schlafzimmer zurück.

Leia hob den Kopf und sah ihn vorwurfsvoll an. Offenbar war sie eine kleine Diva und erwartete, dass sich alles nur um sie drehte.

Lukas lächelte. »Na, bist du bereit zu Finja zu gehen?«

Bei dem Namen spitzten sich ihre Ohren, der Schwanz wackelte unter der Decke. Lukas musste lachen. So ähnlich fiel seine Reaktion auch aus, wenn er an sie dachte.

»Also was ist? Oder brauchst du eine Extraeinladung?«

Leia schoss förmlich unter der Decke heraus und sprang auf den Boden. Lukas folgte ihr auf den Flur, wo er seine Jacke anzog und Portemonnaie sowie das Diensthandy einsteckte. Die Waffe würde er bei Finja vermutlich nicht brauchen, deshalb ließ er sie im Tresor. Er überlegte, ob er etwas zum Frühstücken mitnehmen sollte, aber da er nicht viel im Haus hatte und auch nicht wusste, was Finja mochte, ließ er es. Nachher würde er hoffentlich schlauer sein und hatte dann beim nächsten Mal alles parat. Nächstes Mal … Er war unsicher, ob er mehr Zeit mit Finja verbringen sollte. Sie reizte ihn unglaublich, aber er wollte ihr auf keinen Fall wehtun. Er war nicht sicher, ob er ihr glaubte, dass sie es wirklich so locker sah und sich nicht doch am Ende mehr erhoffte, als er geben konnte.

Verdammt, worüber grübelte er hier eigentlich nach? Niemand hatte ihm eine Beziehung angetragen, es war einfach nur ein lockeres Treffen, mehr nicht. Allerdings war es möglich, dass daraus deutlich mehr entstand und er war fast sicher, dass es keine gute Idee war. Trotzdem freute er sich auf das Frühstück und konnte es kaum erwarten, Finja wiederzusehen. Ein Alarmzeichen. Als Inselpolizist sollte er deutlich mehr Abstand zu den Bewohnern halten, besonders zu den ledigen Frauen. Er konnte sich vorstellen, was für ein Gerede es geben würde, wenn sich Finja mit ihm einließ. Und besonders, wenn er wieder ging und sie allein zurückblieb.

Lukas rieb über sein Gesicht. Es war alles okay, solange er die Sache auf einer freundschaftlichen Ebene hielt. Warum sollten sie sich nicht treffen können und irgendwelche Freizeitaktivitäten miteinander unternehmen? Das machten andere schließlich auch. Er musste nur darauf achten, dass es rein platonisch blieb. Und das war sein Problem. In Finjas Gegenwart fühlte er sich so gar nicht platonisch. Alles an ihr sprach zu ihm: Ihr Aussehen, ihr Lachen, die Art, wie sie sich um andere kümmerte. *Schiet*, um es norddeutsch auszudrücken.

Mit einem tiefen Seufzer gab er Leia schnell etwas zu fressen, zog ihr das Geschirr an und befestigte die Leine daran. Aufgeregt hüpfte sie um ihn herum, als sie das Haus verließen und den Weg hinuntergingen. Auf dem Rasenstück, das nicht umzäunt war, hinterließ sie einen Haufen. Er würde sich auf dem Rückweg darum kümmern, jetzt hatte er es eilig, schließlich waren sie schon ziemlich spät dran und er wollte die Zeit bei Finja in Ruhe genießen, bevor er wieder im Büro sein musste.

Innerhalb kürzester Zeit standen sie vor Finjas Haus. Er klopfte an die Tür und wartete gespannt darauf, was Finja diesmal tragen würde. Insgeheim hoffte er immer noch auf das Nachthemd, aber es wäre sicher leichter für ihn, wenn sie hochgeschlossen gekleidet wäre.

Kurz darauf öffnete sich die Tür und Finja lächelte ihn an. »Moin.«

»Guten Morgen.«

Unauffällig ließ Lukas seinen Blick über sie gleiten, während sie sich bückte, um Leia zu begrüßen. Sie trug kein Nachthemd, dafür aber ein eng anliegendes Sommerkleid, das ihre unglaubliche Figur wunderbar zur Geltung brachte. Besonders das großzügige Dekolleté war ein echter Hingucker, genauso wie die Tätowierungen, die ihren gesamten Arm bedeckten. Die Hündin sprang aufgeregt an ihr hoch und riss ihm dabei fast die Leine aus der Hand. Lukas hielt sie fester, damit sich Leia nicht losriss. Finja ließ ihre Finger durch ihr Fell gleiten und versuchte lachend, ihr Gesicht außer Reichweite von Leias Zunge zu bringen.

»Ist ja gut, ich freue mich auch, dich zu sehen.« Sie richtete sich auf. »Euch beide. Kommt rein.«

Leia folgte ihr begierig ins Haus und Lukas wurde von ihr hineingezogen. Wobei er das auch ganz freiwillig gemacht hätte.

»Leia, aus!« Er sagte es in seiner Befehlsstimme, doch die Hündin hörte überhaupt nicht darauf. Vermutlich kein Wunder, schließlich hatte sie noch nicht verinnerlicht, dass sie jetzt Leia hieß. Da er nicht wusste, ob sie schon einmal ein Hundetraining gemacht hatte, würde er das irgendwann nachholen müssen – zumindest, wenn sie länger bei ihm blieb. Er musste sichergehen, dass sie gehorchte, wenn er sie rief oder ihr einen Befehl gab. Lukas schloss die Tür hinter sich und war mit Finja und Leia in dem schmalen Flur eingepfercht.

Finja wandte sich zur Treppe, die ins Obergeschoss führte. »Ich habe den Tisch im Wohnzimmer gedeckt, da ist mehr Platz als in der Küche.«

»Hoffentlich ist da nichts, was Leia runterwerfen kann.«

»Ich habe alles aus der Hundereichweite entfernt, keine Angst.«

»Perfekt, danke. Leia hört nicht so wirklich, fürchte ich. Wenn ihre vorherigen Besitzer sie erzogen haben, ist davon nicht viel zu merken. Oder es liegt an mir.«

»Letzteres glaube ich nicht. Sie muss sich einfach erst an dich gewöhnen, das ist alles.« Finja öffnete die Tür zum Wohnzimmer und trat ein.

Lukas folgte ihr mit Leia und sah sich mit offenem Mund um. »Wow.«

Der Raum war nicht sonderlich groß, aber jeder Quadratzentimeter war perfekt ausgenutzt. Regale an den Wänden beherbergten neben Büchern auch jede Menge kleinere Kunstwerke. In einem Vitrinenschrank saßen Hunderte von Häkeltieren. An den

Wänden waren flache Mandalas montiert und in diversen Nischen standen grandiose Holzobjekte. Selbst Leia schien die Besonderheit des Zimmers zu begreifen, denn sie saß artig neben Lukas. Nur ihr Schwanz schlug rhythmisch dumpf auf den Boden.

Finja lächelte. »Danke. Setz dich an den Tisch, ich hole noch ein paar Sachen.«

»Kann ich dir helfen?«

»Nein, danke, geht schon. Außerdem lassen wir Leia besser nicht unbeaufsichtigt.«

Damit hatte sie allerdings recht. »Okay.«

Während Finja erneut nach unten ging, wanderte Lukas durch den Raum und betrachtete die Kunstwerke genauer. Er konnte gut verstehen, warum Finja sie in ihrem Wohnzimmer stehen hatte, jedes für sich war unglaublich. Das ein oder andere hätte er gern in die Hand genommen, doch er befürchtete, etwas kaputt zu machen. Langsam ging er zum Esstisch und lächelte, als er sah, dass sogar die Eierbecher ein gedottetes Motiv hatten. Ganz offensichtlich war die Kunst Finjas Leben. Es gefiel ihm, wenn jemand nicht einfach nur einen Job machte, sondern es auch seine Leidenschaft war.

Schließlich setzte er sich und gab Leia zu verstehen, dass sie sich neben den Tisch legen sollte. Zu seiner Überraschung tat sie das ohne Probleme. Da es im Haus warm war, zog Lukas seine Jacke aus und warf sie über die Lehne des Sofas. Kurz darauf kam Finja mit einem Tablett in den Raum.

Gerade noch rechtzeitig trat Lukas auf Leias Leine, damit sie nicht losstürmen konnte. Streng sah er sie an. »Sitz!«

»Ja, mache ich gleich.« Ein Lachen schwang in ihrer Stimme mit.

»Ich meinte Leia.«

Finja grinste vergnügt. »Ich weiß, ich fand es nur so lustig, weil ich gerade in den Raum gekommen bin.«

»Ich würde es nie wagen, so mit dir zu sprechen.«

Ihre Augenbrauen hoben sich. »Nein? Als du meine Genehmigung sehen wolltest, klang es fast so.«

Lukas seufzte. »Das wirst du mir nie verzeihen, oder?«

Finja stellte das Tablett auf einem kleinen Beistelltisch ab und wandte sich zu ihm um. »Das habe ich doch schon längst. Es macht mir nur Spaß, dich damit aufzuziehen.«

»Wenn dich das glücklich macht, nur zu.«

»Das tut es.« Sie stellte alles auf den Tisch und betrachtete ihn eingehend. »Ich glaube, ich habe alles.«

Lukas blickte auf den beinahe vor Speisen zusammenbrechenden Tisch. »Du hättest dir wirklich nicht so viel Mühe machen sollen.«

»Warum denn nicht? Ich bekomme nicht so oft Frühstücksbesuch, das muss ich feiern.«

»Solange es dir Spaß macht, gern.«

Sie gab Leia ein Leckerli und setzte sich neben Lukas. »Das tut es. Und wenn ich ehrlich bin, die Backwaren sind von meiner Mutter. Sie bringt mir immer was vorbei und das ist meist so viel, dass ich dreißig Kilo schwerer wäre, wenn ich das alles allein essen würde. Von daher bin ich froh, wenn ich damit jemand anderem noch etwas Gutes tun kann.«

Lukas war dezent neidisch. »Mein Kühlschrank ist immer ziemlich leer. Irgendwie schaffe ich es selten, regelmäßig einkaufen zu gehen. Und nicht etwa, weil ich hier zu viel zu tun hätte. Ich kaufe einfach nicht gern ein und der Supermarkt ist jetzt auch nicht so wahnsinnig gut ausgestattet, dass er mich lockt.«

»Wenn du mal richtig guten Käse oder Wein brauchst, sag Bescheid, da habe ich einen guten Tipp für dich.«

»Käse klingt gut. Auf Alkohol verzichte ich lieber, als einziger Polizist der Insel sollte ich immer einsatzbereit sein.«

»Wie oft musstest du nachts schon raus?«

Lukas hob die Schultern. »Noch nie. Aber wer weiß, was im Sommer so alles passiert.«

»Stimmt, da kommen manchmal auch nicht so nette Menschen auf die Insel. Nächtliche Ruhestörung kommt tatsächlich hin und wieder vor.« Sie runzelte die Stirn. »Es kann ja nicht sein, dass du praktisch pausenlos im Einsatz bist. Bekommst du gar keinen Urlaub, keine freien Tage oder sonstiges?«

»Ich habe gelesen, dass in der Hauptsaison ein zweiter Polizist auf die Insel kommt. Vielleicht kann ich dann mal frei nehmen.« Immer vorausgesetzt, er war überhaupt noch hier.

Finja verzog den Mund. »Das ist Mist.«

»Für kurze Zeit ist das kein Problem, zumal ja wirklich nicht viel los ist. Da muss ich nicht die ganze Zeit im Büro sitzen. Wenn was sein sollte, bin ich hier auf der Insel ja immer schnell am Tatort.«

»Stimmt.« Finja schlug sich vor den Kopf. »Ich sitze hier und labere, dabei sind wir ja zum Essen hier. Also, greif zu!« Sie hob die Kaffeekanne. »Kaffee?«

»Ist er fest oder flüssig?«

Finja grinste ihn an. »Haha. Flüssig. Ich habe sogar mehr Wasser als sonst genommen. Und ansonsten kannst du mit Milch verdünnen.«

»Dann nehme ich gern eine Tasse.« Kritisch beäugte er die dunkle Flüssigkeit, die Finja ihm eingoss. Ohne sie zu probieren gab er einen guten Schuss Milch und auch noch zwei Löffel Zucker dazu. Als er ihn probierte, war er angenehm überrascht. »Sehr gut.«

»Ich habe mich auch extra für dich bemüht.«

»Das musst du wirklich nicht tun.«

»Kleiner Scherz, mein Kaffee ist tatsächlich immer trinkbar, ich hatte nur gestern die Augen noch nicht richtig offen und habe mich verzählt.«

»Gut zu wissen.« Er blickte an ihr hinab. »Wo ist dein Nachthemd?«

»Im Bett, wo es hingehört.« Fragend sah sie ihn an. »Vermisst du es?«

»Absolut nicht. Du siehst immer gut aus, egal, was du trägst. Und in diesem Kleid besonders.« Das hätte er vermutlich nicht sagen sollen, aber er mochte nicht lügen.

Finja lächelte nur. »Danke. Du siehst übrigens auch zum Anbeißen aus. Allerdings …« Sie brach ab.

»Was?« Wenn Finja etwas nicht direkt sagte, musste es skandalös sein. Normalerweise plauderte sie alles aus, was sie dachte.

Abwägend sah sie ihn an. »Läufst du weg, wenn ich sage, dass ich gern noch mal dein Sixpack sehen würde?«

Hitze stieg in ihm auf. »Nein, solange du dich nicht auf mich stürzt und mir das T-Shirt vom Leib reißt.«

Finja starrte ihn an, bevor sie laut auflachte. »Ich denke, wir könnten dicke Freunde werden.«

Lukas hob eine Augenbraue. »Freunde?« Er war ziemlich sicher, dass sie etwas ganz anderes meinte.

»Sehr, sehr gute Freunde.« Sie beugte sich zu ihm herüber. »Oder hättest du etwas dagegen?«

Sein Blick fiel in ihren tiefen Ausschnitt und er hatte Mühe, einen vernünftigen Gedanken, geschweige denn eine Antwort, zu formulieren.

# 13

Gespannt sah Finja ihn an. Vermutlich war sie mal wieder zu direkt gewesen, aber was brachte es, um den heißen Brei herumzureden? Lukas' langes Schweigen verunsicherte sie, und das gefiel ihr nicht. Wo lag das Problem, zu entscheiden, ob man an jemandem Interesse hatte oder nicht? Sie waren beide erwachsen und ungebunden, also sprach doch wohl nichts dagegen. Ihre Alarmglocken begannen zu schrillen. »Hast du in Oldenburg eine Freundin? Oder sogar eine Frau?«

»Nein, natürlich nicht.« Zumindest die Antwort kam prompt. »Oder denkst du, dann würde ich …«

»Mir in den Ausschnitt gucken?«

»Äh, unter anderem.«

Immerhin war er ehrlich. »Du würdest nicht glauben, wie dreist manche Männer sind. Kommen mit ihren Frauen in den Laden und flirten dann wie die Weltmeister mit mir. Und die Frauen sind dann sauer auf mich, wenn sie es bemerken, obwohl ich gar nicht darauf reagiere.« Das kam tatsächlich öfter vor, als sie sich wünschen würde.

»Ich gehöre nicht zu den Männern. Wenn ich eine Frau liebe und mit ihr zusammen bin, habe ich nur Augen für sie.« Er wirkte fast, als würde er bereuen, das gesagt zu haben.

»Das freut mich.« Sie deutete auf die Leckereien auf dem Tisch. »Nimm dir ruhig, nicht, dass du hungrig zum Dienst gehen musst.«

Eine Weile aßen sie in einträchtiger Stille. Es gefiel ihr, nicht allein in der Küche essen zu müssen. Natürlich könnte sie jederzeit zu ihren Eltern rübergehen, aber sie wollte sich auch nicht ständig aufdrängen. Die beiden sollten ihre Zeit zu zweit auch mal genießen können, ohne ständig von ihr genervt zu werden. Sie freuten sich immer, wenn sie sie sahen – und das sollte auch so bleiben.

»Ganz ehrlich, die Croissants sind sagenhaft. Und der Kuchen

…« Lukas schluckte das letzte Stück hinunter. »… ist eine Wucht. Warum macht deine Mutter keine Bäckerei auf? Ich wette, sie hätte riesigen Erfolg.«

»Ja, vermutlich, aber sie möchte es nur aus Spaß machen und nicht, weil sie damit Geld verdienen muss.«

»Umso besser für ihre Familie.«

Finja lächelte. »Ja. Als ich noch zu Hause gewohnt habe und sie noch gearbeitet hat, fehlte oft die Zeit zum Backen. Das hat sie dann eher am Wochenende und im Winter gemacht. Doch seit sie den Laden mir überlassen hat, kann sie endlich nach Herzenslust backen und alles andere tun. Sie hat es verdient.«

Wärme stand in Lukas' Augen. »Das klingt toll. Was macht sie sonst noch?«

»Meist Gartenarbeit. Sie liebt es, alles Mögliche zu pflanzen und zu sehen, wie es wächst und gedeiht.«

»Magst du das auch?«

Abwehrend hob sie die Hände. »Bleib mir bloß weg damit. Manchmal helfe ich ihr, aber das ist für mich nicht die große Erfüllung.«

»Du bleibst lieber bei deinen Kunstwerken.«

»Genau. Erinnere mich mal daran, dass ich dir nachher noch was zeige, bevor du gehst.«

»Okay.« Lukas lehnte sich im Stuhl zurück. »Ich fürchte, ich muss jetzt aufhören, sonst platze ich.«

»Schade, was mache ich jetzt mit dem ganzen Kram?«

»Ich bin sicher, der hält sich auch bis morgen. Oder du veranstaltest heute Abend ein Gelage.«

»Nur, wenn du dabei bist.«

Seltsam ernst sah er sie an. »Ich denke nicht, dass das eine gute Idee wäre. Wenn mich jemand dabei beobachtet, wie ich abends in dein Haus gehe …«

Sofort unterbrach sie ihn. »Dann was? Wir leben nicht mehr im Mittelalter. Ich kann durchaus selbst entscheiden, wen ich treffe.«

»Natürlich kannst du das, doch ich bin hier der Ordnungshüter, es wäre nicht richtig.«

»Das sehe ich anders.« Sie beugte sich vor. »Und ich finde es nicht gut, wenn du deinen Job vorschiebst. Wenn du nichts mit mir zu tun haben willst, dann sag es einfach. Ich kann damit umgehen.«

Lukas seufzte. »Ich denke, es ist mehr als offensichtlich, dass ich gern mit dir zusammen bin. Nur bin ich nicht bereit, noch einen Schritt weiter zu gehen. Es wäre nicht fair, wenn ich dann nach Oldenburg zurückkehre. Tut mir leid.«

»Warum denkst du, dass ich auf eine längere Beziehung aus bin? Vielleicht möchte ich dich einfach nur kennenlernen und sehen, wo es uns hinführt.«

»Finja …«

»Nein, im Ernst. Warum denkt jeder, dass Frauen nur nach der lebenslangen Beziehung streben? Ich mag auch One-Night-Stands. Und wenn ich jemanden kennenlerne, der mir gefällt, dann plane ich nicht gleich die Zukunft mit ihm, sondern warte ab, wie sich alles entwickelt. Soll ich dich ignorieren, nur weil ich weiß, dass du bald die Insel verlässt?«

»Nein, ich möchte dich nur nicht verletzen oder irgendwie einen Vorteil daraus ziehen.«

Finja legte ihre Hand auf seinen Arm. »Ich bin erwachsen, ich weiß, was ich tue. Und mir ist klar, dass die Sache hier ein Enddatum hat, auch wenn wir es noch nicht kennen. Das ist in Ordnung für mich. Können wir nicht einfach Zeit miteinander verbringen und sehen, wohin es uns führt?« Unwillkürlich hielt sie den Atem an, weil so viel von seiner Antwort abhing.

Lukas nickte schließlich. »Wenn du sicher bist, gern.«

»Das bin ich.«

Ein langsames Lächeln zog sie in ihren Bann. »Dann bleibt unsere Verabredung morgen zur Inseltour bestehen?«

Ihr Herz hüpfte. »Auf jeden Fall! Das ist wichtig für deine Arbeit. Außerdem kann es ja nicht sein, dass du schon so lange hier bist und noch gar nicht alles kennst.«

»Dann ist es ja gut, dass ich eine kompetente Führerin habe.«

»Auf jeden Fall. Das kriegst du hier normalerweise nicht umsonst.«

Sein Lächeln vertiefte sich. »Dann habe ich ja Glück.«

»Und ob.« Sie wurde wieder ernst. »Denk darüber nach, Lukas. Wenn du wirklich nicht willst, akzeptiere ich das, aber bitte komme mir nicht mit irgendwelchen lahmen Ausflüchten.«

Er nickte knapp. »Das mache ich.« Lukas nahm Leias Leine und stand auf. »Danke für das leckere Frühstück.«

»Sehr gern.« Finja erhob sich ebenfalls. »Ich bringe dich nach unten.«

»Und du wolltest mir etwas zeigen.«

Ihre Laune hob sich etwas. »Stimmt.« Rasch lief sie die Treppe hinunter und führte Lukas in den Arbeitsraum. Sie schaltete das Licht an und ging zum Tisch. »Das hier habe ich gestern gemacht. Es muss natürlich noch richtig trocknen und fixiert werden. Wie findest du es?«

Lukas trat neben sie und blickte auf das Schild hinunter, auf das sie *Leia* geschrieben und es mit Dot Mandalas verziert hatte. »Das ist toll! Wie hast du das so schnell gemacht?«

»Lange Übung. Ich dachte mir, dass wir damit das ‚Hubert'-Schild überdecken können. Momentan ist ja nun eindeutig Leia die Herrin im Garten.«

»Eine gute Idee. Allerdings sehr viel Arbeit dafür, dass Leia vielleicht in ein paar Tagen schon nicht mehr bei mir lebt.«

Irgendwie konnte sie sich das gar nicht vorstellen, auch wenn sie wusste, dass er recht hatte. »Dann nimmst du es mit nach Oldenburg und erinnerst dich dadurch an Leia.« *Und an sie.*

Lukas legte seine Hand auf ihren Rücken. »Ich könnte sie nie vergessen.«

Fast hatte sie das Gefühl, als würde er von viel mehr reden als nur der Hündin. »Gut.« Sie warf noch einen kritischen Blick auf das Schild. »Möchtest du noch was geändert haben?«

»Nein, auf keinen Fall, es ist perfekt, so wie es ist.« Er drehte sie zu sich um. »Danke, dass du dir die Mühe gemacht hast.«

»Es war mir ein Vergnügen.« Und das war kein bisschen gelogen.

Es machte ihr immer Spaß, ihrer Kreativität freien Lauf zu lassen – erst recht, wenn es für jemanden war, den sie mochte.

»Ich bin sicher, Leia wird sehr stolz darauf sein. Kein anderer Hund auf der Insel hat so ein tolles Schild.«

Leia bellte. Hatte sie ihren Namen erkannt?

Finja lachte. »Offenbar sieht sie das genauso.« Ihr fiel etwas ein. »Ach ja, gib am besten die Kopien des Flugblatts für Leia direkt meiner Mutter. Sie wird sie dann verteilen. Und schick es mir am besten auch noch mal per E-Mail, ich hänge es hier auf und gebe es auch noch weiter.«

»Mache ich.« Eindringlich sah Lukas sie an. »Danke. Ich bin wirklich froh, dich angesprochen zu haben.«

Ihr Herz klopfte schneller, während sie ihn anlächelte. »Das bin ich auch.«

Am liebsten hätte Finja ihn einfach an sich gezogen und geküsst, aber jetzt war dafür nicht der richtige Moment. Lukas wirkte immer noch ein wenig scheu und sie wollte ihn nicht zu etwas drängen, das ihm am Ende nicht gefiel. Das hatte sie nicht nötig. Sie hatte ihm ziemlich deutlich gesagt, dass sie ihn wollte und jetzt musste er sich entscheiden, ob das für ihn infrage kam.

Lukas räusperte sich. »Ich sollte jetzt wirklich gehen. Gibst du mir noch die Adresse deiner Eltern?«

»Natürlich.« Sie diktierte ihm die Straße und Hausnummer, die er sich aufschrieb.

»Alles klar. Dann werde ich dich mal nicht länger von der Arbeit abhalten.« Ihm schien etwas einzufallen. »Ich sollte dir helfen, den Tisch abzuräumen.«

»Lass mal, das schaffe ich schon, ich habe ein Tablett dafür.«

Seine Stirn legte sich in Falten. »Beim nächsten Mal helfe ich dir aber, jetzt fehlt mir leider die Zeit.«

Ein nächstes Mal, das hörte sich sehr gut an. Sie konnte es tatsächlich kaum erwarten. »Okay.«

»Danke noch mal für die Leckereien.«

»Sehr gern. Ich hole dich dann morgen früh für unsere Tour ab.«

Lukas nickte. »Perfekt. Nehmen wir die Fahrräder?«

»Ja, das wird wohl besser sein. Ich packe was zu essen ein, du sagtest ja, dass dein Kühlschrank nicht so viel hergibt.«

»Ich kann eink…«

Finja unterbrach ihn. »Das ist nicht nötig, ich habe mehr als genug. Außerdem war es ja meine Idee. Warte einfach in legerer Kleidung, festen Schuhen und einem sonnigen Gemüt auf mich.«

Lukas schnitt eine Grimasse. »Letzteres kann ich nicht versprechen, aber ich werde mich bemühen.«

»Das reicht mir schon.« Sie ging zur Ladentür und schloss sie auf, weil das der kürzeste Weg war. »Wir sehen uns morgen.« Finja bückte sich und streichelte Leia über den Kopf.

»Ja, ich freue mich darauf.« Lukas trat mit Leia aus dem Laden und drehte sich davor noch einmal um. »Du bist eine wirklich faszinierende Frau, Finja Harms. Es ist wie eine Abenteuerreise mit dir.«

Finja lächelte ihn breit an. »Danke, das nehme ich als Kompliment.«

»Das solltest du. Unbedingt.« Lukas nickte ihr zu, dann strebte er mit Leia im Schlepptau auf die Polizeistation zu.

Sie sah ihm nach, bis er nicht mehr zu sehen war, bevor sie in den Laden zurückkehrte und die Tür abschloss. Es war ganz und gar unmöglich, das Herzklopfen abzustellen, das seine Worte in ihr ausgelöst hatten. Wer hätte gedacht, dass gerade der mürrische Kommissar je so etwas Schönes zu ihr sagen würde? Sie auf jeden Fall nicht. Während sie förmlich durch den Laden schwebte, fiel ihr ein, wie viel sie noch zu tun hatte, bevor sie ihn öffnen musste. Neben dem Tischabräumen musste sie sich auch noch umziehen, denn in ihrem Lieblingskleid wollte sie auf keinen Fall mit Farbe arbeiten. Oder ihren Kunden einen tieferen Einblick geben. Das war nur für Lukas gedacht gewesen.

# 14

Nachdem er das Flugblatt für Leia fertiggestellt hatte, kopierte er es hundert Mal und machte sich zusammen mit der Hündin auf den Weg zu Finjas Eltern. Das Haus lag tatsächlich nur einige hundert Meter von der Polizeistation entfernt. Lukas betrachtete es neugierig. Es war eines der älteren der Insel und wirkte sehr gemütlich. Lukas öffnete das kleine Tor und ging über einen Plattenweg durch den üppigen Vorgarten zum rot geklinkerten Haus. Finja hatte nicht übertrieben, offenbar war ihre Mutter tatsächlich eine sehr engagierte Gärtnerin. Langsam näherte er sich dem Gebäude, während er sich neugierig umsah. Überall war Grün, einige Blumen und Büsche hatten sogar schon Blüten. Es gab auch einige Hochbeete, in denen sie offenbar Gemüse zog.

Leia schnüffelte am Wegrand und Lukas zog sie rasch weiter. Nicht, dass sie sich hier noch irgendwo erleichterte. Insekten summten durch den Garten, Vögel zwitscherten. Es war ein kleines Paradies. Vielleicht sollte er sich ein paar Tipps von Wiebke holen, wie er den Garten … Sofort schob er den Gedanken beiseite. Es war nicht sein Garten und es würde nichts bringen, Zeit darin zu investieren, wenn er hier nicht bleiben würde.

»Oh, hallo Lukas! Was für eine unerwartete Überraschung.« Die Stimme kam von schräg hinter ihm.

Rasch drehte er sich um und sah Wiebke, die hinter einigen Büschen hockte und in einem Beet wühlte. Mit dem Arm wischte sie sich Haare aus dem Gesicht, an den Händen trug sie dreckige Handschuhe. »Ich habe Sie gar nicht gesehen. Tut mir leid, dass ich hier so eindringe. Finja sagte, Sie könnten mir helfen, das Flugblatt für Leia unter die Leute zu bringen.«

Wiebke erhob sich und kam zu ihm herüber. Dabei zog sie die Handschuhe aus und legte sie auf einem Busch ab. »Natürlich, das ist kein Problem.« Sie strahlte, als sie Leia hinter ihm sah. »Was bist du denn für eine Schönheit?« Sofort hockte sie sich hin und streichelte die Hündin. Offenbar war sie ebenso tierlieb wie ihre Tochter. Leia sah aus, als wäre sie im siebten Himmel, als Wiebke sie einige Zeit kraulte.

Schließlich erhob sich Finjas Mutter. »Ein wunderbares Tier und der Name passt perfekt.«

»Finja hat ihn ihr gegeben.«

Wiebke lachte. »Ja, sie hat mir das von Darth Vader erzählt. Sehr kreativ.«

»Das fand ich auch, aber Leia ist natürlich schöner, vor allem, weil sie eine Hündin ist.«

»Absolut.« Sie streckte die Hand aus. »Ich werde das Flugblatt überall verteilen, was mir in den Sinn kommt und auch noch anderen welche geben, damit sie das Gleiche tun.«

»Das ist toll, danke. Wenn Leias Besitzer hier irgendwo lebt, müssten wir ihn so finden.«

»Ja.« Wiebke betrachtete Leia intensiv. »Sie kommt mir wirklich nicht bekannt vor. Und ich bin eigentlich immer hier, da sollte ich sie schon einmal gesehen haben.« Sie las sich den Zettel durch und begann zu lachen. »Perfekt gemacht mit dem Steckbrief, das wird sicher die Aufmerksamkeit der Leute erregen.«

»Danke, ich hoffe es.« Er hatte einige Zeit darüber gegrübelt und entschieden, dass mit Humor die meisten Menschen zu erreichen waren. Das hatte er von Finja gelernt.

»Ganz sicher. Und wenn sich niemand meldet, dann haben Sie wenigstens alles versucht und können sie danach beruhigt behalten.«

»Vermutlich würde ich versuchen, ein gutes Herrchen für Leia zu finden, wenn ich die Insel verlasse.«

Sofort wurde Wiebkes Miene ernster. »Ja, natürlich. So ein Hund ist in der Stadt sicher schwieriger zu halten, erst recht, wenn man einen fordernden Job hat.«

»So ist es. Sie würde zu viel allein sein, das will ich nicht.«

»Möchten Sie vielleicht ein Stück Kuchen haben?«

»Danke, das hatte ich gerade schon. Er schmeckt hervorragend.« Es dauerte einen Moment, bis ihm aufging, dass er sich gerade verraten hatte.

Ein breites Lächeln zierte Wiebkes Gesicht. »Ist das so? Jetzt weiß ich auch, warum sich Finja noch mal Nachschub geholt hat.«

»Äh …«

Wiebke lachte. »Keine Angst, ich drehe Ihnen da keinen Strick draus. Meine Tochter ist erwachsen und weiß, was sie tut.«

»Ja, das weiß sie.« Rasch wechselte Lukas das Thema. »Danke noch mal, dass Sie mir helfen, Leias Besitzer zu finden. Ich muss jetzt wieder zur Polizeistation.«

»Ach, schade. Barne hätte sich sicher gefreut, wenn Sie sich sein Boot ansehen.«

Es kam ihm unhöflich vor, nur die Flugblätter abzugeben und dann sofort abzuhauen. »Ein paar Minuten habe ich noch Zeit.«

»Sehr schön.« Wiebke strahlte ihn an. »Warum gehen Sie nicht einfach zu seiner Werkstatt und ich packe in der Zwischenzeit ein kleines Paket mit Leckereien zusammen, das Sie mitnehmen können.«

Da es Wiebke so viel Freude zu machen schien, mochte Lukas nicht ablehnen. Außerdem wusste er, wie lecker ihr Kuchen war. »Das ist sehr nett, danke.«

Sie deutete in die hintere Ecke des Grundstücks. »Dort hinten können Sie Barne finden.«

Lukas nickte ihr zu und ging über den Rasen zu dem Schuppen. Er war aus Holz gebaut, wirkte aber dennoch ziemlich stabil. Das große Tor stand offen und es war der Rumpf einer kleinen Jolle zu sehen. Lukas trat ein und sah sich um. An den Wänden hingen verschiedenste Werkzeuge, an einer Seite stand eine lange Werkbank. Alles wirkte so, als würde es häufig benutzt werden und doch war es aufgeräumt. Finjas Vater war nirgends zu sehen. »Barne?«

Es kam keine Antwort, dafür hörte er ein leises Stöhnen. Leia fiepte und rannte so schnell los, dass sie ihm fast den Arm auskugelte. Rasch folgte er ihr, als sie das Boot umrundete. Barne lag auf dem Boden, Blut tränkte seine Hose und sickerte in den Untergrund. *Verdammt!* Eilig hockte sich Lukas neben ihn. Leia versuchte, sich dazwischen zu drängen, aber Lukas schob sie sanft beiseite. »Sitz!« Glücklicherweise gehorchte die Hündin sofort. Ein paar Meter weiter legte sie sich hin und beobachtete sie.

Zögernd berührte Lukas die Schulter von Finjas Vater. Dessen Augen öffneten sich und er blickte ihn an. Barne presste einen schmutzigen Lappen an seinen Oberschenkel. Auch er war blutgetränkt.

»Luk…as.«

»Ja. Was ist passiert?« Sanft schob er die Hand weg und hob den Lappen an. Darunter war eine lange Wunde, aus der das Blut lief. Rasch presste er den Stoff wieder darauf. Das war nicht ideal, aber besser, als wenn Barne verblutete.

»Bin … mit dem … Werkzeug abgerutscht.« Ein metallenes Werkzeug mit langer scharfer Klinge lag neben ihm.

Während Lukas mit einer Hand auf den Lappen drückte, holte er mit der anderen sein Telefon heraus und wählte die Nummer der Feuerwehr. Er konnte nicht sehen, wie tief die Wunde war, aber bei so viel Blut, wie Barne bereits verloren hatte, musste er dringend in ein Krankenhaus. Mit viel Pech hatte er seine Oberschenkelarterie getroffen und könnte sogar verbluten.

»Notfallzentrale Spiekeroog.«

»Hier ist Kommissar Stahl. Ich habe einen Notfall mit starkem Blutverlust, ich brauche dringend den Rettungswagen und einen Hubschrauber.« Er nannte die Adresse.

»Wir kommen sofort und informieren die Luftrettung.«

»Danke.« Er blickte auf Barne hinunter. Der wirkte erschreckend blass. Lukas war sich nicht sicher, ob das an dem Blutverlust lag oder am Schock. »Bleiben Sie wach, Barne. Es kommt gleich Hilfe.«

Die braunen Augen wirkten seltsam trüb. »O…kay.« Die Sprache klang verwaschen.

Irgendwie musste er ihn wach halten. »Warum haben Sie nicht

Ihre Frau gerufen?« Wäre er nicht zufällig vorbeigekommen und hätte Wiebke ihn nicht genötigt, sich das Boot anzusehen, hätte Barne hier sterben können.

Der Hauch eines Lächelns glitt über sein Gesicht. »Wollte sie … nicht erschrecken.«

Innerlich rollte Lukas mit den Augen. »Wenn sie Sie jetzt sieht, wird sie sich viel mehr fürchten. Ich werde Finja anrufen. Haben Sie ihre Nummer?«

»Nicht im … Kopf.«

*Mist.* Warum hatte er sich ihre Nummer nicht im Handy notiert? »Wie lautet die Handynummer Ihrer Frau?« Hoffentlich trug sie es bei sich.

Mühsam nannte Barne die Ziffern, die Lukas in sein Handy eintippte. Es erklang das Freizeichen, drei Mal, vier Mal und er befürchtete schon, dass Wiebke nicht drangehen würde.

»Ja?« Ihre Stimme klang atemlos.

»Hier ist Lukas. Kommen Sie schnell zum Schuppen und bringen Sie Handtücher oder Laken mit. Und einen Gürtel.«

»Was ist denn …?«

Er unterbrach sie. »Schnell!«

Die Verbindung brach ab und es schien eine endlose Zeit zu vergehen, bis Wiebke schließlich außer Atem im Schuppen ankam. Sie sah ihren Mann auf dem Boden liegen und stieß einen erschrockenen Schrei aus.

»O Gott, Barne!« Sie warf sich neben ihm auf die Knie und berührte mit einer zitternden Hand sein Gesicht. »Was ist passiert?«

Lukas nahm ihr die Handtücher und den Gürtel ab, die sie mitgebracht hatte. »Er hat sich mit einem Werkzeug verletzt. Wir müssen die Blutung stillen. Der Rettungswagen ist schon unterwegs. Er wird mit dem Hubschrauber aufs Festland gebracht.«

Ihr Gesicht war kalkweiß. »Ist es so schlimm?«

»Ich bin lieber vorsichtig. Er hat viel Blut verloren, möglicherweise ist die Arterie verletzt.«

Wiebke nickte. »Weiß Finja schon Bescheid?«

»Nein, ich hatte ihre Nummer nicht.«

Er brauchte nichts weiter zu sagen, denn Wiebke zog mit zitternden Fingern ihr Handy heraus und rief ihre Tochter an. Während sie mit ihr sprach, kümmerte sich Lukas weiter um Barne. Er zog den Lappen weg und schnitt eine Grimasse, als sofort neues Blut hervorquoll. Schnell presste er ein gefaltetes Handtuch darauf. Hoffentlich kam der Rettungswagen bald.

»Wiebke, halten Sie das Handtuch ganz fest auf der Wunde, ich werde das Bein abbinden, damit er nicht mehr so viel Blut verliert.« Er kannte sich nur insoweit mit Notfallmedizin aus, wie es sein Job erforderte. Dunkel konnte er sich noch erinnern, dass ein Opfer einen hämorrhagischen Schock bekommen konnte, wenn es zu viel Blut verlor. Im Krankenhaus konnte der Gürtel gelöst werden, wenn die Ärzte das Abbinden nicht als sinnvoll erachteten. Schnell schlang er den Gürtel um den Oberschenkel und zog ihn so fest, wie es möglich war. Glücklicherweise war es ein Gewebegürtel, den man überall schließen konnte. Lukas schloss ihn rasch und wartete einige Zeit, bevor er Wiebke anwies, das Handtuch ein wenig zu heben.

Erleichtert atmete er auf, als er sah, dass das Blut deutlich langsamer aus der Wunde quoll.

Ängstlich sah Wiebke ihn an. »Er wird es doch schaffen, oder?«

»Natürlich. Gleich kommt der Rettungswagen und dann wird er professionell versorgt.« Sicher war er sich nicht, er sorgte sich wegen Barnes Blässe, aber er wollte nicht, das Wiebke hinterher auch noch zusammenbrach.

Bevor sie antworten konnte, stürmte Finja in den Schuppen. »Wo ist er?« Sie klang außer Atem.

Wiebke erhob sich schwankend. »Hier.«

Finja kam um das Boot herum und blick abrupt stehen, als sie ihren Vater in der Blutlache liegen sah. »O Gott!« Auch sie wurde blass und Lukas befürchtete schon, dass sie gleich daneben liegen würde.

»Setz dich, bevor du umfällst.«

Aufgebracht funkelte sie ihn an. »Was ist passiert?«

»Er sagte, er hat sich an seinem Werkzeug verletzt. Ich bin erst dazugekommen, als er schon am Boden lag.«

Wiebke schloss die Arme um ihre Tochter. »Wäre Lukas nicht gewesen, hätte ich erst später nach ihm gesehen und dann wäre es vielleicht schon zu spät gewesen.«

Finja schluckte schwer und setzte sich auf einen Schemel. »Kann ich etwas tun?«

»Nein, wir können nur warten, bis der Rettungswagen kommt. Das sollte eigentlich gleich so weit sein. Dann wird er zum Hubschrauberlandeplatz am Hafen gebracht und ins Krankenhaus geflogen.«

Ängstlich betrachtete sie ihren Vater. »Wie schwer ist er verletzt?«

»Das können nur die Ärzte sagen. Der Blutverlust ist hoch, aber ich glaube, ich habe ihn jetzt so weit unter Kontrolle. Ich hoffe, die Sanitäter haben Blutreserven, die sie verwenden können, um ihn zu stabilisieren.« Er sah Wiebke an. »Wissen Sie seine Blutgruppe?«

»Ja.«

»Das ist gut, dann können die Sanitäter schneller handeln.« Lukas sah zu Finja, die ungewohnt still war. »Finja, könntest du nachsehen, wo der Rettungswagen bleibt und die Sanitäter herführen? Sie sollen eine Trage mitnehmen.«

Finja nickte knapp, stand auf und verließ den Schuppen. Es machte ihm Sorgen, dass sie so still war.

»Danke, es ist besser, wenn sie das nicht sieht.« Wiebke hielt die Hand ihres Mannes.

»Kann sie kein Blut sehen?«

Wiebke presste die Lippen zusammen. »Sie hat Probleme damit, wenn jemand verletzt ist, der ihr nahesteht. Das stammt noch aus ihrer Kindheit. Wenn Barne es nicht schafft …« Eine Träne lief über ihre Wange.

Sein Herz zog sich schmerzhaft zusammen. »Keine Angst, er ist stark. Er wird kämpfen und die Ärzte werden dafür sorgen, dass er bald wieder auf den Beinen ist.« Jedenfalls hoffte er das.

Ihre Finger schlossen sich fester um Barnes Hand. »Er muss einfach! Ohne ihn …« Sie wirkte verloren.

Stimmen erklangen vor dem Schuppen und Lukas atmete erleichtert auf. Finja trat zuerst ein. Noch immer wirkte sie wie ein Gespenst, nur ein Schatten ihrer sonst so lebhaften Persönlichkeit. Zwei Sanitäter kamen nach ihr herein, sie hatten eine große Tasche sowie eine Trage dabei. Wiebke bewegte sich weiter nach oben, sodass sie in Barnes Nähe blieb, aber den Sanitätern nicht im Weg saß. Lukas behielt seine Hand auf dem Handtuch, bis sich einer der Sanitäter neben Barne gehockt hatte.

»Was haben wir hier?«

»Offenbar hat er sich aus Versehen mit dem Werkzeug dort am Bein verletzt. Es blutet stark, deshalb habe ich den Oberschenkel abgebunden.«

»Wann war das?«

Lukas sah auf die Uhr. »Vor etwa fünf Minuten.« Es kam ihm viel länger vor.

»Okay. Haben Sie sonst noch etwas gemacht?«

»Nein, nur das Handtuch auf die Wunde gepresst, um den Blutfluss zu stoppen.«

»Gut. Wir übernehmen jetzt.«

Lukas nahm seine Hand von dem Handtuch und zog sich etwas zurück, damit die Sanitäter arbeiten konnten. Sie lösten den Stoff von der Wunde und betrachteten sie einen Moment lang.

»Da können wir hier nichts machen.« Einer der Sanitäter holte eine Kompresse aus der Tasche, legte sie auf die Wunde und wickelte dann einen Verband darum, der sie an Ort und Stelle halten würde. »Welche Blutgruppe hat Barne?«

»0- .« Wiebke wrang die Hände.

»Kannst du oder Finja im Notfall spenden, wenn nicht genügend zur Verfügung steht?« Erst jetzt erinnerte sich Lukas daran, dass die Rettungskräfte hier im Ort jeden persönlich kannten, und deshalb viel näher betroffen waren als in der Stadt, wo sie Fremde behandelten.

»Leider nicht, wir haben A- und B+.«

Der Sanitäter sah sie merkwürdig an, nickte aber. »Okay. Dann transportieren wir ihn jetzt zum Wagen und fahren zum Hafen. Der Hubschrauber sollte in ein paar Minuten dort sein.«

»Wo wird er hingeflogen?«

»Ins Krankenhaus in Wittmund.«

»Ich muss bei ihm bleiben.« Wiebke sah den Sanitäter flehend an.

»Eine Person können wir mitnehmen.«

Lukas sah zu Finja, die einige Meter entfernt stand, die Arme hatte sie um ihren Oberkörper geschlungen, als würde sie nur das zusammenhalten. Er nickte Wiebke zu. »Ich kümmere mich solange um Finja.«

»Danke, es beruhigt mich, zu wissen, dass sie nicht allein ist.« Wiebke zuckte zusammen, als Barne stöhnte, während sie ihn vorsichtig auf die Trage hoben.

Lukas trat zur Seite, damit sie genug Platz hatten und stellte sich neben Finja.

»Den Rest machen wir im Krankenwagen.« Zeitgleich hoben sie die Trage hoch und trugen Barne aus dem Schuppen.

Wiebke trat zu Finja und zog sie kurz in die Arme. »Ich melde mich, sobald ich etwas weiß. Kommst du hier zurecht?«

Finja nickte.

Es war deutlich zu sehen, wie zerrissen Wiebke war zwischen ihrem Wunsch, bei ihrem Mann zu sein und sich um ihre Tochter zu kümmern.

Lukas berührte ihren Arm. »Gehen Sie, ich sorge dafür, dass es ihr gut geht.«

»Danke, Sie sind ein Engel.« Wiebke küsste Finja auf die Wange, dann riss sie sich los und eilte den Sanitätern hinterher.

Lukas sah ihr nach, bevor er sich zu Finja umdrehte. Sie wirkte irgendwie verloren. Noch immer war sie erschreckend blass, selbst ihre Lippen hatten jede Farbe eingebüßt. »Soll ich dich nach Hause bringen?«

»Hm?« Ihre Augen wirkten glasig. Offenbar stand sie unter Schock.

Besorgt berührte er ihren Arm. »Finja?«

Ein Winseln erklang, eine feuchte Schnauze schob sich in seine Hand. *Verdammt, er hatte Leia ganz vergessen!* Glücklicherweise hatte sie sich offenbar nur irgendwo verkrochen und war jetzt erst wieder herausgekommen. Lukas rieb über ihren Kopf. »Tut mir leid, Leia, wir gehen gleich hier raus.« Er schnappte sich die Leine, die er vorher einfach fallengelassen hatte. Dann schlang er seinen Arm um Finjas Rücken und gab ihr ein wenig Anschub, damit sie sich in Bewegung setzte. Erleichtert atmete er auf, als sie schließlich losging.

Am Tor blieb sie noch einmal stehen und blickte zurück. Sie schwankte. »Ich sollte hier saubermachen.«

»Nein, das wirst du nicht. Darum kümmere ich mich später. Ich bringe dich nach Hause.«

Daran, dass sie ihm widerstandslos folgte, konnte er sehen, wie erschüttert sie war. Es schmerzte, sie so zu sehen. Und er konnte ihre Reaktion nicht ganz verstehen. Natürlich war es ein Schock, den Vater so verletzt zu sehen, aber das hier war so viel mehr. Wiebke war ebenfalls erschüttert, funktionierte aber noch. Finja war nur noch ein Schatten ihrer selbst. Und das, obwohl sie sonst immer so stark war. Er wünschte, er wüsste, was das in ihr ausgelöst hatte. Auch Leia schien es zu spüren, sie lief dicht neben Finja, so als könnte die Hündin sie vor allen Gefahren schützen.

Zusammen gingen sie zur *Geschenkinsel*. Lukas nahm Finja den Schlüssel ab und schloss die Tür auf, als ihre Hand zu stark zitterte. Schließlich standen sie im Laden und Finja starrte blicklos vor sich hin.

»Wie wäre es, wenn wir einen Zettel schreiben, dass der Laden heute geschlossen bleibt? Ich glaube nicht, dass du in der Lage bist, Kunden zu bedienen.«

»Ja, das wäre wohl gut.«

Er hasste es, ihre beinahe tonlosen Worte zu hören. »Wenn du mir sagst, wo ich Zettel und Stift finde, mache ich das für dich.«

Ein wenig Klarheit trat in ihre Augen. »Danke, es geht schon.« Sie bewegte sich wie eine alte Frau, als sie zum Verkaufstresen trat und ein Blatt aus einer Schublade nahm. Es dauerte lange Sekunden, bis sie mit dem Schreiben begann. Sie befestigte Klebestreifen daran und richtete sich wieder auf.

Weil er es nicht länger mitansehen konnte, nahm Lukas ihr den Zettel ab und hängte ihn an die Tür. Als er sich umdrehte, stand Finja immer noch wie angewurzelt in der Mitte des Ladens. Sein Herz zog sich schmerzhaft zusammen. Langsam kehrte er zu ihr zurück. Leias Krallen klickerten auf dem Holzboden, als sie ihm folgte. Dicht vor Finja blieb er stehen. Unerträgliche Furcht stand in ihren Augen, als sie zu ihm aufsah.

Lukas schlang seine Arme um sie und zog sie sanft an sich. Deutlich konnte er die Schauder spüren, die durch ihren Körper liefen. Er legte seine Hand um ihren Hinterkopf. »Es wird alles wieder gut.«

Finja presste sich an ihn und vergrub ihr Gesicht an seiner Schulter. »Wirklich?« Ihre Stimme klang gedämpft.

»Ja, ganz bestimmt.« Hoffentlich war es wirklich so.

# 15

Finja lauschte Lukas' beruhigendem Herzschlag und versuchte, die entsetzlichen Bilder von ihrem Vater zu verdrängen. Es kam ihr vor, als müsste sie sich durch eine dicke Watteschicht kämpfen, doch ihr fehlte die Kraft dazu. Lukas' Hand an ihrem Hinterkopf fühlte sich seltsam beschützend an. Wenn es möglich wäre, würde sie sich noch dichter an ihn drängen, in der Hoffnung, dass seine Stärke auf sie übergehen würde. Doch es war unmöglich. Ein Zittern lief durch ihren Körper und sie spürte, wie ihr die Realität wieder entglitt. Mühsam stemmte sie sich dagegen – es war aussichtslos.

Sie sah Blut, so viel Blut und hörte Schreie. Waren es ihre eigenen? Aber nein, ihre Lippen waren geschlossen. Ihre Hand krampfte sich in rauen Stoff. Was war nur mit ihr los? Ihr Herz klopfte viel zu schnell, der Atem entströmte ihr in rauen Zügen. Es klang viel zu laut in der Stille des Raumes.

»Es ist alles in Ordnung, Finja. Ich bin hier.« Die tiefe Stimme war beruhigend an ihrem Ohr.

Trotzdem schaffte sie es nicht, ihr Zittern abzustellen. Je mehr sie versuchte, es zu unterdrücken, desto stärker wurde es. Desto größer wurde der Druck in ihr, bis sie glaubte, platzen zu müssen. Oder schreien. Ihr Atem kam immer schneller, ihr wurde schwummerig im Kopf.

Warme Hände legten sich um ihr Gesicht. »Sieh mich an, Finja. Ich bin bei dir, du bist nicht allein.«

Das war ihr bewusst, trotzdem fühlte es sich so an, als wäre sie verlassen worden. Als wäre sie allein auf der Welt. Ihr Blick irrte über sein Gesicht. Es wirkte vertraut, gleichzeitig aber neu. Die Falten um seine Augen wirkten tiefer als sonst, seine Lippen waren schmal. Er schien etwas zu sagen, aber sie hörte nur noch das Rauschen in ihren Ohren. »Ich …« Selbst ihre eigene Stimme nahm sie nur als leises Murmeln wahr.

Ein Schütteln weckte sie kurzzeitig aus ihrer Starre.

»Komm schon! Konzentrier dich auf mich, atme langsam und gleichmäßig. Kämpfe dagegen an. Denk an deine Mutter, du möchtest doch sicher nicht, dass sie sich auch um dich Sorgen machen muss, oder?«

Seine Worte drangen nur schleichend zu ihr durch. Finja sah in Lukas' Augen und versuchte, alles andere zu verdrängen.

»So ist es gut.« Sein Daumen strich sanft über ihre Wange. »Am besten setzt du dich für einen Moment irgendwo hin, damit sich dein Blutdruck normalisiert.«

Das war vermutlich eine gute Idee. Suchend sah sich Finja um, dann machte sie einen Schritt auf den Sessel zu, den sie für ihre Kunden in eine Ecke gestellt hatte. Zu ihrer Überraschung gaben ihre Beine nach, es fühlte sich an, als hätte sie darin nur Wackelpudding statt Muskeln und Knochen. Sie gab einen unterdrückten Laut von sich, als Lukas sie kurzerhand hochhob und zum Sessel trug. Dicht davor ließ er sie hinunter und half ihr, sich hinzusetzen. Erleichtert sank sie in das weiche Polster. Alles um sie herum schwankte, ihr Herz raste. Was war nur mit ihr los? Noch immer hielt Lukas sie fest und sie war unendlich dankbar dafür.

Er hockte vor ihr und betrachtete sie besorgt. »Soll ich den Rettungsdienst informieren, dass sie noch einen Wagen vorbeischicken?«

»Nein, es geht mir gut.«

»Das glaube ich nicht, du bist sehr blass und wacklig. Vermutlich der Schock. Sie werden sich gut um deinen Vater kümmern, ich bin sicher, es geht ihm bald wieder gut.«

Ein weiterer Schauder rann durch ihren Körper. »Gott, ich hoffe es!« Ihre Stimme klang rau.

»Ich hole dir etwas zu trinken, vielleicht geht es dir dann besser.« Er wollte sie loslassen, doch Finja klammerte sich an ihm fest.

Es war ihr unheimlich peinlich, dass sie nicht allein zurechtkam. Das kannte sie gar nicht von sich, normalerweise war das überhaupt kein Problem. Im Gegenteil, sie zog es sogar vor, von niemandem abhängig zu sein. Zögernd ließ sie Lukas' Hand los und schloss die Augen.

Er berührte ihre Schulter. »Ich bin sofort wieder da. Wenn etwas ist, ruf mich.«

Finja biss auf ihre Lippe, um ihn nicht zurückzurufen, als er aufstand und sich von ihr fortbewegte. Sie musste sich endlich wieder unter Kontrolle bringen! Er sollte sie nicht so sehen, nein, keiner sollte das. Sie war stark und brauchte niemanden, der ihre Hand hielt. Zumindest normalerweise nicht.

Scheinbar innerhalb von Sekunden war Lukas zurück und hielt ihr ein Glas hin. Darin war eine braune Flüssigkeit, die Kohlensäure knisterte. Finja nahm es entgegen. »Danke.« Sie trank vorsichtig einen Schluck, die Cola rann eiskalt ihre Kehle hinunter.

Nach dem dritten Schluck spürte sie eine Wirkung. Sie fühlte sich nicht mehr ganz so betäubt, ihre Gedanken wurden klarer. Das bedeutete allerdings auch, dass die Erinnerung an ihren Vater und das viele Blut an seinem Bein und auf dem Boden zurückkam. Finja setzte das Glas ab, ihre Kehle schnürte sich zu.

»Geht es dir etwas besser?«

Langsam sah sie auf. »Ein wenig.« Ein Gedanke kam ihr. »Du musst doch bestimmt ins Büro zurück.«

Lukas sah auf die Uhr. »Eigentlich schon, aber du gehst vor. Kann ich jemanden für dich anrufen?«

»Rieke.« Ihre Freundin würde sicher sofort kommen, wenn sie hörte, was geschehen war. Allerdings musste sie nachmittags zum Restaurant zurückkehren, um alles für die Abendgäste vorzubereiten.

»Wilkens?«

Finja nickte.

»Erreiche ich sie, wenn ich die Nummer vom Restaurant anrufe?«

»Vielleicht.« Finja versuchte, ihr Handy aus der Hosentasche zu ziehen, aber ihre Finger kooperierten nicht.

Sanft schob Lukas sie beiseite und zog selbst das Telefon heraus, das er an Finja weitergab. Sie entsperrte das Display mit ihrem

Fingerabdruck und rief in der Kontaktliste Riekes Eintrag auf. Rasch wählte sie die Nummer und hielt das Handy ans Ohr.

»Finja, welch unerwarteter Anruf! Ist im Laden nichts los?« Riekes fröhliche Stimme war zu deutlich hören.

Finja wollte ihr antworten, doch ihre Kehle schnürte sich zu und sie brachte keinen Ton heraus. So sehr sie es auch versuchte, es gelang ihr nicht mal ein Krächzen.

»Finja? Alles in Ordnung?« Nun klang Rieke besorgt.

Hilflos sah sie Lukas an. Der nahm ihr sanft das Handy ab und schaltete den Lautsprecher ein. »Hier ist Kommissar Stahl. Finjas Vater hatte einen Unfall und wurde ausgeflogen. Könnten Sie vorbeikommen und sich um Finja kümmern?«

»O Gott! Natürlich, gar kein Problem, ich komme sofort. Geht es Finja so weit gut?«

»Sie ist unverletzt, steht aber unter Schock.«

»Ich bin gleich da, ich nehme das Fahrrad. Fünf Minuten.«

»Danke.«

Es kam keine Antwort mehr, Rieke hatte anscheinend schon aufgelegt. Finja verspürte einen Hauch von Erleichterung, doch auch diese war seltsam gedämpft. So als wären ihre Gefühle hinter einer Glasscheibe und sie hätte keinen richtigen Zugriff mehr darauf. Nur Kummer, Furcht und Schmerz tobten unvermindert in ihr. Die Angst war am stärksten. Sie hatte keine Ahnung, wie sie durchhalten sollte, bis sie endlich erfuhr, wie es ihrem Vater ging. Vermutlich hätte sie mitfahren sollen, aber es hätte nichts gebracht, wenn nur eine zusätzliche Person transportiert werden konnte. Sie wäre ihrem Vater in dem Zustand keine Hilfe gewesen, nicht so wie ihre Mutter.

Lukas gab ihr das Handy zurück und sie steckte es weg, ohne noch einmal draufzublicken. Ein Winseln erklang, dann schob sich eine feuchte Schnauze unter ihre Hand. Finja blickte nach unten, direkt in die großen braunen Augen von Leia. Sie wusste nicht warum, aber es fiel ihr leichter, sie anzublicken als Lukas. Er hatte sich unglaublich mitfühlend verhalten, aber vermutlich konnte er es kaum erwarten, sie los zu sein. Verständlich, er hatte sicher genug anderes zu tun und sie benahm sich nicht wie eine erwachsene Frau, die alles im Griff hatte, sondern wie ein verängstigtes Kind. Das nervte sie, doch es gelang ihr nicht, sich aus dieser Angstblase zu befreien.

Es half ihr ein wenig, Leia zu streicheln und den zufriedenen Lauten zu lauschen, die die Hündin von sich gab. Sie wedelte leicht mit dem Schwanz, so als hätte sie verstanden, dass sie Finja nicht überlasten durfte. Die Zunge strich über Finjas Hand, was zusätzlich half, sie im Hier und Jetzt zu verankern. Langsam beruhigte sich ihr Herz, das Rauschen in ihren Ohren wurde weniger. Finja konzentrierte sich ganz auf Leia und schloss alles andere aus.

Erschreckt zuckte sie zusammen, als ein Klopfen ertönte. Sofort schoss das Adrenalin in ihr wieder in die Höhe. Finja hob den Kopf und sah Rieke durch die Scheibe der Ladentür blicken.

»Ich mache das schon.« Lukas' tiefe Stimme erklang unvermittelt hinter ihr.

Rasch drehte sie den Kopf zu ihm. Er gab Rieke ein Zeichen, zur Haustür zu kommen. Logisch, sie hatte den Laden nicht aufgeschlossen und der Schlüssel war vermutlich in ihrer Hosentasche. Bevor sie ihn herauskramen konnte, verließ Lukas bereits den Laden und verschwand im Haus. Finja versuchte, aufzustehen, um nicht ganz so bedürftig zu erscheinen, aber da ihre Knie immer noch weich waren, ließ sie sich gleich wieder zurücksinken. Auf keinen Fall wollte sie auch noch umfallen, erst recht nicht vor Lukas.

Kurz darauf betrat Rieke vor Lukas den Laden durch die Werkstatt. Sie stieß einen unterdrückten Laut aus, lief auf sie zu und schlang die Arme um sie. Finja schloss ihre Lider und sank in die Umarmung. Heiße Tränen brannten in ihren Augen, aber Finja drängte sie mühsam zurück. Sie wollte nicht weinen, denn sie wusste nicht, ob sie jemals wieder damit aufhören konnte. Erst recht nicht vor dem Kommissar.

»Es tut mir so leid, Finja. Wie geht es deinem Vater?«

Noch immer steckte der Kloß in ihrer Kehle und hinderte sie

am Sprechen.

»Wir haben noch nichts gehört. Er sollte inzwischen im Krankenhaus angekommen sein. Ich gehe davon aus, dass Wiebke ihre Tochter anruft, sobald es etwas zu berichten gibt.« Lukas antwortete für sie.

Rieke nickte. »Was ist denn überhaupt geschehen?«

Während Lukas ihr von dem Unfall ihres Vaters berichtete, spürte Finja, wie es sich in ihrem Kopf wieder zu drehen begann. Ihr Herz klopfte so laut, dass sie glaubte, es müssten auch alle anderen hören. Sie krampfte ihre Finger um die Stuhllehnen, während Leia winselnd ihr Kinn auf Finjas Oberschenkel legte.

Eine Hand legte sich mit festem Griff auf ihre Schulter. »Es ist alles in Ordnung, Finja. Atme tief durch.«

»Was …?« Zu ihrer Verwirrung bemerkte sie, dass sie auf dem Boden lag. Lukas und Rieke beugten sich über sie und starrten sie besorgt an. Selbst Leia schien völlig verstört.

Sanft schob Lukas die Hündin beiseite, als sie Finja über das Gesicht lecken wollte.

»Du bist eben einfach weggesackt. Wir konnten dich gerade noch auffangen, sonst wärst du hart gelandet.« Rieke biss auf ihre Unterlippe. »Vielleicht sollten wir doch einen Rettungswagen kommen lassen, damit du untersucht wirst.«

»N…nein.« Es kostete sie Mühe, das Wort herauszubringen. »Mir … f…fehlt ni…chts.«

Riekes Augenbrauen schoben sich zusammen. »Das stimmt ja ganz offensichtlich nicht.«

»Wirk…lich.« Finja versuchte, sich aufzusetzen, schaffte es aber erst, als Lukas sie dabei stützte. »Es ist … nur … der Schock.«

»Das verstehe ich, aber trotzdem solltest du dabei nicht umfallen. Ich kenne dich jetzt schon fast dein ganzes Leben lang und ich habe dich noch nie so gesehen.«

»Ich habe … mich auch noch nie … so gefühlt. Aber … es geht schon.« Der Nebel um sie herum hob sich ein wenig und sie atmete erleichtert auf. »Hilfst du … mir hoch?«

»Ich denke nicht, dass das sinnvoll ist. Was, wenn du wieder umfällst?«

»Ich halte sie.« Das kam von Lukas.

Sie hatte sicher einen tollen Eindruck auf ihn gemacht. Nicht nur war sie unfähig gewesen, ihren Eltern zu helfen, sondern sie war auch noch ohnmächtig geworden – ohne einen wirklichen Anlass. Was zum Teufel war los mit ihr? Sie war keine schwache Frau, die ein wenig Druck nicht aushalten konnte. Und doch hatte die Verletzung ihres Vaters sie völlig umgehauen.

Lukas schlang seinen Arm um sie und half ihr erst in eine sitzende und dann in eine stehende Position. Finja schwankte, schaffte es aber, sich auf den Füßen zu halten. Leia blieb dicht an ihrer Seite.

»Ich denke, es ist besser, wenn wir sie ins Bett bringen. Wenn sie noch mal umfällt …«

»Nein, ich kann …«

Offenbar war ihr Protest völlig wirkungslos, denn Lukas hob sie kurzerhand auf seine Arme und trug sie aus dem Laden. Rieke lief voraus und zeigte ihm den Weg zu ihrem Schlafzimmer im Dachgeschoss. So hatte sie sich die Entwicklung ihrer Beziehung wirklich nicht vorgestellt, doch das war jetzt nebensächlich, sie musste erst wieder auf die Füße kommen. Selbst die Treppe trug Lukas sie hinauf.

»Hier rein.« Rieke öffnete die Tür des Schlafzimmers und trat schnell zur Seite.

Es fühlte sich seltsam an, den Raum auf Lukas' starken Armen zu betreten. Das Zimmer wirkte dadurch noch kleiner, als es sowieso schon war. Ein kurzer Rundumblick zeigte, dass es wenigstens halbwegs aufgeräumt schien. Es hätte deutlich schlimmer kommen können. Sofort ärgerte sie sich, dass sie über solche belanglosen Dinge nachdachte, während ihr Vater um sein Leben kämpfte. Andererseits lenkte sie das genug ab, um nicht gleich wieder das Bewusstsein zu verlieren.

Sanft setzte Lukas sie auf dem Bett ab, bevor er sich aufrichtete und sie forschend betrachtete. »Geht es dir wirklich gut genug?«

»Ja.«

Er nickte langsam. »Dann gehe ich jetzt zurück zur Polizeistation.« Er blickte Rieke an. »Sowie es ihr schlechter geht, rufen Sie mich an.«

»Natürlich. Ich bringe Sie raus.« Rieke drehte sich zu ihr um. »Kommst du ein paar Sekunden ohne mich aus?«

Finja neigte zustimmend den Kopf. Es behagte ihr nicht, behandelt zu werden, als wäre sie ein Pflegefall. Andererseits war sie froh, ihre Freundin bei sich zu haben. Mit den Augen folgte sie Lukas und Rieke, als sie zur Tür gingen. Leia sah sie an, bevor sie hinter ihnen herlief. Ihre Krallen klickten über den Holzboden.

Bevor er das Zimmer verließ, drehte sich Lukas noch einmal zu ihr um. »Geh es langsam an. Du hast einen Schock bekommen und musst dich erst mal erholen.«

»Ich bemühe mich.«

»Gut. Bis später.«

Finja sah ihm nach, bis er den Raum verlassen hatte, dann schloss sie die Augen.

# 16

Lukas folgte Rieke mit Leia die Treppe hinunter und den Flur entlang zur Haustür, während er in Gedanken noch bei Finja war. Es widerstrebte ihm, sie zu verlassen, aber sie schien in seiner Gegenwart noch unruhiger zu sein. Vielleicht ging es ihr schneller wieder besser, wenn sie in Gesellschaft einer vertrauten Person war, die sie nicht die ganze Zeit an den Vorfall erinnerte.

»Danke für Ihre Hilfe.« Rieke blieb vor der Haustür stehen, ohne sie zu öffnen. »Finja ist normalerweise so …« Sie schien nach dem passenden Wort zu suchen. »… stark und selbstgenügsam, dass man ihre verletzliche Seite vergisst.«

Lukas schob die Hände in die Hosentaschen. »Ich bin froh, dass ich zur richtigen Zeit zur Stelle war.« Vermutlich sollte er nicht danach fragen, aber es interessierte ihn. »Sie sagten, Sie hätten Finja noch nie so erlebt?«

»Ja.« Rieke runzelte die Stirn. »Wobei, doch, einmal kam sie dem nahe. Es war während der Schulzeit, wir waren vielleicht dreizehn oder so. Ein paar unserer Mitschüler kamen auf die grandiose Idee, sie zu packen und ins Meer zu werfen. Sie hat sich gewehrt, als ginge es um ihr Leben. Ich war zu weit weg, um ihr zu helfen. Als ich dort ankam, war sie völlig panisch, obwohl das Wasser sie nicht mal vollständig bedeckte. Ich wusste, dass sie nie ins Meer geht, aber ich habe vorher nie geahnt, wie sehr sie sich wirklich davor fürchtet. Mithilfe von ein paar anderen habe ich sie rausgezogen und vom Meeressaum weggebracht. Es hat einige Zeit gedauert, bis sie sich beruhigt hatte. Am nächsten Tag war sie wieder wie immer, hat gelacht und gescherzt, als wäre nichts gewesen.« Rieke schwieg kurz. »Ich habe sie nie darauf angesprochen.«

»Dann wissen Sie nicht, woher diese Angst kommt?«

»Nein, keine Ahnung. Vielleicht ist sie als Kleinkind mal fast ertrunken oder so.«

Das war möglich, doch es erklärte nicht, warum sie heute ähnlich reagiert hatte. Es gab kein Meer oder auch nur einen Swimmingpool im Garten ihrer Eltern. »Kann gut sein. Ich hoffe, sie erholt sich auch diesmal schnell.«

»Das wird sie bestimmt, sobald es ihrem Vater besser geht.«

Hoffentlich bekam sie bald die gute Nachricht. »Können Sie Finja ausrichten, dass sie mir bitte Bescheid sagt, sowie sie etwas erfährt? Ich gehe davon aus, dass sich Wiebke bei ihr meldet.«

»Klar.«

»Danke. Wie lange können Sie bleiben?«

»Ich habe meinem Bruder Bescheid gesagt, dass ich etwas später komme, aber so gegen sechzehn Uhr müsste ich wieder im Restaurant sein für das Abendgeschäft.«

»Dann komme ich um die Uhrzeit zurück, ich möchte nicht, dass Finja heute allein ist.«

Ein langsames Lächeln breitete sich auf Riekes Gesicht aus. »Sie sind tatsächlich gar nicht so steif, wie ich bisher dachte.«

Lukas wusste nicht recht, ob er sich dafür bedanken sollte. »Wir sehen uns nachher. Sollte sich etwas an Finjas Zustand ändern, melden Sie sich.«

Rieke gab ihm einen zackigen Salut. »Wird gemacht, Herr Kommissar.«

Er verdrehte die Augen, als er mit Leia das Haus verließ und den Plattenweg hinunterging. Kein Wunder, dass Finja und Rieke beste Freundinnen waren, sie ähnelten sich ziemlich. Zumindest bevor sich Finjas Vater verletzt hatte und sie vor seinen Augen zusammengebrochen war. Es konnte verstörend sein, wenn sich ein geliebter Mensch verletzte oder sogar starb, aber diese Reaktion erschien ihm gerade von Finja sehr extrem. Dazu kam noch Riekes Geschichte mit dem Meer. Irgendetwas musste Finja schon in jungen Jahren geschehen sein, dass sie so reagierte. Nur was? Das Meer allein konnte es eigentlich nicht sein, weil es nichts mit dem zu tun hatte, was Barne passiert war. War jemand in ihrer Gegenwart ertrunken?

Während er mit Leia zur Polizeistation ging, grübelte er weiter über Finjas Verhalten. Er wünschte, sie würde mit ihm darüber reden, was in ihr vorging, damit er entsprechend darauf reagieren konnte. Doch das würde sie vermutlich nicht tun, schließlich kannte sie ihn kaum. Das gab ihm einen Stich. Dann kam ihm die Idee, dass er vielleicht durch Recherche mehr darüber erfahren konnte, was ihr passiert war. In der Polizeidatenbank hatte er ja schon mal nachgesehen, dort hatte nichts gestanden, doch vielleicht konnte er auf andere Weise mehr in Erfahrung bringen.

Eilig strebte er ins Haus, nachdem sich Leia erleichtert hatte, und setzte sich an den Schreibtisch. Einen Moment lang überlegte er, dann gab er die Namen von ihren Eltern in die Datenbank ein. Es gab keine Treffer. Als Nächstes recherchierte er im Netz, ob es damals irgendeinen furchtbaren Todesfall auf der Insel gegeben hatte. Natürlich kam es auf den Inseln öfter vor, dass jemand im Watt in Lebensgefahr geriet – wie er es bei Nando selbst erlebt hatte – oder von der Strömung im Meer mitgerissen wurde. Es gab einen Fall von 2007, ein Urlauber war ertrunken, als er Jugendliche retten wollte. Finja könnte das als Kind beobachtet haben und damit ihre Angst vor dem Meer erklären, aber irgendwie erklärte es nicht ihr heutiges Verhalten. Und sie konnte nicht zu den Jugendlichen gehört haben, dafür war sie zu jung.

Da er nicht mehr im Netz fand, durchstöberte er die Polizeidatenbank nach Verbrechen und Unglücksfällen auf Spiekeroog in den letzten fünfundzwanzig Jahren. Es gab die üblichen medizinischen Notfälle wie Kreislaufzusammenbrüche, Herzinfarkte, aber auch Ertrinken im Meer. Gewaltverbrechen kamen dagegen eher selten vor. Und nichts davon passte zu Finjas Reaktion. Vielleicht sollte er bei den Rettungskräften nachfragen, sie schienen die Familie gut zu kennen. Möglicherweise war nie die Polizei gerufen oder ein Bericht abgelegt worden. Andererseits war es nicht richtig, in Finjas Vergangenheit zu wühlen, nur weil er ihr Verhalten verstehen wollte. Als Erstes sollte er sie selbst fragen, wenn es ihr besser ging. Sicher konnte sie ihn am besten aufklären.

Lukas zögerte, bevor er die Datenbank schloss und sich im Stuhl zurücklehnte. Leia stieß ein tiefes Stöhnen aus. Er drehte den Kopf zu ihr und sah sie an. »Was hast du? Ist dir langweilig?« Das konnte eigentlich nicht sein, schließlich war der Vormittag aufregend genug gewesen.

Leia erhob sich aus ihrem Korb und kam zu ihm herüber. Sie legte ihr Kinn auf sein Knie und blickte mit feuchten braunen Augen zu ihm auf. Lukas kraulte sie hinter den Ohren, wie könnte er diesem Blick widerstehen? »Ja, ich weiß, ich würde jetzt auch lieber bei ihr sein und dafür sorgen, dass es ihr gut geht. Aber sie ist in guten Händen und wir können sie dann nachher besuchen. Okay?« Es schien so als nickte Leia zustimmend. »Dann ist das abgemacht. Finja ist stark, morgen geht es ihr sicher wieder gut.« Jedenfalls hoffte er das.

Lukas versuchte, sich auf seine Arbeit zu konzentrieren, stellte aber schnell fest, dass das kaum möglich war. Viel lieber wäre er jetzt bei Finja und würde sich darum kümmern, dass sie wieder auf die Beine kam. Doch er war im Grunde wenig mehr als ein Fremder, besser, es kümmerte sich jemand um sie, den sie ihr Leben lang kannte. Ganz offensichtlich wollte sie ja auch nicht, dass er ihre Schwäche sah. Auch das konnte er gut verstehen, ihm wäre es sicher ähnlich gegangen, wenn ihre Rollen vertauscht wären.

Schließlich hielt er es nicht mehr aus und rief bei der Feuerwehr an. Dort verband man ihn mit Eric. »Ja?«

»Hier ist Kommissar Stahl. Können Sie mir sagen, wohin Barne Harms mit dem Hubschrauber gebracht wurde? Also in welche Klinik?«

»Nach Wittmund, das ist am nächsten.«

»Haben Sie da eine Nummer?«

»Ja, Moment.« Einen Augenblick lang herrschte Stille, dann diktierte ihm der Rettungssanitäter die Telefonnummer.

Lukas notierte sie sich. »Super, danke.«

»Wäre nett, wenn Sie uns Bescheid sagen, wenn Sie erfahren, wie es Barne geht.«

»Mache ich. Danke noch mal.« Lukas legte den Hörer auf und

blickte auf sein Handy. Warum hatte Finja ihm noch nicht Bescheid gegeben? Sicher hatte ihre Mutter sie doch schon längst kontaktiert. War Barne vielleicht gestorben und sie deshalb nicht in der Lage, ihn anzurufen? Sein Herz zog sich zusammen. Es musste furchtbar sein, den Vater zu verlieren, erst recht so unerwartet. Rasch wählte er die Nummer der Klinik. Ungeduldig wartete er, bis endlich jemand das Gespräch annahm.

»Krankenhaus Wittmund, wie kann ich Ihnen helfen?«

»Guten Tag. Mein Name ist Stahl, ich bin Kommissar auf Spiekeroog. Wir haben vor ein paar Stunden einen Notfall zu Ihnen ausfliegen lassen. Barne Harms ist der Name des Patienten. Können Sie mir sagen, wie es ihm geht?« Unwillkürlich hielt er den Atem an, während er auf Antwort wartete.

»Es tut mir leid, das kann ich Ihnen nicht sagen, Patientenschutz.«

»Ich bin bei der Polizei …«

Die Frau unterbrach ihn. »Das ist unerheblich.«

»Hören Sie, ich will keinen Einzelheiten wissen, lediglich, ob er noch lebt oder der Blutverlust zu groß war. Ich habe die Erstversorgung übernommen und seine Tochter ist eine Freundin.«

Ein Seufzer drang durch das Telefon. »Barne Harms, sagten Sie?«

»Ja.«

»Moment, ich sehe nach.«

»Danke.« Seine Unruhe steigerte sich, während er wartete.

»Offenbar ist er gerade noch rechtzeitig hier angekommen. Er wurde sofort operiert und liegt jetzt im Aufwachraum. Die Prognose ist gut.«

Erleichtert atmete Lukas auf. »Das freut mich. Danke für die Auskunft.«

»Gern. Auf Wiederhören.«

Langsam legte Lukas auf und schloss kurz die Augen. Gott sei Dank lebte Barne noch, die Nachricht würde sicher dabei helfen, dass es Finja bald besser ging. Aber das war nicht der Hauptgrund, er mochte Barne und war froh, dass der Unfall nicht zu einem tragischen Ende geführt hatte. Er sah zu Leia, die sich aufgesetzt hatte und ihn aufmerksam ansah. »Hast du gehört? Es geht ihm bald besser.« Lukas verdrehte die Augen. Jetzt redete er schon mit einem Hund, so weit hatte ihn sein Exil auf der Insel gebracht.

Rasch rief er Eric an und berichtete ihm, was er im Krankenhaus erfahren hatte. Auch der Rettungssanitäter war erleichtert und dankte ihm für die Information. Nachdem er alles erledigt hatte, was anstand, hielt Lukas es nicht mehr aus. Ein Blick auf die Uhr zeigte ihm, dass es eigentlich noch zu früh war, doch er konnte sich einfach nicht mehr fernhalten. Zuerst ging er aber am Haus der Harms' vorbei und beseitigte die Blutlache im Schuppen, die Reste von Verbandmaterial und die blutigen Handtücher, die dort noch herumlagen. Auf keinen Fall wollte er, dass Finja und ihre Mutter gleich auf drastische Weise an den Unfall erinnert wurden, wenn sie dorthin gingen. Vergessen würden sie es trotzdem sicher nicht so schnell.

Als er damit fertig war, nahm er Leias Leine, die er ein Stück entfernt angebunden hatte, damit sie nicht noch einmal mit dem Blut konfrontiert wurde, und verließ das Grundstück. Von hier aus war es nur ein Katzensprung zur *Geschenkinsel*, dementsprechend früh kam er dort an. Es war ihm ein wenig peinlich, sich schon wieder aufzudrängen, aber Finja konnte es ihm ja sagen, wenn sie ihn nicht sehen wollte.

Lukas klopfte, um Finja nicht zu wecken, falls sie schlief. Es dauerte eine Weile, bis die Haustür geöffnet wurde.

Rieke lächelte überrascht, als sie ihn sah. »Nanu, mit Ihnen hatte ich noch nicht gerechnet.« Schlagartig wurde sie ernst. »Sagen Sie mir bitte nicht, dass Sie schlechte Nachrichten für Finja haben.«

»Nein, nein, alles in Ordnung. Ich habe eben mit dem Krankenhaus telefoniert und sie sagen, dass er die Operation gut überstanden hat.« Er runzelte die Stirn. »Hat Wiebke denn nicht angerufen und Finja Bescheid gesagt?«

»Doch, das hat sie. Es hätte ja nur sein können, dass sich etwas geändert hat.«

Lukas biss sich auf die Zunge, um nicht zu fragen, warum ihm niemand Bescheid gegeben hatte. »Geht es Finja jetzt besser?«

Rieke hob die Schultern. »Sie schläft endlich.«

»Gut. Ich hoffe, danach hat sie wieder mehr Kraft.«

»Ganz sicher. Es hat mir wirklich Angst gemacht, sie so zu sehen. Sie ist sonst so stark und anpassungsfähig …« Rieke schüttelte den Kopf. »Was rede ich, egal was ist, ich werde für Finja da sein. Das war sie auch immer für mich.«

Es war schön, solche Freunde zu haben. »Ich kann mich jetzt wieder um sie kümmern, wenn Sie zum Restaurant wollen.« Leia winselte und zog an der Leine. Offenbar wollte sie so schnell wie möglich zu Finja.

Rieke überlegte kurz, dann nickte sie. »In Ordnung. Sagen Sie Finja, dass sie mich jederzeit anrufen kann, wenn sie mich braucht.«

»Mache ich.«

Finjas Freundin lächelte ihn an. »Gut. Verwöhnen Sie sie ordentlich.«

»Ich werde mich bemühen.«

»Da bin ich sicher.« Rieke zwinkerte ihm zu. »Melden Sie sich, wenn Sie Hilfe brauchen.«

»Ich denke, das werde ich hinbekommen.«

»Wenn Sie aufs Festland will, um ihren Vater zu besuchen, lassen Sie sie nicht allein fahren. Ihre Furcht vor dem Meer erstreckt sich auch auf Boote. Wenn sie muss, macht sie es, aber es geht ihr elend dabei.«

»Verstehe, ich werde mich darum kümmern.«

Rieke nickte ihm zu und streichelte über Leias Kopf. »Bis demnächst dann.« Sie verließ das Haus.

Lukas schloss die Tür hinter ihr und schob den Riegel vor. Tief atmete er durch, dann ging er die Treppe hinauf zu Finjas Schlafzimmer. Vorsichtig öffnete er die Tür und trat in den halbdunklen Raum, als er sah, dass sie im Bett lag. In der Ecke stand ein Sessel, den er sich heranzog. Er setzte sich neben sie, Leia zu seinen Füßen, und bewachte ihren Schlaf.

# 17

*Wellen türmten sich hoch auf, Gischt spritzte nach oben und traf ihr Gesicht. Laute Stimmen hallten durch die Nacht, doch Finja konnte sie nicht verstehen. Im Mondlicht blitzte etwas auf, dann verschwand es wieder. Sie lag hinter einigen Kisten versteckt und konnte sich nicht bewegen.* Weg! Sie wollte einfach nur hier weg! *Es rauschte in ihren Ohren und sie bekam einen weiteren Schwall Meerwasser ab. Das Salz brannte in ihren Augen. Jemand bewegte sich vor ihr, sie konnte in der Dunkelheit nur seinen Umriss erkennen. Er stand mit dem Rücken zu ihr und schien sie beschützen zu wollen.*

*Finja hatte keine Ahnung, woher sie das wusste, nur, dass sie instinktiv ahnte, dass dieser Mann ihr nie etwas tun würde. Es gab ein Band zwischen ihnen, voller Liebe und Vertrauen. Und Verzweiflung. Wieder blitzte es auf und Finja erkannte ein Messer. Sie schrie etwas, um ihn zu warnen, doch es kamen nur unverständliche Laute heraus.* Pass auf! *Doch ihre Stimme erklang nur in ihrem Kopf. Die Klinge traf ihr Ziel, einmal und dann immer wieder.* Nein! *Der Mann brach zusammen. Mit letzter Kraft rollte er sich herum und streckte seine Hand nach ihr aus. So, als wollte er sie selbst in dieser Situation noch beschützen. Das Licht verschwand und ließ sie in völliger Dunkelheit zurück.*

*Panik überschwemmte sie, sie versuchte, zu ihm zu kriechen, aber sie kam nicht vom Fleck. Als der Mond wieder hinter den Wolken hervorkam, starrte der Mann sie nur noch blicklos an. Finja schrie auf. Schrie all den Schmerz hinaus, der sich in ihr angestaut hatte. Das Wasser um sie herum färbte sich rot. Entsetzt versuchte sie, ihm zu entkommen, doch es gelang ihr nicht. Und dann war da die andere Person, die jetzt auf sie zukam. Der Teufel persönlich, das Messer noch in der von Blut rot gefärbten Hand.*

*Er sagte etwas, doch es ging im Rauschen unter. Immer näher kam er, unaufhaltsam. Gleich würde er sie ebenso verschlingen und sie würde untergehen. Ihr Schrei war unhörbar. Ein harter Griff schloss sich um ihr Handgelenk und sie wurde aus ihrem Versteck gezogen. Schmerz schoss durch ihren Arm und setzte sich in ihrem Körper fort. Sie musste weg, das war ihr klar, doch*

*sie schaffte es nicht, sich zu bewegen. Sie war förmlich wie erstarrt vor Angst.*
Nicht!

Mit einem Keuchen setzte sich Finja auf und sah sich desorientiert um. Es dauerte einen Moment, bis sie erkannte, dass sie sich in ihrem Schlafzimmer befand. Unerwartet war allerdings der Anblick von Lukas, der mit lang ausgestreckten Beinen in dem Sessel neben ihrem Bett saß. Sein Blick lag besorgt auf ihr.

»Alles in Ordnung?«

Nichts war in Ordnung, aber sie nickte trotzdem. »Wo …?« Sie räusperte sich. »Wo ist Rieke?«

»Sie ist im *Wilkens*, ich habe sie abgelöst.«

»Ist es schon so … spät?« Noch immer hielt entsetzliche Angst sie fest in ihrem Griff. Finja versuchte, sich zu sagen, dass es sich nur um einen Albtraum gehandelt hatte, doch es gelang ihr nicht ganz, sich davon zu lösen, obwohl die Einzelheiten schon verschwammen.

»Es ist fünfzehn Uhr. Ich bin etwas früher zurückgekommen.«

Einen Moment lang sah sie ihn nur an. »Warum?«

Lukas setzte sich gerader hin. »Ich wollte bei dir sein.« Ein fast erschrockener Ausdruck glitt über sein Gesicht. Vermutlich hatte er das nicht sagen wollen.

»Wieso?«

Mit der Hand rieb er über sein Gesicht. »Ich hatte das Gefühl, dass du mich brauchen könntest und froh über die Gesellschaft wärst. Ich kann aber auch Rieke anrufen, dass sie zurückkommt. Oder jemand anderen.«

Langsam schüttelte sie den Kopf. »Das ist nicht nötig. Es geht mir gut.« Das war so ziemlich die dickste Lüge, die sie jemals erzählt hatte.

»Das kommt mir nicht so vor. Auf dem Nachttisch steht Wasser, ich kann dir aber auch etwas anderes holen.«

Vorsichtig setzte sich Finja auf und nahm sich das Glas. Ihre Hand zitterte so sehr, dass sie es kaum schaffte, es an ihre Lippen zu setzen. Sofort ließ sie es sinken.

Lukas setzte sich neben ihr auf die Bettkante. Sanft nahm er ihr das Glas ab und hielt es ihr so hin, dass sie ohne Probleme daraus trinken konnte.

»Danke.«

Er stellte das Glas wieder auf den Nachttisch. »Kein Ding.« Forschend sah er sie an. »Hat sich deine Mutter gemeldet?«

»Ja. Offenbar hat mein Vater sehr viel Glück gehabt. Und natürlich hat es ihm geholfen, dass du so schnell zur Stelle warst. Ohne dich …« Ein Schauder lief durch ihren Körper.

»Hauptsache, es geht ihm so weit gut und er erholt sich vollständig.«

»Das wird er, laut der Ärzte. Er bleibt noch ein paar Tage im Krankenhaus, zur Vorsicht und um den Blutverlust auszugleichen.«

»Das ist sicher vernünftig. Bleibt Wiebke auch dort?«

»Heute Nacht, ja. Wenn es ihm morgen etwas besser geht, kommt sie zurück.«

Lukas nickte. »Willst du dann morgen hinfahren?«

Sofort spürte Finja die Angst wieder in sich emporkriechen. »Ich weiß nicht …«

»Wenn du möchtest, kann ich dich begleiten.«

Sie war momentan in keiner Verfassung, darüber nachzudenken.

»Das musst du jetzt nicht entscheiden.« Offenbar spürte Lukas das, denn er ruderte sofort zurück. »Wichtiger ist es, dass du wieder auf die Beine kommst.« Seine Hand legte er auf ihren Arm. »Wie wäre es, wenn ich dir etwas Leichtes zu essen mache?«

Erneut stieg die Übelkeit in ihr auf. »Ich glaube nicht, dass das jetzt gut wäre. Vielleicht ein paar salzige Cracker.«

Der Druck seiner Hand wurde fester. »Kommst du für einen Moment allein zurecht?«

Seltsamerweise löste das den Drang zu lachen in ihr aus, auch wenn es ihr nicht ganz gelang. »Ich lebe hier schon seit Jahren allein. Ich bin nicht völlig unfähig.«

Die Sorgenfalten auf Lukas' Stirn glätteten sich etwas. »Gerade klingst du ein wenig mehr wie du selbst. Das freut mich.«

Finja sah ihm nach, als er aufstand und den Raum verließ. Vermutlich hatte sie heute nicht gerade einen besonders guten Eindruck hinterlassen, aber sie konnte es nicht ändern. Wenn Lukas das störte, brauchte er sich ja nicht weiter um sie zu kümmern. Sie hörte das Klappern von Schranktüren aus der Küche und schob die Beine aus dem Bett. Es behagte ihr gar nicht, mitten am Tag im Schlafzimmer herumzuhängen. Das tat sie normalerweise nur, wenn sie wirklich krank war. Und selbst dann bemühte sie sich, das nach Möglichkeit zu umgehen. Ein Kratzen auf dem Parkett ließ sie nach unten sehen und sie bemerkte jetzt erst Leia, die offenbar weiter über sie gewacht hatte. Ein wenig Wärme sickerte in ihren kalten Körper. Tief holte sie Atem und stand auf.

Im ersten Moment war ihr noch ein wenig schwindelig und die Beine drohten, nachzugeben, doch sie fing sich schnell. Sie hatte vollständig bekleidet im Bett gelegen, nur die Schuhe waren nicht mehr an ihren Füßen. Auf Socken durchquerte sie das Zimmer und trat auf den Flur hinaus. Mit einer Hand zur Sicherheit auf dem Geländer stieg sie vorsichtig die Treppe hinunter, während ihr Leia folgte. Inzwischen herrschte ominöse Stille. Ein Hauch von Neugier durchdrang ihre Erschöpfung. Sie trat in die Küche und blieb mit offenem Mund stehen. Es herrschte ein heilloses Durcheinander. Offenbar hatte Lukas bei seiner Suche nach Crackern ihre Schränke mehr oder weniger ausgeräumt.

»Haben sich die Schränke spontan übergeben, oder was ist hier passiert?«

Lukas drehte sich zu ihr um, einen schuldbewussten Ausdruck im Gesicht. Er betrachtete das Chaos, bevor sein Blick auf ihr landete. »So ähnlich. Tut mir leid, ich räume gleich alles auf.«

»Das will ich auch hoffen.«

»Eigentlich solltest du liegen bleiben.«

Vorsichtig bewegte sie sich auf einen der Stühle zu und setzte sich hin. »Ich habe es nicht mehr ausgehalten.«

»Wenn du umgefallen wärst …«

Rasch unterbrach sie ihn. »Das bin ich aber nicht.« Sie deutete auf den Oberschrank neben der Spüle. »Die Cracker sind dort oben.«

»Okay.« Lukas holte die Packung aus dem Schrank.

Finja war etwas neidisch, weil er sich dafür nicht mal zu recken brauchte. »Danke.« Sie nahm die Cracker entgegen und steckte sich einen in den Mund.

Ohne sie zu fragen, öffnete Lukas den Kühlschrank und nahm die Cola heraus. Er goss ihr etwas in ein Glas und hielt es ihr hin. Offenbar wusste er genau, was zu tun war, wenn es jemandem nicht so gut ging. Gierig trank sie einen Schluck und seufzte.

»Besser?«

»Ja, etwas, danke.« Sie sah zu ihm auf. »Du musst wirklich nicht die ganze Zeit bei mir bleiben. Sicher hast du ja auch andere Dinge zu tun, dic …«

»Nein.« Das war alles, was er dazu sagte.

»Wie, nein?«

»Ich werde dich ganz sicher nicht allein lassen, solange du in einem solchen Zustand bist. Wenn dir etwas zustößt …«

Sie ließ ihn nicht ausreden. »Ich lebe schon länger allein, und mir ist noch nie etwas zugestoßen. Es war nur der Schock. Jetzt, wo ich weiß, dass es meinem Vater besser gehen wird, komme ich zurecht.«

»Das mag sein, aber ich werde mich trotzdem selbst davon überzeugen.«

Finja schnitt eine Grimasse. »Du bist furchtbar herrisch. Liegt es an der Polizeimarke?«

»Nein, ich war schon immer so.«

Normalerweise hätte sie seine Antwort irre lustig gefunden, heute gelang ihr gerade mal ein schwaches Lächeln. »Ich gehöre aber nicht zu deinen Untergebenen, Lukas.«

Einen Moment lang schwieg er. »Ich mache mir Sorgen um dich, genauso wie Rieke und ganz sicher auch deine Mutter. Wenn es an mir liegt, sag gern jemand anderem Bescheid, der bei dir bleiben kann, dann ziehe ich mich zurück.«

»Es liegt nicht an dir. Ich bin es nur nicht gewöhnt, so betüddelt zu werden. Ich mag meine Freiheit und etwas Abstand zu anderen Menschen.«

»Das kann ich gut verstehen. Ich würde sagen, komm schnell wieder auf die Beine, dann bist du mich los.«

Normalerweise würde sie ihn gern bei sich behalten wollen, doch sie fühlte sich seltsam unsicher und verwirrt. Das bereitete ihr Unbehagen und sie wollte nicht, dass Lukas sie so sah. Andererseits hatte er sie ja schon so gesehen, der Schaden war also angerichtet. In seinen Augen konnte sie deutlich Sorge um sie erkennen und irgendwie gefiel es ihr auch, dass er sich nicht so schnell von ihr vertreiben ließ. »Also gut, dann bleib. Aber ich muss dich warnen: Es wird dir ganz sicher schnell langweilig werden, wenn ich hier nur herumhänge.«

»Kein Problem, ich habe zur Not ein paar Bücher auf meinem Handy.« Leia gab ein kurzes ‚Wuff' von sich, wie um auf sich aufmerksam zu machen. Lukas lächelte. »Und falls es dir nachher etwas besser geht, können wir auch eine kleine Runde mit Leia drehen.«

»Das klingt wunderbar. Ich habe das Gefühl, dass mir die Decke auf den Kopf fällt, wenn ich zu lange tatenlos zu Hause bin. Ich fürchte, Dotten ist heute nicht drin, dafür brauche ich Ruhe und Kreativität.«

Lukas berührte ihren Arm. »Gib dir ein wenig Zeit, ich bin sicher, dann kommst du ganz schnell wieder auf die Füße.«

»Ich bin nur froh, dass morgen der Laden sowieso geschlossen ist. Ich weiß nicht, ob ich andere Leute sehen mag. Außerdem möchte ich nach Wittmund zu meinem Vater fahren.« Ein Gedanke kam ihr und sie sah ihn bedauernd an. »Entschuldige, ich habe ganz vergessen, dass ich dir ja morgen die Insel zeigen wollte. Ich kann auch später …«

Er ließ sie nicht ausreden. »Das ist gar kein Problem. Du kümmerst dich erst mal um deine Eltern und wir verschieben die Inselrundfahrt auf einen anderen Tag. Es eilt ja nicht.«

Kein Wunder, dass sie ihn mochte. Er war wirklich ein netter

Mensch, wenn man ihn erst mal kennengelernt hatte. »Danke.« Ein bisschen bedauerte sie, dass sie ihm nicht ihre Lieblingsplätze zeigen konnte, doch das konnten sie problemlos nachholen, sobald es ihrem Vater wieder gut ging.

# 18

Nachdem sich Finja offenbar etwas besser fühlte, bereitete Lukas aus dem, was vom Frühstück übrig geblieben war, ein leichtes Abendessen zu, das sie zusammen auf dem Sofa im Wohnzimmer aßen. Leia lag neben dem Tisch und zuckte im Schlaf. Im Hintergrund spielte leise Musik, sonst war es ruhig im Haus. Umso schriller klang das Klingeln von Finjas Handy. Sofort wurde sie deutlich blasser, die Unruhe setzte sichtbar wieder ein. Sie blickte aufs Display und presste die Lippen zusammen.

»Wer ist es?«

»Meine Mutter.« Zögernd nahm sie das Gespräch an und hielt das Handy ans Ohr. »Ja?«

Lukas konnte nicht verstehen, was Wiebke sagte, aber offenbar war es etwas Positives, denn Finja entspannte sich sichtlich.

»Das ist gut. Ist er jetzt endgültig außer Gefahr?« Wieder lauschte sie, während ihre Finger nervös mit der Gabel spielten. »Ich hoffe, das bleibt so. Haben Sie gesagt, wann er nach Hause kann?« Sie nickte langsam. »Ja, das ist sicher vernünftig.« Erneut sagte ihre Mutter etwas, woraufhin Finjas Blick zu ihm glitt. »Nein, ich bin nicht allein, keine Angst. Lukas leistet mir Gesellschaft.« Sie verdrehte die Augen. »Ja, ich finde das sehr nett von ihm und ich werde ihm deinen Dank ausrichten.« Leichte Röte stieg in ihre Wangen. »Ehrlich, Mama, das ist jetzt nicht …« Sie brach ab und seufzte. »Du glaubst doch nicht, dass ich jetzt über ihn herfalle, nach dem, was heute passiert ist? Ich habe wirklich andere Probleme und ich werde Lukas' Hilfsbereitschaft nicht ausnutzen.«

Das Gespräch wurde immer interessanter. Obwohl er nicht unbedingt Wert darauf legte, dass Wiebke Kuppler spielte. Er konnte das schon sehr gut allein regeln, wenn er es denn wollte. Deshalb biss er sich auf die Zunge, anstatt sich vorzulehnen und Finja zu bitten, ihn auszunutzen. Sie hatte heute einen anstrengenden Tag hinter sich und war ganz sicher nicht in der Stimmung, dort weiterzumachen, wo sie nach dem Frühstück aufgehört hatten. Er selbst auch nicht, wenn er ehrlich war. Es käme ihm nicht richtig vor, ihre momentane Schwäche auszunutzen. Wenn es Barne wieder gut ging und Finja immer noch Interesse hatte, konnten sie noch einmal darüber nachdenken.

»Sag Papa gute Besserung von mir, ich besuche ihn morgen im Krankenhaus. Ja, ich habe dich ebenfalls lieb.« Noch einmal hörte sie zu. »Mache ich. Bis morgen.« Sie beendete die Verbindung und legte das Handy auf den Tisch. Erst dann sah sie ihn an und schnitt eine Grimasse. »Entschuldige. Du brauchst keine Angst haben, dass ich über dich herfalle.«

»Nicht?« Er hob eine Hand, bevor sie antworten konnte. »Tut mir leid, das war Reflex. Ich habe nicht angenommen, dass du das vorhast. Deshalb bin ich auch nicht hier.«

Ihr Lächeln vertiefte sich. »Ich weiß, danke. Ich soll dich von meinen Eltern grüßen. Sie sind dir sehr dankbar, dass du Papa rechtzeitig gefunden und ihn stabilisiert hast. Ohne dich …« Sie brach ab und schluckte hart.

»Ich habe gern geholfen. Danke für die Grüße. Ich bin sehr froh, dass alles gut ausgegangen ist. Hoffentlich nimmt dein Vater in Zukunft immer ein Handy mit, wenn er mit potenziell gefährlichen Werkzeugen hantiert.«

»Oh, das auf jeden Fall. Vermutlich wird meine Mutter ihn auch in nächster Zeit nicht mehr aus den Augen lassen. Es hat ihr einen furchtbaren Schrecken versetzt.«

Lukas beugte sich vor und stützte seine Ellbogen auf die Oberschenkel. »Dir offenkundig auch.«

»Ja, absolut.« Sie schüttelte den Kopf. »Ich weiß, es kann immer etwas passieren, egal, wie jung jemand ist. Doch ich habe einfach nicht damit gerechnet, es kam aus heiterem Himmel.«

»So ist es meistens. Trotzdem hatte ich den Eindruck, dass es dich extrem mitgenommen hat. Du konntest kaum reagieren. Hattest du so etwas schon einmal?«

»Nein, nie. Ich bin normalerweise eher beherrscht, wenn etwas passiert, doch meine Eltern wurden auch noch nie so stark verletzt. Meine Mutter hat sich mal den Arm gebrochen, mein Vater einen Finger einquetscht, solche Dinge. Ich weiß nicht, was heute los war.« Ihr Gesicht verzerrte sich. »Wäre ich allein gewesen, hätte ich damit das Leben meines Vaters gefährdet.«

»Ich bin sicher, dass du dann die richtigen Dinge getan hättest.« Wobei er das eher zu ihrer Beruhigung sagte, es konnte gut sein, dass sie ähnlich panisch gewesen wäre.

»Ich nicht, aber ich kann es jetzt nicht mehr ändern.« Sie wirkte unglücklich. »Hoffentlich bin ich beim nächsten Mal besser gewappnet – sollte jemals wieder so etwas passieren.«

»Du kannst dir also nicht erklären, warum du so reagiert hast. Hast du schon mal irgendetwas Schreckliches erlebt? Vielleicht als Kind?«

Sie schüttelte den Kopf. »Ich glaube nicht. Ich kann mich jedenfalls nicht dran erinnern.«

Lukas war nicht sicher, ob er weiter in sie dringen sollte, aber seiner Meinung nach konnte Finja nur eine Wiederholung vermeiden, wenn sie sich bewusst wurde, warum es geschehen war. »Rieke sagte, dass du nicht ins Meer gehst und Angst davor hast.«

Finja verzog den Mund. »Dumm, oder? Ich bin auf einer Insel geboren und trotzdem traue ich mich nicht ins Meer.«

»Gibt es dafür einen Auslöser? Bist du mal fast ertrunken?«

»Nein, nie.«

»Jemand, den du kanntest? Oder vielleicht auch ein Fremder?«

Stumm schüttelte sie den Kopf.

»Rieke erzählte, dass dich mal ein paar Jungs ins Meer geworfen hätten und du panisch reagiert hättest.«

Wut stieg in ihre Augen. »Diese Idioten! Fanden es total lustig, mich damit zu ärgern, obwohl sie wussten, dass ich nie ins Wasser gehe.«

»Ich nehme an, du hast sie danach ordentlich zusammengefaltet.«

Finja senkte den Kopf. »Nein. Ich habe mich geschämt, weil mich jemand retten musste und ich nicht selbst in der Lage dazu war, obwohl ich an der Stelle sogar stehen konnte.«

Das löste Ärger in ihm aus. »Ich hoffe, sie wurden zur Rechenschaft gezogen.«

»Das war nicht nötig. Die Jungen haben einen ziemlichen Schrecken bekommen und es danach nie wieder versucht.« Der Hauch eines Lächelns zog über ihr Gesicht. »Tatsächlich bin ich heute noch mit einigen von ihnen befreundet.« Sie sah ihn an. »Und nein, ich nenne keine Namen, die Sache ist vergessen.«

Offenkundig nicht, aber das sagte er nicht. »Okay.«

»Es hat ja auch nichts mit heute zu tun, es war nirgends Wasser in Sicht. Ich war nicht in Gefahr.«

Damit hatte sie recht. Vielleicht gab es ein Erlebnis in ihrer Vergangenheit, an das sie sich nicht mehr aktiv erinnerte, das aber trotzdem so in ihr verankert war, dass es in Extremsituationen zum Vorschein kam. Nur was konnte das sein? Vielleicht sollte er mal mit Wiebke und Barne sprechen, möglicherweise hatten sie eine Erklärung. Andererseits ging ihn das nicht wirklich etwas an. Wahrscheinlich kam einfach nur sein Job zum Vorschein, dass er für jedes Rätsel eine Erklärung brauchte. Es war besser, wenn er Finja einfach nur unterstützte, so gut er konnte und sich ansonsten heraushielt. *Auch wenn er ihr helfen könnte, ihre Reaktion zu verstehen und beim nächsten Mal zu vermeiden?* Sofort schob er den Gedanken beiseite.

»Du bist so still, ist etwas?«

Rasch konzentrierte er sich wieder auf Finja. »Nein, ich war nur in Gedanken.«

»Wenn du müde bist, solltest du nach Hause gehen. Du musst ja morgen früh raus.«

Lukas starrte sie an. »Ich bin nicht müde. Und ich werde dich ganz sicher nicht allein lassen.«

Sie zog ihre Augenbrauen hoch. »Willst du mir damit sagen, dass du hier übernachten willst?«

Nicht zwangsläufig, aber er mochte sie auch nicht sich selbst überlassen. Wenn er zur Polizeistation zurückkehrte, würde er sich nur die ganze Zeit im Bett herumwälzen und sich fragen, wie es Finja ging. »Nicht in deinem Bett. Ich dachte eher an das Sofa. Nur um sicherzugehen, dass ich da bin, wenn du jemanden brauchst.«

Ihre Miene wurde weicher. »Das ist ganz lieb von dir, Lukas, aber es ist wirklich nicht nötig. Du hast mir schon geholfen durch den Tag zu kommen, mehr kann ich wirklich nicht verlangen.«

»Das tust du ja auch nicht. Ich biete es an.« Er sah unter den Tisch, wo sich Leia inzwischen auf Finjas Füße gelegt hatte. »Und du hättest auch Leia als Fußwärmer.«

Finja lächelte. »Du machst es mir wirklich schwer, abzulehnen.«

»Gut. Dann tu es nicht.«

Sie seufzte. »Also gut, du kannst bleiben.«

Erleichterung durchströmte ihn. Er hätte sie nicht zwingen können, wenn sie abgelehnt hätte. »Danke.«

Sie schüttelte den Kopf. »Wer bist du und was hast du mit dem knallharten Inselkommissar gemacht?«

Lukas grinste sie an. »Der hat Feierabend. Außerdem färbt deine unkonventionelle Art wohl langsam auf mich ab.«

»Sollte mir das leidtun?«

»Nein, absolut nicht. Wer weiß, vielleicht wächst mir die Insel am Ende doch noch ans Herz.« Wobei seine eindeutig verbesserte Laune mehr an Finja als an Spiekeroog lag.

Forschend sah Finja ihn an. »Das wäre schön. Vielleicht kommst du dann auch mal zu Besuch, wenn deine Zeit hier zu Ende ist.«

Tatsächlich hatte er in den letzten Tagen deutlich weniger darauf gewartet, dass seine Verbannung endlich aufgehoben wurde. Im Gegenteil, er hatte sich dabei erwischt, wie er gehofft hatte, nicht gerade jetzt abberufen zu werden, wo er Finja näherkam. Ihm war wirklich nicht zu helfen. Auf jeden Fall war es ärgerlich, dass er so viele Monate verschwendet hatte. Wie wäre es gelaufen, wenn er Finja gleich am Anfang kennengelernt hätte? Wäre ihm die Zeit auf Spiekeroog dann weniger wie eine Tortur vorgekommen? Ganz sicher.

»Das war keine Fangfrage.«

Lukas tauchte aus deinen Grübeleien auf. »Was?«

»Ich wollte dich nicht unter Druck setzen. Du sehnst dich danach, nach Hause zurückzukommen, das verstehe ich. Wahrscheinlich wirst du froh sein, wenn du die Insel nicht mehr sehen musst und alles vergessen kannst, was hier geschehen ist.«

Auf dem Sofa rückte er näher an sie heran. »Es gibt eine Sache, die ich ganz sicher nicht vergessen werde.«

»Was?« Sie klang ein wenig atemlos.

»Dich und die Zeit, die ich mit dir verbracht habe.«

Das brachte ihm den Hauch eines Lächelns ein. »Gut.« Sofort wurde sie wieder ernst. »Aber du brauchst keine Angst zu haben, dass ich zwischen dir und deiner Karriere stehen werde. Gute Kommissare werden sicher immer gesucht, es wäre eine Verschwendung deiner Talente, wenn du hierbleibst.«

Das stimmte leider. Deshalb wäre es besser, wenn er Finja nicht näherkommen würde. Es gab keine Möglichkeit, wie er dann seine beruflichen und persönlichen Interessen unter einen Hut bringen sollte. »Finja …«

Abrupt erhob sie sich. »Ich denke, ich werde jetzt ins Bett gehen. Komm mit, dann gebe ich dir ein Kissen und eine Decke fürs Sofa.«

Er legte seine Hand auf ihren Arm und hielt sie zurück. »Es tut mir leid.«

»Das muss es nicht, du hast nichts falsch gemacht. Von Anfang an hast du gesagt, dass du nur darauf wartest, in deinen alten Job zurückkehren zu können. Das ist völlig in Ordnung.« Er konnte ihr ansehen, dass sie es ernst meinte.

Nur warum hatte er trotzdem das Gefühl, sie verletzt zu haben? Verdammt, er hasste es, sich so unsicher zu fühlen. Genau deshalb mochte er seine Arbeit: Es war alles eindeutig richtig oder falsch. Jemand, der ein Verbrechen begangen hatte, gehörte ins Gefängnis. So einfach war es für ihn. Und auch seine Gefühle waren sicher, er hatte Freunde, auf die er sich verlassen konnte und hielt sich sonst von Menschen eher fern. Es dauerte lange, bis jemand durch seine Abwehr drang und in den inneren Kreis vorstieß. Finja war das spielend leicht gelungen, einfach, indem sie so war, wie sie war. Das machte ihm fast ein wenig Angst.

Finja beugte sich vor und küsste ihn auf die Wange. »Grübel nicht darüber nach. Es ist, wie es ist.«

Ja, das war vermutlich der beste Rat. Im Grunde konnte er auch nichts an der Situation ändern, außer sich in Zukunft von Finja fernzuhalten. Und dazu war er nicht bereit. Im Moment schon mal gar nicht. Vielleicht würde es ihm leichter fallen, wenn sie sich besser fühlte und ihr übliches fröhliches Selbst war. Sofort verwarf er den Gedanken. Dann würde er sich noch mehr zu ihr hingezogen fühlen als vorher schon. Verdammt noch mal, ihm war wirklich nicht zu helfen.

Langsam folgte er ihr und nahm Kissen und Decke entgegen, mit denen er es sich auf dem Sofa gemütlich machen würde. Wobei gemütlich vermutlich nicht das richtige Wort war, schließlich war die Couch ziemlich kurz. An der Tür zu ihrem Schlafzimmer blieb er stehen. »Gute Nacht. Wenn irgendetwas sein sollte, ruf mich.«

»Mache ich. Schlaf gut.« Finja lächelte ihn an. »Ich bin froh, dass du hier bist.«

Sein Herz zog sich zusammen. »Ich auch.« Er musste sich zwingen, sich umzudrehen, um Finja nicht erneut zu berühren. »Komm, Leia.«

Doch die Hündin blieb stehen und drängte sich an Finjas Beine. Es war klar, dass sie bei ihr bleiben wollte.

Lukas seufzte. »So schnell bin ich abgeschrieben.« Er blickte Finja an. »Macht es dir was aus, wenn sie bei dir bleibt?«

Finja legte ihre Hand auf den Kopf der Hündin. »Aber nein, ich freue mich über die Gesellschaft.«

Lukas nickte. »Okay. Dann bis morgen.«

Im Wohnzimmer legte er Kissen und Decke auf das Sofa und setzte sich hin. Irgendwie war er noch nicht so müde, dass er jetzt schon schlafen wollte. Stattdessen schaltete er den Fernseher an und stellte den Ton so leise, dass er Finja nicht störte. Er lehnte sich zurück und ließ den Kopf an die Rückenlehne sinken. Es war ein langer Tag gewesen, mit einiger Aufregung, und doch war das nichts gegen seine normale Arbeit gewesen. Trotzdem fühlte er sich deutlich ausgepumpter als sonst. Vielleicht war er nach seiner Inselauszeit gar nicht mehr in der Lage, seinen normalen Job zu machen. Mit einem Seufzer schloss er die Augen.

Es schienen nur Sekunden vergangen zu sein, bis etwas Feuchtes sein Gesicht berührte und Lukas aufschreckte. Verwirrt öffnete er die Augen und sah sich um. Er musste eingeschlafen sein. Offenbar war er doch müder gewesen als gedacht. Erneut strich etwas Feuchtes über seine Wange. Hundeatem wehte ihm entgegen. Schnell rückte er ein Stück ab und hielt abwehrend seine Hand hin, um Leia daran zu hindern, ihn erneut zu baden. »Stopp!« Was machte sie überhaupt hier? Eigentlich wollte sie doch bei Finja bleiben. »Was ist, musst du raus?«

Als Antwort grub Leia ihre Zähne in seinen Ärmel und versuchte, ihn vom Sofa zu ziehen.

»Also gut, ich komme ja schon! Kein Grund, meinen Pulli zu durchlöchern.« Lukas stand auf und ging zur Tür. Aufgeregt lief Leia vor ihm her und blickte sich immer wieder um, ob er ihr auch folgte. Offenbar musste sie wirklich dringend. Rasch trat er auf den Flur und wandte sich in Richtung Treppe. Diesmal gruben sich die Zähne hinten in sein Hosenbein und nahmen gleich ein Stück Haut mit. »Au, verdammt! Was soll denn das, Leia?«

Die Hündin blickte ihn an und lief dann ein paar Schritte auf Finjas Schlafzimmer zu.

»Willst du uns verkuppeln? Das kriegen wir schon allein hin, wenn wir es wollen.« Er hielt seine Stimme leise, um Finja nicht zu wecken.

Leia wirkte seltsam unruhig, sie lief immer wieder zwischen ihm und dem Schlafzimmer hin und her.

»Ist ja gut, ich verstehe.«

Lukas ging auf die einen Spalt geöffnete Tür zu. Vorsichtig schob er sie auf und blickte in das Zimmer. Es war zu dunkel, um viel zu sehen, aber er meinte, Finjas Form unter der Bettdecke erkennen zu können. Gerade als er sich zurückziehen wollte, bemerkte er, dass sie sich unruhig bewegte, ein Stöhnen erklang. Offenbar hatte sie gerade einen Albtraum. Lukas kannte sich damit aus, viel zu oft brachte er Erlebnisse von der Arbeit mit in den Schlaf. Nach Janines Verletzung hatte er monatelang schlechte Träume gehabt, erst in letzter Zeit war es ihm gelungen, wieder durchzuschlafen.

Zögernd bewegte er sich auf das Bett zu und blickte auf Finja hinunter. Die Haare hingen wild in ihr Gesicht, ihre Haut schien feucht. Wieder stöhnte sie. Ihre Beine zuckten, so als versuchte sie, wegzulaufen.

Lukas beugte sich über sie und legte seine Hand auf ihre Schulter. »Finja, wach auf.« Wenn möglich schien sie noch unruhiger zu werden. Sanft schüttelte er sie. »Alles in Ordnung, es ist nur ein Traum.« Ihre Faust schoss nach oben und traf ihn am Wangenknochen. »Au, verdammt!« Er fing ihre Hand ein und hielt sie fest. »Finja!«

»Nein!« Ihre Augen flogen auf und sie schrak sichtbar zusammen, als sie jemanden über sich entdeckte.

Schnell schaltete er die Nachttischlampe an. »Ich bin es, Lukas. Du hattest einen Albtraum.« Vorsichtig tastete er über seinen Wangenknochen, der mehr schmerzte, als er es sollte.

Ihr Atem ging heftig. »Lukas.«

»Ja. Niemand tut dir etwas. Deinem Vater geht es gut. Du hast nur geträumt.«

Finja blies den Atem aus, blickte aber immer noch um sich, als würde sie nach Angreifern suchen. Schließlich landete ihr Blick auf ihm. »Was machst du hier?«

»Leia hat mich geholt. Offenbar hat sie gespürt, dass es dir nicht gut geht.« Lukas setzte sich auf die Bettkante. »Geht es wieder?«

»Ja.« Es klang nicht sonderlich überzeugend.

»Was hast du denn geträumt? Von deinem Vater?«

Finja überlegte einen Moment lang. »Nein, ich denke nicht.«

»Wovon dann?«

Ihr Mund öffnete sich, aber es kam kein Ton heraus. Schließlich schüttelte sie den Kopf. »Ich weiß es nicht mehr. Es ist weg.«

Seltsamerweise hatte er das Gefühl, sie würde ihn anlügen. Aber welchen Grund könnte sie dafür haben? War es ihr zu persönlich, um es ihm anzuvertrauen? Das schmerzte ein wenig. »Okay.« Er stand auf. »Dann werde ich wieder …«

Finja packte seine Hand. »Könntest du hierbleiben?«

»Ich denke nicht …«

»Bitte. Ich will mich nicht mehr allein fühlen.« Flehend sah sie ihn an.

»In Ordnung.« Lukas zog die Schuhe aus und setzte sich angekleidet aufs Bett. Sowie er saß, rückte Finja näher an ihn. Damit sie nicht so unbequem liegen musste, rutschte er auf der Matratze weiter hinunter und schlang seinen Arm um ihre Schultern. Sofort legte sie ihren Kopf auf seine Brust.

Finja blinzelte zu ihm auf. »Ist das okay für dich?«

»Natürlich. Ruh dich aus, ich passe auf dich auf.«

»Danke.« Sie schmiegte sich enger an ihn und schloss die Augen. »Es tut gut, deinen Herzschlag zu fühlen.«

Sein Herz hüpfte bei ihren Worten, vermutlich konnte sie das genau spüren. »Schlaf jetzt.« Es war klar, dass er garantiert nicht schlafen würde, solange sie ihn berührte.

# 19

Als Finja einige Stunden später aufwachte, lag Lukas neben ihr und schlief. Doch selbst jetzt hielt er sie noch fest, so als befürchtete er, dass sie verschwinden könnte. Gut, sie hatte sich förmlich um seinen Körper gewickelt, von daher wäre das gar nicht nötig. Zu ihrer Überraschung fühlte es sich richtig an, so eng mit ihm verbunden zu sein. Normalerweise schlief sie immer allein und mochte es genau so. Seltsam, dass gerade bei einem fast Fremden diese Schranke nicht vorhanden war. Es hatte sich gut angefühlt, von ihm gehalten zu werden. Sie war beinahe sofort eingeschlafen und die Träume waren nicht zurückgekehrt. Doch darüber wollte sie nicht nachdenken, sondern sie so schnell wie möglich vergessen. Und das ging am besten, wenn sie beschäftigt war.

Erst wollte sie Lukas wecken, doch sie entschied sich dafür, ihn schlafen zu lassen. Ihretwegen hatte er viel zu lange wach gelegen und er musste in ein paar Stunden für die Arbeit ausgeruht sein. Deshalb löste sie sich vorsichtig von ihm und schlich auf Zehenspitzen aus dem Raum. Das Klicken hinter ihr zeigte, dass Leia mit ihr aufgestanden war. Lächelnd wartete sie, bis die Hündin ebenfalls das Schlafzimmer verlassen hatte, bevor sie die Tür schloss.

Leia blickte beinahe besorgt zu ihr auf. Finja streichelte über ihren Kopf. »Keine Angst, mir geht es wieder gut. Komm, ich lasse dich erst mal raus und danach machen wir es uns gemütlich.«

Nachdem sich Leia draußen erleichtert hatte, ging Finja in die Küche und machte sich einen für ihre Verhältnisse eher schlappen Kaffee. Sie wollte weder ihren Kreislauf noch ihren Magen überlasten. Mit dem Becher schlurfte sie in ihre Werkstatt und betrachtete die angefangenen Projekte, die auf dem großen Tisch lagen. Sie suchte sich eines heraus und zog sich den Stuhl heran. Leia ließ sich zu ihren Füßen nieder und legte mit einem zufriedenen Seufzer den Kopf auf die Pfoten. Finja begann mit der Arbeit und war bald völlig in den Prozess vertieft.

»Warum hast du mich nicht geweckt?« Die raue Stimme erklang hinter ihr.

Erschrocken richtete sich Finja auf und drehte sich auf dem Stuhl herum. Lukas stand hinter ihr, auf der Wange hatte er Knitterfalten und etwas, das wie ein beginnendes Veilchen aussah, die Haare standen auf einer Seite nach oben. Der Anblick brachte sie zum Lächeln. »Du hast so friedlich geschlafen, da wollte ich dich nicht stören.«

Lukas trat neben sie und blickte auf ihr Projekt hinunter. »Wie lange sitzt du hier schon?«

Finja hob die Schultern. »Ein paar Stunden, denke ich. Ich konnte nicht mehr schlafen, da dachte ich, ich kann die Zeit auch sinnvoll nutzen.« Sie legte das Tool aus der Hand und griff nach ihrem Becher. »Möchtest du auch einen Kaffee?«

Lukas schnitt eine Grimasse. »Wie stark ist er heute?«

»Eher schwach.«

»Dann gern.« Er berührte ihren Arm. »Du bist ja ganz kalt. Du hättest dich vorher anziehen sollen.«

Finja blickte an sich hinunter und erkannte, dass sie nur ein kurzärmeliges, hüftumschmeichelndes Nachthemd trug. Im Bett reichte das völlig – außerhalb war es jetzt im Frühsommer noch etwas frisch dafür. »Ich habe gar nicht daran gedacht.« Und sie hätte ihn auch nicht stören wollen.

»Hast du Hunger? Während du dich anziehst, kann ich das Frühstück machen.« Als er ihren Blick sah, ruderte er sofort zurück. »Zu viel? Ich kann auch einfach gehen, wenn du das möchtest. Wie es aussieht, geht es dir wieder recht gut und du brauchst mich nicht mehr.«

»Es hat nichts mit dir zu tun. Ich bin es nur nicht gewöhnt, dass morgens jemand anders um mich herum ist.«

Lukas gab Leia ein Zeichen, die aufstand und sich erst mal ausgiebig streckte. »Ich kann das sehr gut verstehen, mir würde es auch so gehen. Kommst du zurecht?«

»Ja, natürlich.« Finja betrachtete ihn genauer. Er hatte tatsächlich ein Veilchen unter dem Auge. »Was ist denn mit dir passiert? Warst du diese Nacht in einem Boxkampf?«

Mit den Fingerspitzen berührte er seine Wange und schnitt eine Grimasse. »So ähnlich.«

Erschrocken sah sie ihn an. »War ich das etwa?«

»Nur ein kleiner Unfall, kein Ding.«

Finja stand auf und trat zu ihm. Sachte berührte sie mit den Fingern die Prellung. »Das tut mir furchtbar leid.«

Lukas fing ihre Hand ein. »Es ist kein Problem. Du hattest einen Albtraum und ich war zu unvorsichtig.« Sein Blick wurde durchdringend. »Erinnerst du dich wirklich nicht an den Traum?«

»Nein, aber das ist vielleicht auch besser so.« Sie holte tief Luft. »Bleibst du noch zum Frühstück? Das ist das Mindeste, was ich dir anbieten kann, nachdem du die ganze Zeit für mich da warst.«

»Aber nur, wenn ich mich damit nicht aufdränge.« Noch immer hielt er ihre Hand fest in seiner.

»Das tust du nicht.«

»Dann gern.«

»Perfekt. Ich ziehe mich dann mal an.« Trotz ihrer Worte blieb sie weiter stehen und sah ihn an. Schließlich legte sie ihre Hand um seinen Nacken und zog seinen Kopf zu sich herunter. Sanft küsste sie die Schwellung unter seinem Auge. »Ich hoffe, es tut nicht zu sehr weh.«

Lukas hielt ganz still. »Doch, extrem.« Seine Stimme war rau.

Es dauerte einen Moment, bis sie erkannte, was er wollte. »Was kann ich denn tun, damit es besser wird?«

»Vielleicht noch einen Kuss?«

Lächelnd strich sie noch einmal mit ihren Lippen über seine Wange. »So besser?«

»Geringfügig.« Er hob ihre Hand in seiner an und legte sie auf seine Brust. Deutlich konnte sie seine schnellen Herzschläge spüren. »Noch mal …«

Erneut küsste sie die Prellung, dann ließ sie ihre Lippen tiefer wandern, bis sie schließlich auf seinen Mund trafen. Der Kuss war sanft, fast nur ein Reiben ihrer Lippen übereinander. Hätte sie nicht das wilde Pochen seines Herzens gespürt, hätte sie gedacht, Lukas wäre gänzlich unbeteiligt. So wie sie ihn einschätzte, überlegte er vermutlich gerade, ob es wirklich sinnvoll war, was sie da taten. Sie ahnte schon, wie sein Ergebnis ausfallen würde. Schließlich war er ein verantwortungsbewusster Kommissar, der eigentlich …

»Küss mich richtig.«

Seine raue Bitte löste ihre Zurückhaltung in Luft auf. Sie stürzte sich förmlich auf ihn, ihre Finger krallten sich in seinen Pullover, während sie ihn küsste, als hinge ihr Leben davon ab. Lukas reagierte ebenso leidenschaftlich. Seine Hand wühlte sich in ihre Haare, die andere legte sich um ihren Rücken und zog sie dicht an ihn. Finja vergaß alles um sich herum, während sie den Kuss genoss. Sie hatte immer geahnt, dass Lukas einen großen Teil von sich zurückhielt, jetzt hatte sie die Bestätigung.

Viel zu schnell löste er sich schwer atmend von ihr und trat einen Schritt zurück. »Tut mir leid.«

Aufmerksam sah sie ihn an. »Was genau?« Hoffentlich machte er jetzt nicht wieder einen seiner stahlschen Rückzieher.

»Ich hatte mir geschworen, die Situation nicht auszunutzen. Ich bin nur hier, um dich zu unterstützen, nicht, um dich zu verführen.«

»Wie, bist du nicht einer von den Männern, die beides können?«

»Ich meine es ernst, Finja.«

Sie stützte die Hände in die Taille. »Ich auch. Mach dir keine Sorgen, du hast mich nicht ausgenutzt oder überfallen. Ich habe dich zuerst geküsst, es ist also meine Schuld.«

»Es geht mir nicht um die Schuldfrage, sondern darum, dass du momentan verletzlich bist und es ist nicht richtig von mir, mich dir aufzudrängen.«

Finja verengte ihre Augen. »Du solltest jetzt vielleicht besser aufhören, zu reden, bevor du mich noch richtig sauer machst. Ich habe den Kuss genossen – jedenfalls bis du dich dafür entschuldigt hast. Wie wäre es, wenn du mir lieber erzählst, wie sehr er dir gefallen hat und dass du kaum die Hände von mir lassen kannst?«

Seine Mundwinkel hoben sich. »Das wäre irgendwie kontraproduktiv, oder?«

»Kommt darauf an, ob du das hier jemals wiederholen willst, oder nicht.«

Er starrte sie nur an.

Finja seufzte. »Ich will keinen Mann, der mich bei jeder Gelegenheit wieder wegstößt. Entweder du stehst auf mich und handelst auch danach, oder nicht.« Sie konnte deutlich sehen, wie er mit sich kämpfte.

»Ich mag dich und möchte dich nicht verletzen.«

»Das ist schon mal die Grundvoraussetzung, aber ich will nichts Halbes, Lukas. Entweder ganz oder gar nicht.«

»Du weißt, dass ich die Insel bald verlasse.«

»Aber bis dahin bist du noch hier. Oder hast du schon eine Nachricht bekommen, wann du zurück darfst?«

Schweigend schüttelte er den Kopf.

»Dann wüsste ich nicht, was dagegen spricht, dass wir uns küssen.« Und noch einiges andere, aber das erwähnte sie lieber nicht, wenn Lukas gerade in seiner Zweifelstimmung war.

Er trat wieder näher und legte seine Hände um ihr Gesicht. »Habe ich schon gesagt, wie absolut ungewöhnlich du bist?«

»Ich glaube, du nanntest es faszinierend.« Etwas besorgt sah sie ihn an. »Es hat sich doch wegen gestern nichts geändert, oder?«

»Hältst du mich für so oberflächlich? Es gefällt mir, dass du so viele Facetten hast. Und nein, ich sehe dich nicht als Sozialfall an, falls du das als Nächstes fragst. Du bist eine starke Frau, aber auch die haben mal einen schwachen Moment. Genauso wie Männer übrigens.«

Das brachte sie zum Lächeln. »So ist es.«

»Gut, dass wir das geklärt haben.« Lukas löste sich von ihr. »Hast du noch was von deiner Mutter gehört?«

»Noch nicht. Ich werde nachher zum Krankenhaus fahren.« Hoffentlich ging es ihrem Vater inzwischen deutlich besser.

»Ich begleite dich auf der Fährfahrt.«

Erstaunt sah sie ihn an. »Du musst doch arbeiten.«

»Es kann nie schaden, auch mal auf der Fähre nach dem Rechten zu sehen.«

Ihre Augenbrauen schoben sich zusammen. »Hat Rieke dich darauf angesetzt?«

»Ich habe keine Ahnung, wovon du redest.«

»Ja, du Unschuldslamm! Ich kann allein mit der Fähre fahren, das habe ich schon öfter gemacht.«

Eindringlich blickte Lukas sie an. »Sicher kannst du das, doch warum solltest du, wenn es nicht sein muss? Lass dir von deinen Freunden helfen, dafür sind sie da.«

Die Frage war, was passierte, wenn sie sich an seine Anwesenheit gewöhnte und er dann die Insel verließ? Schon jetzt konnte sie sich vorstellen, wie sehr es schmerzen würde. Aber das hatte sie noch nie abgehalten. Sie würde lieber ein wenig Schmerz in Kauf nehmen, als nie richtig gelebt zu haben. Wenn ihr der Kuss eines verdeutlicht hatte, dann wie gut es mit Lukas sein würde. Darauf wollte sie um nichts in der Welt verzichten. Schließlich nickte sie. »Also gut, wenn du unbedingt willst, dann komm mit.« Sie lächelte. »Danke.«

# 20

Eine Stunde später standen sie am Anleger und sahen zu, wie der *WattnExpress*, die kleinere und schnellere Fähre, auf Spiekeroog anlegte und die Gitterrampe herangerollt wurde. Auch wenn Finja gesagt hatte, dass sie allein fahren konnte, war ihr doch deutlich die Anspannung anzumerken. Je näher sie dem Wasser gekommen waren, desto steifer wurde ihr Rücken. Lukas hatte versucht, sie mit einer Unterhaltung abzulenken, aber es funktionierte nicht wirklich. Deshalb stand er jetzt einfach nur neben ihr und hoffte, dass seine Anwesenheit ihr ein wenig half.

Gäste kamen über die Rampe von der Fähre und verteilten sich kurz darauf freudig an Land. Als alle von Bord waren, winkte das Personal die Fahrgäste für die Rückfahrt heran.

Finja atmete tief ein und wieder aus, dann sah sie Lukas mit einem schwachen Lächeln an. »Und, bereust du schon, dass du mitgekommen bist?«

»Kein Stück.« Das brachte ihm einen unsicheren Blick ein. »Die Diskussion hatten wir doch schon: Es ist überhaupt kein Problem für mich, dir ein wenig zu helfen. Ich habe deine Hilfe schließlich auch schon in Anspruch genommen. Das passt doch zum allgemeinen Spirit auf so einer kleinen Insel, oder?«

Ihr Lächeln wurde breiter. »Ja.«

»Siehst du. Die Fahrt dauert nur zwanzig Minuten, und dann noch mal zwanzig Minuten zurück, das heißt, ich bin in einer Stunde wieder hier. Ich glaube kaum, dass Spiekeroog in der Zwischenzeit zu einer Verbrechenshochburg wird.«

»Nein, wohl eher nicht.«

Außerdem konnte er so auf dem Festland noch ein paar Sachen für Leia besorgen, die Auswahl war auf der Insel ziemlich eingeschränkt. Er hatte die Hündin im Büro gelassen, weil er nicht wusste, wie sie auf eine Fährfahrt reagieren würde. »Nimmst du dir ein

Taxi zum Krankenhaus?«

»Nein, wir haben in den Spiekeroog Garagen in Neuharlingersiel ein Auto stehen, mit dem werde ich fahren. Dann kann ich danach auch meine Mutter mitnehmen, falls sie wieder auf die Insel will.«

»Wenn Wiebke nicht mit zurückkommt, ruf mich an, dann hole ich dich in Neuharlingersiel ab.«

»Danke, das ist nicht nötig.«

Hintereinander gingen sie über die metallene Rampe auf die Fähre. Bei der Schnellfähre gab es nur die Möglichkeit, drinnen zu sitzen, deshalb suchten sie sich einen Platz in der Nähe der Tür. Absichtlich setzte er sich ans Fenster, damit Finja nicht aufs Meer blicken musste. Seit sie sich auf dem Wasser befanden, wirkte Finja deutlich aufgewühlter, ihre Lippen waren zusammengepresst. Lukas nahm ihre Hand und hielt sie sicher in seiner.

Mit einem sanften Ruck starteten die Motoren und die Fähre setzte sich in Bewegung. Im Hafen fuhr sie nur langsam, doch sowie sie die Ausfahrt passiert hatten, verstärkte sich das Dröhnen der Motoren und sie fuhren mit Höchstgeschwindigkeit durch das ruhige Meer. Außerhalb der Fahrrinne konnte er einige Sandbänke sehen, die im Trockenen lagen. Möwen segelten durch die Luft.

Je länger sie fuhren, desto fester wurde Finjas Griff. Deutlich konnte er einen feuchten Schimmer auf ihrem Gesicht sehen. Was auch immer zu ihrer Angst vor dem Meer geführt hatte, es musste ein furchtbares Erlebnis gewesen sein. Es war erstaunlich, dass sie überhaupt nichts darüber wusste. Sicher mussten das doch zumindest ihre Eltern wissen. Er konnte sich nicht vorstellen, dass sie ihre Tochter absichtlich im Dunkeln und sie leiden lassen würden. Vielleicht sollte er mit ihnen reden, wenn sie wieder auf der Insel waren. Wenn es irgendwie möglich war, wollte er Finja gern dabei helfen, die Angst zumindest zu mildern.

Glücklicherweise ging die Zeit schnell rum und sie konnten die Fähre bald verlassen. Sowie sie an Land war, wirkte Finja unendlich erleichtert, ihre Wangen bekamen ein wenig Farbe. Sie ging einige Meter weiter auf das Gebäude der Fährgesellschaft zu, bevor sie stehen blieb und sich zu ihm umwandte.

Wärme stand in ihren Augen. »Danke, es war unglaublich beruhigend, mich bei dir festhalten zu können.«

»Das freut mich.« Forschend sah er sie an. »Soll ich dich wirklich nicht zum Krankenhaus fahren?«

»Nein, das ist nicht nötig. Außerdem wirst du hier gebraucht.« Sie stellte sich auf die Zehenspitzen und küsste ihn. »Wir sehen uns später.«

»Rufst du mich an, wenn du wieder auf der Insel bist? Oder auch wenn du keine Begleitung für die Rückfahrt hast.« Er würde für sie alles stehen und liegen lassen, wenn sie ihn brauchte.

»Ich versprechs.«

»Danke.«

Es fiel ihm schwer, sie loszulassen, aber er hatte keine Wahl. Um nicht wieder nach ihr zu greifen, schob er die Hände in die Jackentaschen und sah ihr nach, wie sie eilig den Parkplatz vor dem Gebäude überquerte. Als sie außer Sicht war, ging er zu seinem eigenen Auto, das er mit einer Sonderregelung direkt am Fährgebäude parken konnte, wo normalerweise nur Tagesgäste ihre Autos abstellen durften. Auf dem Handy suchte er sich einen Laden für Tierbedarf heraus und fuhr dorthin. Eilig erledigte er seine Einkäufe und kehrte zur Insel zurück.

Erst als er von Bord ging, fiel ihm auf, dass er normalerweise versucht hätte, seine Zeit auf dem Festland auszudehnen, um bloß nicht so schnell wieder auf der kleinen Insel eingesperrt zu sein, doch diesmal konnte er es kaum erwarten, wieder nach Hause zu kommen. Kopfschüttelnd ging er den Hafenweg entlang auf den Ort zu. Er wohnte in der Wohnung eines anderen, er hatte hier nichts Eigenes. Wie konnte er sich trotzdem in den Monaten daran gewöhnt und vor allem damit abgefunden haben?

Schließlich kam er bei der Polizeistation an und schloss die Tür auf. Er trat ins Haus und lächelte, als er Leias aufgeregtes Bellen hörte. Offenbar freute sie sich, dass er wieder da war. Vermutlich würde sie sich noch mehr freuen, wenn sie sah, was er alles für sie mitgebracht hatte. Ja, er wusste, dass sie nicht für immer bei ihm bleiben würde, aber es machte ihm trotzdem Spaß, sie zu verwöhnen. Sie hatte es auf jeden Fall verdient, dass sich jemand um sie kümmerte.

Er öffnete die Bürotür und wurde fast von Leia umgerannt, die sich auf ihn stürzte. Lukas hockte sich hin und umarmte sie. Die Hündin schob ihr Gesicht an seinen Hals und leckte über seine Haut. Lachend versuchte er, sie daran zu hindern, doch sie war erbarmungslos. Sein Herz zog sich schmerzhaft zusammen. Es würde wehtun, sie wegzugeben, das wusste er schon jetzt. Doch er würde es tun müssen, wenn sich ihre Besitzer meldeten. Und auch, wenn er die Insel verließ. Seine Wohnung mitten in der Stadt war nichts für einen Hund, erst recht nicht, wenn er ständig arbeitete.

Nachdem sich Leia im Garten erleichtert und danach etwas beruhigt hatte, suchte er eines der Spielzeuge aus der Tüte, die er ihr besorgt hatte. Es war Darth Vader aus angeblich unzerstörbarem Stoff, in dessen Innern es verheißungsvoll knisterte. Leia riss es ihm förmlich aus der Hand und lief mit ihm im Maul zu ihrem Korb. Grinsend sah Lukas ihr dabei zu, wie sie versuchte, ihn in Stücke zu reißen. »Sei gnädig mit ihm, er ist dein Vater.« Leia warf ihm nur einen schiefen Blick zu, während sie auf einem der Tau-Arme herumkaute.

Lukas setzte sich an seinen Schreibtisch und kontrollierte die eingegangenen E-Mails. Wie erwartet war nichts Wichtiges in seiner Abwesenheit passiert. Nach kurzer Überlegung überprüfte er Finjas Eltern im Register der Inselbewohner. Barne lebte seit seiner Geburt auf Spiekeroog, Wiebke war vor vierzig Jahren auf die Insel gekommen. Finja war seit 2001 auf Spiekeroog gemeldet. Nein, hier würde er keine Hinweise finden, was sich zugetragen hatte. Frustriert schloss er die Datenbank und überlegte, was er jetzt noch tun konnte. Es musste doch irgendwo verzeichnet sein, was Finja zugestoßen war.

Mit den Fingern tappte er auf die Schreibtischplatte, während er darüber grübelte, wo er noch suchen konnte. Vielleicht könnte er ältere Einwohner fragen, es sollte doch auf so einer kleinen Insel kaum möglich sein, irgendwelche Geheimnisse zu bewahren. Andererseits, wenn selbst Finjas Eltern es nicht wussten, würde er so vermutlich auch nicht weiterkommen. Irgendetwas nagte an ihm, er kam aber nicht darauf, was es war. Er drehte sich mit dem Schreibtischstuhl so, dass er Leia beim Spiel zusehen konnte. Offenbar war sie ganz vernarrt in ihren Vater.

Vater … Ein Gedanke kam ihm und er stürzte sich auf die Suchmaschine. Der Sanitäter hatte bei der Sache mit den Blutgruppen so seltsam geguckt. Dass Wiebke nicht für eine Blutspende bei Barne infrage kam, war nicht weiter verwunderlich, sie waren schließlich nicht verwandt. Aber dass Finja als seine Tochter nicht spenden konnte, wunderte ihn. Eine kurze Recherche bestätigte seinen Verdacht. Einen Moment lang zögerte er noch, dann rief er Eric an. Es dauerte etwas, bis sich der Sanitäter meldete. »Stahl hier. Kann ich Ihnen eine medizinische Frage stellen?«

»Klar. Sind Sie verletzt?«

»Nein, alles in Ordnung. Es geht um die Vererbung von Blutgruppen.«

Stille zog sich in die Länge. »Okay.«

»Wenn die Eltern A- und 0- haben, kann dann ein Kind B+ sein?«

»Nein, das ist nicht möglich. Selbst wenn es nicht A, sondern AB wäre, kann aus zweimal minus nie plus entstehen.«

*Verdammt.* Offenbar war ein Elternteil von Finja nicht ihr leibliches. »Danke für die Hilfe.«

»Gern. Wenn es aber um die Sache geht, die ich vermute, sollten Sie das lieber ruhen lassen.«

Lukas setzte sich gerader auf. »Warum?«

»Weil ich nie eine Familie gesehen habe, die besser miteinander auskommt als Finjas. Ich würde sagen, da ist es völlig unerheblich, was das Blut sagt.«

»Das stimmt. Ich versuche, etwas anderes herauszufinden.«

»Okay.« Eric klang skeptisch. »Dann viel Erfolg dabei.«

»Danke.« Lukas legte auf und starrte auf den Monitor.

Die Frage war, was er jetzt mit der Information anfangen konnte. Denn sie sagte ihm immer noch nicht, was Finja vielleicht miterlebt hatte. War ihr leiblicher Vater oder ihre Mutter vor ihren Augen gestorben? Vielleicht ertrunken? Möglich war es, aber warum hatte er dazu keine Informationen in der Polizeidatenbank gefunden? Vor allem waren Barne und Wiebke schon länger verheiratet als Finja überhaupt auf der Welt war. Er konnte sich nicht vorstellen, dass einer von ihnen eine außereheliche Affäre gehabt hatte. Vielleicht gab es in der Inselkirche Unterlagen über eine Taufe. Dort musste eigentlich der Name ihrer Eltern stehen. Oder beim Standesamt in der Geburtsurkunde. Genau. Er würde zum Rathaus gehen und dort in die Geburtsurkunde Einblick nehmen.

Rasch stand er auf und steckte sein Handy ein. Leia stellte ihr Knabbern ein und sah fragend zu ihm auf. Schlechtes Gewissen breitete sich in ihm aus. »Hältst du es noch mal ein paar Minuten allein aus? Ich bin gleich zurück.«

Mit einem tiefen Seufzer legte Leia den Kopf auf den Rand des Korbs und starrte ihn trübselig an.

Lachend tätschelte Lukas ihren Kopf. »Du hast es faustdick hinter den Ohren. Mach keinen Unsinn.« Er stand auf und verließ das Büro. Die Tür schloss er sorgfältig hinter sich, damit die Hündin nicht durch das ganze Haus laufen konnte.

Innerhalb kürzester Zeit war er beim Rathaus und folgte den Schildern zum Standesamt-Bereich. Dort musste er nicht lange warten, bis eine Mitarbeiterin ihn empfing.

»Hallo. Ich würde gern eine Geburtsurkunde einsehen.«

»Ihre eigene?«

»Nein. Es ist für einen Fall, den ich gerade bearbeite.« Was nicht ganz richtig war, aber er hatte das Gefühl, dass er damit eher weiterkam. »Mein Name ist Stahl, ich bin der Inselkommissar.«

»Ich weiß, wer Sie sind. Haben Sie einen Schrieb der Staatsanwaltschaft mit der Anordnung zur Einsicht?«

»Nein.«

Bedauernd zuckte die Frau mit den Schultern. »Dann kann ich Ihnen leider nicht helfen.«

Lukas rieb frustriert über seine Haare. »Hören Sie, es geht darum, herauszufinden, was vor vielen Jahren geschehen ist. Ich will niemanden verhaften oder jemandem das Leben schwer machen, ganz im Gegenteil. Ich möchte jemandem helfen, ein Trauma zu überwinden.« Er konnte sehen, dass seine Worte eine Wirkung erzielten.

»Um wen geht es denn?«

Er konnte nur hoffen, dass das nicht die Runde machte, bei den wenigen Personen, die auf Spiekeroog lebten. »Finja Harms.«

»Was für ein Interesse könnten Sie an so einer liebenswerten jungen Frau haben?«

Lukas spürte leichte Röte in seine Wangen steigen. »Es geht mir um den Zeitpunkt ihrer Geburt.«

Die Augen der Angestellten leuchteten auf. »Oh, Sie planen eine Überraschung zum Geburtstag, oder?«

Wenn sie das glauben wollte, umso besser. »Erwischt. Könnten Sie vielleicht einen kleinen Blick darauf werfen und mir einen Tipp geben?«

Die Frau tippte etwas in ihre Tastatur und beugte sich dann vor. »20. Juni 1999. Oh, da haben Sie ja Glück, das ist schon bald.«

Lukas zog sein Handy heraus und notierte sich das Datum. »Wunderbar. Ist sie hier auf Spiekeroog geboren?«

»Nein, tatsächlich auf Norderney. Wir haben hier keine Geburtsklinik. Ich finde das immer schade, es wäre doch schön, wenn bei allen Einwohnern im Pass stehen würde, dass sie hier geboren wurden.«

»Das stimmt. Vielen Dank für die Auskunft, dann werde ich Sie nicht länger stören.«

»Ach, Sie haben nicht gestört. Ich freue mich immer, wenn hier mal jemand vorbeikommt. Erzählen Sie niemandem, dass ich Ihnen die Information gegeben habe.«

»Versprochen. Einen schönen Tag noch.« Lukas verabschiedete sich und verließ schnell das Büro. Dank der netten Angestellten hatte er nun einen neuen Anhaltspunkt und konnte weiter recherchieren.

Seiner Meinung nach würde niemand von Spiekeroog nach Norderney fahren, um dort ein Kind zu bekommen, sondern eine Klinik auf dem Festland nutzen. Während seines kurzen Weges zur Polizeistation grübelte er darüber nach, wie er jetzt weiter vorging. Es behagte ihm nicht, das alles hinter Finjas Rücken zu tun, aber falls er nichts herausfand, wollte er sie nicht noch zusätzlich aufregen. Und wenn er etwas erfuhr, würde er zuerst darüber nachdenken, ob ihr das Wissen überhaupt half. Sie liebte ihre Eltern ganz offensichtlich und die Gefühle beruhten auf Gegenseitigkeit. Es wäre nicht richtig, irgendetwas zu offenbaren, dass einen Keil zwischen Finja und ihre Eltern treiben könnte.

# 21

Finja war erleichtert, als sie nach dem kräftezehrenden Besuch bei ihrem Vater, dem es sichtlich besser ging, und der Fahrt mit der Fähre endlich ihre Haustür hinter sich schließen konnte. Ihre Mutter hatte ihr angeboten, mit zu ihr zu kommen, doch im Moment wollte Finja einfach nur ihre Ruhe haben und die ganzen widerstreitenden Emotionen unter Kontrolle bringen. Die ungeheure Erleichterung überwog, dass ihr Vater seine Verletzung so gut überstanden hatte und in einigen Tagen wieder nach Hause durfte. Natürlich würde er sich noch schonen müssen, aber dafür würde ihre Mutter schon sorgen.

Unter der Erleichterung herrschte aber Verwirrung vor. Was genau war mit ihr passiert? Wie hatte sie so die Kontrolle verlieren können? Normalerweise war sie jederzeit belastbar, ruhig und klar im Kopf. Doch dann hatte sie Barne in seinem Blut liegen sehen und eine solche Angst verspürt, wie noch nie in ihrem Leben. Es war, als hätte sie sich in ein kleines Kind verwandelt, das absolut hilflos zusehen musste, wie es einen geliebten Menschen verlor. Sie konnte es nicht nachvollziehen. Ihre Angst vor dem Meer war sie gewöhnt und konnte damit umgehen, doch das war noch viel größer und elementarer gewesen. Und das machte ihr Angst.

Und dann war da noch Lukas. Es verursachte ein warmes Gefühl in ihr, wenn sie sich daran erinnerte, wie er sie umsorgt hatte. Nicht jeder hätte das getan, erst recht kein fast Fremder. Offenbar hatte sie ihn zu Anfang völlig falsch eingeschätzt. Er war weder kalt noch arrogant oder desinteressiert. Ganz im Gegenteil. Vielleicht versuchte er, sich durch die unnahbare Art zu schützen. Wie einsam musste er die vergangenen Monate gewesen sein? Vermutlich war niemand auf ihn zugegangen. Er war ein Außenseiter, ein Städter und er hatte Jens ersetzt, den alle auf der Insel mochten. Der einer von ihnen geworden war.

Jetzt, wo sie es wusste, konnte sie es ändern. Sie würde Lukas die

Insel und die Bewohner näherbringen. Ja, es war nicht ganz selbstlos, weil sie hoffte, dass er dann länger bleiben würde. Aber die Wahrscheinlichkeit dafür war mehr als gering. Er gehörte in die Stadt, das war deutlich erkennbar. Da er ihr von Anfang an gesagt hatte, dass es sein Ziel war, möglichst schnell dorthin zurückzukehren, war sie vorgewarnt und konnte sich entscheiden, wie viele Gefühle sie investieren wollte. Wobei sie den Verdacht hatte, dass er ihr jetzt schon wichtiger war, als sie ursprünglich geplant hatte. Es würde schwer werden, sich noch zurückzuziehen.

Da sie versprochen hatte, ihn anzurufen, wenn sie wieder auf der Insel war, nahm sie das in Angriff, bevor sie sich ein langes heißes Bad gönnen würde. Sie zog ihr Handy heraus und wählte seine Nummer.

»Finja?« Er nahm so schnell das Gespräch an, dass nicht mal ein Freizeichen ertönte.

»Ja. Ich wollte nur Bescheid sagen, dass ich zurück bin.«

»Danke. Wie geht es dir?«

»So weit gut, meine Mutter ist mit zurückgekommen. Morgen früh fährt sie wieder nach Wittmund.«

»Wie macht sich dein Vater?«

»Sehr gut. Er ist schon ganz ungeduldig und will möglichst schnell wieder nach Spiekeroog.« Sie freute sich unglaublich darüber, ein deutlicheres Zeichen, dass er die Sache überstanden hatte, gab es nicht.

»Das klingt hervorragend. Was haben die Ärzte gesagt, wird alles wieder verheilen oder behält er irgendetwas zurück?«

»Sofern er sein Bein jetzt erst mal schont und alles gut zusammenwächst, sollte er in Zukunft keine Schwierigkeiten mehr damit haben. Ein wenig müssen sie noch aufpassen, dass sich nichts entzündet. Sein Werkzeug war nicht das sauberste, genauso wie der Lappen.«

»Das stimmt allerdings.«

Finja zögerte. »Die Ärzte haben auch gesagt, dass Papa vermutlich gestorben wäre, wenn du ihn nicht so früh gefunden und genau richtig reagiert hättest. Er verdankt dir sein Leben.«

»Ich bin froh, dass ich helfen konnte. Eigentlich ist aber deine Mutter dafür verantwortlich, sie hat mich zu ihm geschickt, als ich eigentlich schon wieder gehen wollte.«

Finja lächelte. »Sie macht ihm ganz schön die Hölle heiß, dass er sie nicht gerufen hat. ‚Männer und ihr falscher Stolz' nennt sie das. Er hat ihr hoch und heilig versprochen, in Zukunft immer ein Handy dabei zu haben und sie sofort anzurufen, wenn etwas ist. Oder wahlweise den Rettungsdienst.«

»Das ist gut.« Lukas schwieg kurz. »Was machst du jetzt?«

»Ich werde mir einen ruhigen Abend machen, angefangen mit einem gemütlichen Schaumbad.«

»Möchtest du Gesellschaft?«

Verlangen strömte so heftig durch ihren Körper, dass sie ein Aufkeuchen unterdrücken musste. »In der Wanne?«

Sie glaubte, einen leisen Fluch zu hören. »Eigentlich meinte ich allgemein den Abend über, aber jetzt, wo du es gesagt hast, kriege ich das Bild nicht mehr aus dem Kopf.«

»Tut mir leid.«

»Warum glaube ich dir das nicht?«

Finja musste lachen. »Offenbar kennst du mich schon zu gut.« Rasch wurde sie ernst. »So gern ich auch ja sagen würde, denke ich, wir sollten es vielleicht ein wenig langsamer angehen und nicht gleich mit einem gemeinsamen Bad anfangen.« Zusammen geschlafen – im Sinne von Schlaf – hatten sie ja immerhin schon.

»Schade, aber ich bin ganz deiner Meinung.« Er räusperte sich. »Also, hättest du gern Gesellschaft für alles andere außer das Bad?«

»Unheimlich gern, aber ich glaube, ich muss eine Weile versuchen, allein mit dem klarzukommen, was geschehen ist. Außerdem wollte ich nachher noch mal kurz zu meiner Mutter, um zu sehen, wie sie sich so allein macht.«

»Ich wollte gleich nach Feierabend auch zu ihr rübergehen. Lass dir also ruhig Zeit beim Baden, Wiebke ist solange versorgt.«

Ihr Herz flatterte. »Du bist wirklich unglaublich, weißt du das?«

»Gut oder schlecht?«

Finja verdrehte die Augen, als sie die Unsicherheit in seiner Stimme hörte. »Gut natürlich. Wenn du so weitermachst, wirst du unentbehrlich und musst leider hierbleiben.«

Eine längere Pause entstand, dann seufzte er. »Ob du es glaubst oder nicht, wenn die Arbeit hier interessanter wäre, würde ich das tatsächlich in Betracht ziehen.«

»Das musst du nicht sagen, nur weil du denkst, dass ich es mir wünsche.«

»Ich würde nie über so etwas lügen. Wider Erwarten sind mir die Insel, vor allem aber einige Bewohner, inzwischen ans Herz gewachsen.«

Ein guter Anfang. Wenn sie noch ein wenig mehr Zeit mit ihm verbrachte, würde er vielleicht … Nein, es war nicht richtig, ihn zu bedrängen. Lukas würde mit dem Job nie glücklich werden und am Ende ihr seine Unzufriedenheit anlasten. »Klingt vielversprechend. Ich wusste, dass du dich gut mit Leia verstehen würdest.«

»Finja …«

Sie lachte. »Ja, ja, schon gut. Wirklich, ich freue mich, dass es dir hier jetzt besser gefällt als noch vor einer Woche. So vergeht die Zeit bestimmt auch schneller, als wenn du praktisch die Minuten zählst, bis du die Insel verlassen kannst.«

»Absolut. Jetzt will ich dich aber nicht länger von deinem Bad fernhalten. Wir sprechen uns morgen.«

»Sehr gern.« Finja zögerte. »Du hast eine ganz furchtbare Situation für mich erträglich gemacht und mir da durchgeholfen. Danke dafür, Lukas.«

»Das habe ich sehr gern gemacht. Ich wünsche dir einen schönen Abend.«

»Für dich auch.«

Nur sehr ungern beendete Finja die Verbindung. Aber es musste sein, so gern sie auch noch länger mit Lukas sprechen wollte. Sie brauchte die Zeit, um sich über einiges klarzuwerden. Wenn er in ihrer Nähe war, konnte sie nicht in Ruhe nachdenken. Dann übernahmen ihre Gefühle und die sagten ihr ganz eindeutig, dass er es wert war, ihm näherzukommen. Ihr Verstand war zwar der gleichen Meinung, doch er mahnte sie auch, dass es nur in Leid enden konnte. Sie erinnerte sich noch gut daran, wie es für Rieke gewesen war, als ihr Bruder Joris Spiekeroog für viele Jahre den Rücken gekehrt hatte. Dessen damalige – und heutige – Freundin Lena war davon völlig überrascht worden und sie hatte sehr darunter gelitten. Wenn möglich, wollte Finja das nicht durchmachen. Es wäre vernünftiger, ein wenig Abstand zu halten, zumindest gefühlsmäßig. Doch konnte sie das, ihn zu sehen, ihn zu berühren, vielleicht sogar mit ihm zu schlafen, ohne dass sich ihr Herz einschaltete? Sehr unwahrscheinlich.

Da sich ihre Gedanken nur im Kreis drehten, versuchte sie, sich abzulenken, indem sie Wasser in die Badewanne einließ und dann einen großzügigen Schuss Badeöl dazugab. Normalerweise zog sie eine schnelle Dusche vor, aber manchmal musste es einfach ein Vollbad sein. Als genug Wasser in der Wanne war, entledigte sie sich ihrer Kleidung und stieg hinein. Ein Zischen entfuhr ihr, als sie feststellte, wie heiß das Wasser war, aber nach einem Moment fühlte es sich einfach nur himmlisch an. Mit einem Seufzer ließ sie sich hineinsinken und schloss die Augen. Langsam entspannten sich ihre verkrampften Muskeln und sie atmete erleichtert auf.

Nachdem sie sich eine halbe Stunde im wunderbar duftenden Wasser aufgehalten hatte, war ihre Haut verschrumpelt und ihre Muskeln fühlten sich an wie weichgekochte Spaghetti. Es fiel ihr unendlich schwer, sich wieder anzuziehen. Am liebsten wäre sie zu Hause geblieben, aber das wollte sie ihrer Mutter nicht antun. Deshalb band sie ihre nassen Haare zu einem Zopf, zog ihre Schuhe und eine leichte Jacke an und lief dann die wenigen hundert Meter zum Haus ihrer Eltern.

Gerade als sie klingeln wollte, öffnete sich die Tür und Lukas trat heraus. Seine Augen leuchteten auf, als er sie sah. Das Lächeln war intim. »Bad beendet?«

»Ganz offensichtlich.« Sie grinste ihn an. »Es war herrlich, du hättest dabei sein sollen.«

Röte stieg in seine Wangen. »Das …« Ein seltsamer Gesichtsausdruck huschte über sein Gesicht und er drehte sich noch einmal um. »Ähm, ich verabschiede mich lieber. Gute Nacht, Wiebke.« Er nickte ihr zu. »Finja.« Im Vorbeigehen streifte seine Hand über ihre und löste ein Prickeln aus. Es sah fast aus wie eine Flucht, als er schnellen Schrittes den Gartenweg hinunterstrebte.

Ihre Mutter blickte Finja fragend an. »Warum haut er so schnell ab? Ich hatte gehofft, dass er noch bleibt, wenn du da bist.«

»Wir hatten vorher schon darüber gesprochen. Ich gehe davon aus, dass er uns nicht stören wollte. Außerdem muss er sich ja um Leia kümmern.« Sie war tatsächlich ebenfalls ein wenig enttäuscht, auch wenn sie gleichzeitig erleichtert war.

Wiebke nickte. »Es war sicher auch ein langer Tag für ihn.«

Der in ihrem Bett begonnen hatte, aber das sagte sie ihrer Mutter lieber nicht. »Für uns alle.« Sie legte ihren Arm um Wiebkes Taille, während sie ins Haus trat. »Brauchst du hier noch irgendwelche Hilfe?«

Ihre Mutter schloss die Tür hinter ihnen. »Nein, es ist alles ordentlich.« Ihre Augen strahlten. »Weißt du, was Lukas getan hat?«

»Nein, was denn?« Sie war schon auf das Schlimmste gefasst.

Sie betraten das Wohnzimmer. »Er hat im Schuppen alles in Ordnung gebracht und geputzt. Es war fast nichts mehr davon zu sehen, als ich nach Hause kam.«

Und genau deshalb war Lukas so gefährlich für sie. Er kümmerte sich um Dinge und Menschen. Nicht, weil ihn jemand darum bat, sondern weil er wusste, dass es gebraucht wurde. Es hätte ihre Mutter sicher große Kraft gekostet, all das Blut und was noch alles dort liegen geblieben war, zu entsorgen. Eigentlich hätte sich Finja darum kümmern müssen, schließlich war sie zu Hause gewesen, aber wenn sie ehrlich war, hatte sie überhaupt nicht daran gedacht. Um nicht zu sagen, sie hatte sich bemüht, möglichst nicht über den Schuppen und das, was darin passiert war, nachzudenken. Lukas hatte das ganz selbstverständlich getan.

»Du sagst ja gar nichts.« Besorgt sah ihre Mutter sie an. »Ich weiß, das hat dich furchtbar mitgenommen, ich hätte es nicht erwähnen sollen.«

»Nein, nein, es ist alles in Ordnung. Das war wirklich sehr nett von Lukas.«

»Er ist ein toller Mann.« Dabei sah ihre Mutter sie aufmerksam an.

»Das ist er.« Und er würde die Insel über kurz oder lang verlassen, vermutlich mit einem Stück ihres Herzens.

# 22

Lukas grübelte immer noch über das Mysterium Finja, als jemand am nächsten Morgen an der Tür der Polizeistation klingelte. Vielleicht gab es ja endlich mal etwas Sinnvolles für ihn zu tun. Rasch erhob er sich vom Bürostuhl und öffnete die Tür. Zu seiner Überraschung stand Finja davor. Sie wirkte deutlich erholter, ihre Augen leuchteten wie vor dem Unfall ihres Vaters.

»Hallo.«

Sie grinste ihn an. »Guten Morgen. Bist du bereit?«

Verständnislos blickte er sie an. »Wofür?«

»Für unseren Ausflug. Ich dachte mir, nachdem es gestern nicht geklappt hat, können wir ihn heute nachholen.«

»Musst du denn deinen Laden gar nicht öffnen?«

»Eigentlich schon, aber mir ist nicht danach, mich mit Touristen abzugeben.« Ein Schatten zog über ihr Gesicht. »Ich brauche Natur und Stille um mich herum und ich mag nicht den ganzen Tag im Laden sitzen. Deshalb habe ich einfach das Schild hängen lassen. Momentan ist ja sowieso noch nicht so viel los, erst recht nicht in der Woche. Die zwei oder drei Kunden können auch morgen noch mal wiederkommen oder sich im Internet etwas bestellen.«

»Und du willst stattdessen den Tag mit mir verbringen?« Warum fragte er eigentlich? Sie stand ja vor ihm, offenbar war es so.

»Absolut. Es ist auch für dich eine Abwechslung zum normalen Arbeitsalltag. Und nach so vielen Monaten wird es höchste Zeit, dass du die gesamte Insel kennenlernst.«

Damit hatte sie allerdings recht. »Besser spät als nie.«

»Genau.«

»Komm rein, ich muss erst alles zusammensuchen, was ich brauche und Leia muss ich auch holen. Oder kann sie nicht mit?«

»Doch, natürlich. Sie ist ein Polizeihund, damit darf sie überall hin.«

Lukas ließ Finja eintreten und schloss die Tür hinter ihr. »Soll ich was zu essen einpacken?«

»Nein, schon erledigt. Ich habe alles dabei. Jetzt fehlt nur noch ihr.« Sie lächelte ihn dabei an.

Es tat gut, sie wieder so fröhlich zu sehen. Am liebsten hätte er sie einfach an sich gezogen und geküsst, doch er wollte nichts voraussetzen. Ihre Beziehung – wenn man es so nennen konnte – hatte sich in den letzten Tagen deutlich verändert. Von einer oberflächlichen Anziehung zu etwas deutlich Tieferem. Das machte ihn unsicher, weil er nicht recht wusste, wie er damit umgehen sollte. Es konnte aber natürlich auch sein, dass er sich das nur einbildete und Finja gar nicht …

»Was auch immer du gerade denkst, lass es.« Finja trat näher und blickte zu ihm auf.

»Warum?«

»Weil es Unsinn ist.« Sie legte eine Hand an seine Brust. »Sieh mir in die Augen.«

Er folgte ihrem Befehl und versank in tief blauen Seen. Als Polizist hatte er gelernt, in Gesichtern zu lesen, um die Stimmung von Verdächtigen oder auch Zeugen einschätzen zu können. In Finjas Augen konnte er Zuneigung entdecken, Neugier und einen Hauch von Verlangen.

»Ich mag dich, Lukas. Sehr. Ich bin gern mit dir zusammen. Und ich möchte dich küssen.«

Wieder einmal ein Beispiel für Finjas freizügige Art. Ob er sich je daran gewöhnen würde, dass sie einfach alles aussprach, was gerade in ihrem Kopf herumging? Es war auf jeden Fall erfrischend, er brauchte nicht darüber nachgrübeln, wie sie wohl zu ihm stand.

»Wenn ich wissen will, was du gerade denkst, brauche ich einfach nur zu fragen, oder?«

»Klar. Die Zeit ist zu kostbar für irgendwelche Lügen oder Spielchen.«

Damit hatte sie allerdings recht. Er schlang seine Arme um sie und senkte seinen Mund auf ihren. Der Kuss war sanft, aber intensiv. Als er den Kopf hob, waren ihre Augen geschlossen. Ein Lächeln lag auf ihren Lippen. »Sag mir gern immer, was du von mir möchtest, ich werde versuchen, deine Wünsche zu befriedigen.«

Ihre Lider hoben sich und enthüllten tiefere Gefühle, als er erwartet hatte. »Das werde ich mir merken.«

»Gut.«

Mit einem Seufzer löste sie sich von ihm. »Aber jetzt sollten wir erst mal losfahren, solange das Wetter so schön ist und möglichst wenig andere Leute herumlaufen.«

»Wenn du Leia das Geschirr anlegst, suche ich in der Zwischenzeit meinen Kram zusammen.«

»Mache ich.« Finja kniete sich neben Leia und fuhr mit den Fingern durch ihr Fell. »Na, meine Süße, hast du mich vermisst?« Begeistert fuhr Leia mit der Zunge über Finjas Gesicht. Die brachte ihren Kopf lachend außer Reichweite. »He, ich habe mich heute schon gewaschen!« Sie wandte sich Lukas zu, der immer noch wie angewurzelt im Raum stand und sie beobachtete. »Wolltest du nicht was erledigen?«

»Oh, ja.« Schnell setzte er sich in Bewegung.

Er könnte Finja stundenlang zusehen. Egal, was sie tat, sie strahlte dabei eine unglaubliche Freude aus. Und genau deshalb musste er herausfinden, was ihr passiert war, das ihre Reaktion auf Barnes Verletzung erklärte. Sie sollte immer glücklich und fröhlich sein. Nie wieder sollte sie so leiden wie in den vergangenen Tagen. Nachdem er seinen Gurt mit allen Utensilien, die ein Polizist mit sich herumtragen musste, umgebunden hatte, verzog er das Gesicht. Das Teil war verdammt schwer und vor allem auf der Insel völlig unnütz. Bisher hatte er jedenfalls noch niemanden mit Handschellen festnehmen oder gar seine Waffe ziehen müssen.

Noch schlimmer war aber fast, dass er mit Uniform Fahrrad fahren sollte. Aber gut, andere schafften das auch, er würde es überleben. Als er alles gepackt und sich komplett angezogen hatte, wandte er sich wieder Finja zu. Sie hatte in der Zwischenzeit Leia das Geschirr umgebunden und die Leine befestigt.

Skeptisch sah sie ihn an. »Brauchst du das wirklich alles?«

»Nein, aber wenn ich im Dienst bin, muss ich den Kram dabei haben.«

Finja verzog den Mund. »Reicht es, wenn du ihn in die Fahrradtasche steckst?«

»Leider nicht. Ich muss die Sachen am Körper tragen, damit sichergestellt ist, dass sie niemand entwendet.«

»Ich glaube zwar nicht, dass wir jemand anderem so nahe kommen, dass so etwas passieren könnte, aber ich verstehe, dass du den Vorschriften folgen musst.« Forschend sah sie ihn an. »Möchtest du den Ausflug lieber an deinem freien Tag machen?«

Da das bedeuten würde, dass er noch mehrere Tage darauf warten musste, schüttelte er den Kopf. »Nein, lass uns fahren. Es wird schon gehen.« Auf keinen Fall wollte er Finja die Laune verderben. Er war froh, dass sie den Schock offenbar überwunden hatte. Ein Ausflug würde ihr sicher helfen, nur an Gutes zu denken.

Ihr strahlendes Lächeln zeigte, dass er die richtige Entscheidung getroffen hatte. »Super. Dann nichts wie los.«

Sie führte Leia hinaus und er schloss sorgfältig hinter sich ab. Unerwünschte Eindringlinge in der Polizeistation wären noch das Sahnehäubchen auf seinem Job. Während sich Finja auf ihr Fahrrad schwang, holte er das Dienstfahrrad aus dem Verschlag und stieg auf. Lukas fuhr einige Meter und seufzte innerlich. Es war tatsächlich etwas mühsam mit dem Gurt, aber es würde irgendwie gehen. Ansonsten konnte er sich überlegen, zumindest den sperrigen Schlagstock – genauer gesagt Mehrzweckeinsatzstock – in die Satteltasche zu tun. Wenn er in die Speichen geriet, würde das sicher nicht so gut enden. Nach kurzer Überlegung tat er genau das. Sollte ihm doch jemand eine Pflichtverletzung nachweisen. Was konnten sie tun? Ihn in die Antarktis versetzen?

Sein Blick fiel auf Finja, die vor ihm den Tranpad hinunter nach Osten fuhr. Ihr Fahrrad war sicher schon etliche Jahre alt und hatte keinen Elektroantrieb. Am Lenker war ein kleiner Korb angebracht, ein größerer auf dem Gepäckträger, an dem zusätzlich noch eine Fahrradtasche hing. Leias Leine hielt sie in der Hand, während die

Hündin brav neben dem Fahrrad herlief. Hoffentlich würde das so bleiben, sonst könnte es mit einem Sturz enden.

Sie bogen nach rechts in den Friederikenweg ab und fuhren aus dem Ort. Sowie sie die letzten Häuser hinter sich gelassen hatten, fuhr Lukas etwas schneller, bis er neben Finja war. Der Fahrtwind wirbelte ihre langen Haare durch die Luft und trieb sie wie eine Fahne hinter ihr her. Ihr Mund war zu einem breiten Lächeln verzogen, offenbar liebte sie es wirklich, draußen zu sein. Nachdem er zum dritten Mal einen Huckel auf dem Weg übersehen hatte und beinahe die Kontrolle über das Fahrrad verlor, beschränkte er sich auf sehr kurze Seitenblicke.

Finja lachte wissend. »Wir halten bald an.«

»Wo fahren wir überhaupt hin?« Nicht, dass ihn das wirklich interessierte. Es reichte, wenn er mit ihr zusammen war.

»Zur Kohhukdüne, von dort aus hat man einen wunderbaren Ausblick.« Sie warf ihm einen Blick zu. »Oder warst du dort schon?«

»Nein, noch nicht.« So wie er an vielen Orten noch nicht gewesen war, wo er potenziell auf andere Leute treffen konnte.

»Na, dann wird es aber Zeit.«

Wenig später fuhren sie durch ein Wäldchen, das dank der Blätter an den Bäumen wunderbaren Schatten gab, es roch nach frischem Grün und Frühling. Im Sommer war das sicher ein angenehm erfrischender Ort. Auf dem unbefestigten Weg war es etwas schwieriger zu fahren, deshalb ließ sich Lukas wieder zurückfallen. Es hatte auch seine Vorteile, so konnte er Finjas perfekte Rückseite in Ruhe betrachten. Als er merkte, was er da tat, riss er die Augen hoch. Er sollte sich benehmen, solange sie noch in der Öffentlichkeit waren. Auch wenn außer ihnen niemand unterwegs zu sein schien.

Nach dem Wald kam wieder die übliche Dünenlandschaft und der Weg wurde sandig. Rasch stiegen sie ab und schoben die Räder mühsam den Pfad entlang.

»Mit Fahrrad ist es tatsächlich schlauer, den Hellerpad zur Düne zu nehmen, aber ich mag diesen Weg viel lieber. Man sieht mehr von der Natur.«

Vögel zwitscherten in den Gräsern und Sträuchern, die auf und zwischen den Dünen wuchsen. Insekten schwirrten um sie herum, irgendwo quakte ein Frosch. Neben den kleineren Hügeln gab es auch deutlich höhere. Auf einigen war die Vegetation durch Trampelpfade zerstört worden. Schilder wiesen deshalb darauf hin, dass die Dünen nicht betreten werden durften und sich auf die vorhandenen Wege beschränkt werden sollte. Offensichtlich hielten sich nicht sämtliche Touristen und Einheimische daran.

Leia lief an der Leine aufgeregt hin und her und schnüffelte an jedem Busch. Offenbar witterte sie irgendetwas. Der sandige Weg zog sich endlos in die Länge, bis sie schließlich vor der Düne ankamen. Eine steile Treppe führte die Düne hinauf.

»Die Fahrräder lassen wir wohl lieber unten.«

Finja grinste. »Das würde ich auch sagen. Ich glaube nicht, dass uns jemand was klaut.«

»Schließen wir sie besser zusammen, um erst gar keinen Anreiz zu geben.«

»Ja, Herr Kommissar.« Finja bückte sich, um das Schloss um beide Rahmen zu schlingen.

Lukas trat dicht hinter sie. »Machst du dich etwa über mich lustig?«

Finja richtete sich auf und drehte sich zu ihm um. »Das würde ich nie wagen.«

»Dann ist es ja gut.« Lukas zog den Schlagstock aus der Fahrradtasche.

Ihre Augen weiteten sich. »Was hast du damit vor?«

Lukas konnte nicht anders, er lachte laut auf. »Ich nehme ihn mit nach oben, damit er nicht geklaut wird.«

»Oh.« Röte stieg in Finjas Wangen. Hastig strebte sie auf die Treppe zu. »Wir sollten jetzt hochgehen, bevor noch jemand kommt. Es ist viel schöner, wenn man die ganze Aussichtsplattform für sich hat.«

Langsam stiegen sie die hell gepflasterten Stufen hinauf, die kein Ende zu nehmen schienen. Ein hölzernes Geländer sorgte dafür, dass niemand bei Glatteis hinunterpurzelte. »Wie hoch ist die Düne denn? Ich hätte nicht gedacht, dass es hier solche Erhebungen gibt.«

»Sechzehn Meter, wenn ich mich recht erinnere.« Leichtfüßig lief Finja mit Leia voraus. »Kohhuk bedeutet übrigens Kuhstall.«

Irritiert sah Lukas sich um. »Sieht nicht aus wie ein Kuhstall.«

»Natürlich nicht. Die Düne diente früher als Schutz für die Kühe bei Sturmflut, wenn die Weiden unter Wasser standen.«

Lukas bemühte sich, nicht zu schnaufen. Es machte sich langsam bemerkbar, dass er hier nur im Büro saß und auch nicht mehr wie zu Hause das Fitness-Studio besuchte. »Ich wusste nicht, dass es hier Kühe gibt.«

»Gibt es auch nicht mehr. Beziehungsweise nur eine kleine Herde Galloways beim Internat.«

Endlich kamen sie auf der rot gepflasterten Plattform an und Lukas atmete tief durch. Holzbänke zu beiden Seiten luden zum Sitzen ein, während man die Landschaft betrachtete. Finja hatte nicht übertrieben, der Ausblick über die Insel war wirklich fantastisch. Unter ihm lagen unzählige Dünen, im Norden konnte er die Bake und noch ein Stück vom Meer sehen, im Osten weitere Dünen und das Schutzgebiet mit Salzwiesen. Auch im Süden reichte der Blick über Salzwiesen bis zum Watt und hinüber ans Festland. Nach Westen war der Hafen zu sehen.

»Und, habe ich zu viel versprochen?«

»Nein, absolut nicht. Es ist toll.« Hier oben blies der Wind noch ein bisschen stärker, das trug zu der Erfahrung bei.

Finja lächelte. »Das freut mich.«

Eine Weile blieben sie auf der Düne und Finja machte ihn auf verschiedene Sachen aufmerksam. Er mochte es, wie engagiert sie die Sehenswürdigkeiten und Besonderheiten der Insel beschrieb. Finja gehörte zu Spiekeroog wie der Sand und die Nordseebrise. Nie könnte er sie sich woanders vorstellen, in einer Stadt würde sie sicher unglücklich werden. Das gab ihm einen kleinen Stich. Hatte er wirklich gedacht, dass Finja ihm möglicherweise nach Oldenburg folgen würde, wenn er die Insel verließ? Es war utopisch. Und vor allem würde er es nicht wollen, selbst wenn Finja dazu bereit wäre.

»Wollen wir weiter?«

Ihre Stimme drang in seine Gedanken. Langsam drehte er sich zu ihr um. »Ja.«

»Was siehst du mich so an?«

»Mir ist nur gerade was klargeworden.«

Sie wirkte etwas unsicher. »Ja? Was?«

Auf keinen Fall wollte er die Stimmung verderben. Deshalb zog er sie an sich und küsste sie. »Ich finde, der Ort ist einen Kuss wert.«

Lachend löste sich Finja von ihm. »Gibs zu, du suchst nur einen Grund, mir näher zu kommen.«

»Mist, ertappt.«

Sie begannen den Abstieg und er hatte alle Hände damit voll, Leia zu einem gesitteten Tempo zu bewegen.

»Eigentlich finde ich, das ist eine gute Tradition. Jeder neue Ort, den ich dir zeige, ist einen Kuss wert. Oder auch etwas mehr.«

Lukas starrte sie an und verfehlte deshalb eine Stufe. Gerade noch rechtzeitig konnte er sich am Geländer festhalten. Er stieß einen unterdrückten Fluch aus.

»Alles in Ordnung?«

»Ja.« Er blickte sie strafend an. »Sag so etwas bitte nur noch an sicheren Stellen, damit ich mir nicht noch den Hals breche.«

Finja grinste. »Okay.« Unten angekommen, wartete sie auf ihn und Leia. »Tut mir leid, ich wollte dich nicht aus dem Gleichgewicht bringen.«

Ernst sah er sie an. »Das tust du schon seit dem Moment, als wir uns das erste Mal getroffen haben.«

Sie legte den Kopf schräg. »Ist das gut oder schlecht?«

»Da bin ich mir noch nicht sicher, aber ich würde sagen, das Gute überwiegt.« Besonders, wenn sie ihn wie jetzt mit leuchtenden Augen ansah und ihre Lippen sich zu einem warmen Lächeln verzogen.

# 23

Finja wurde nicht recht schlau aus Lukas. Eigentlich war sie ziemlich sicher, dass er auf sie stand, alles deutete darauf hin. Aber es gab immer wieder Momente, an denen sie das Gefühl hatte, dass er sich von ihr zurückzog. Vielleicht war das einfach seine Art, sich zu schützen. Oder auch sie. Lukas hatte die letzten beiden Tage gezeigt, wie wichtig ihm ihre Sicherheit und Gesundheit war. Auf jeden Fall war ihr Plan, ihm die Natur und Geschichte der Insel näherzubringen, ein voller Erfolg. Sie konnte ihm ansehen, wie sehr ihm die Landschaft gefiel.

Auf dem Hellerpad konnten sie endlich wieder auf die Räder steigen und in Richtung des Nationalpark-Hauses Wittbülten fahren. Hineingehen wollte sie nicht, dafür war das Wetter zu schön. Stattdessen ließen sie die Räder stehen und gingen den sandigen Pfad hinunter an dem hölzernen Informationshäuschen vorbei durch die Salzwiesen. Die Gräser und anderen Pflanzen erstrahlten jetzt nach dem Winter in einem frischen Grün.

»Hier war ich schon.« Seinem Gesichtsausdruck war anzusehen, dass er sich noch genau an Nandos Abenteuer im Watt erinnerte, das beinahe ein tragisches Ende gefunden hätte.

»Ich weiß. Ich dachte, es wäre gut, wenn du es noch mal ohne Notfall siehst. Eigentlich ist es hier nämlich sehr schön.«

Forschend sah Lukas sie an. »Macht dir die Nähe zum Meer nichts aus?«

»Nicht bei Ebbe und wenn ich mich weit genug vom Wasser fernhalte.« Sie würde aber keinen Fuß ins Watt setzen. »Diese Landschaft gehört auch zu Spiekeroog, deshalb will ich sie dir zeigen.«

Lukas nahm ihre Hand und drückte sie. »Danke.«

»Sehr gern.«

Der Pfad war hier so schmal, dass sie hintereinander gehen mussten. Finja führte Leia an einer kurzen Leine, weil sie auf keinen Fall die brütenden Vögel in den Salzwiesen stören sollte. Die Gräser waren höher als die Hündin, die immer wieder die Nase hob und schnüffelte. Erschrocken zuckte Finja zusammen, als Leia plötzlich bellte. Direkt neben ihnen raschelte es im Gras, dann brach ein Fasan hervor. Er stieß ein aufgeregtes Glucksen aus und rannte ein wenig kopflos über den Weg. Einige Meter weiter tauchte er erneut in die hohen Gräser ein und verschwand. Sie blieben stehen und blickten dorthin, wo die Halme wackelten, konnten den Vogel aber nicht mehr sehen. Dafür war sein Schimpfen noch längere Zeit zu hören.

»Den hatte ich hier nicht erwartet.« Lukas' Mundwinkel waren zu einem halben Lächeln gehoben.

»Hier gibt es ganz unterschiedliche Tiere. Und genau dafür ist das Schutzgebiet da, damit die Vögel hier ungestört brüten und leben können.«

»Dann sollten wir vielleicht nicht hier langgehen.«

»Wir wissen ja, wie wir uns zu verhalten haben. Außerdem, du bist doch hier der Inselpolizist, du musst schließlich alles kennen und überall hin, wenn es ein Problem gibt.«

»Das stimmt natürlich.« Er sah sich um. »Hoffentlich haben wir ihn nicht von seinem Nest vertrieben.«

»Er wird sicher gleich zurückkehren, wenn wir weg sind.« Rasch ging sie weiter.

Je näher sie dem Meer kamen, desto feuchter wurde der Boden. Ein schmaler Priel zog sich ein paar Meter entfernt durch die Salzwiesen, Sonnenstrahlen glitzerten auf dem Wasser. Sofort trat Finja vorsichtiger auf. »Pass auf, hier ist es glit…«

Ein gedämpfter Schrei ertönte hinter ihr, gefolgt von einem dumpfen Laut. Rasch drehte sie sich um und fand Lukas auf dem Boden liegend vor, Arme und Beine weit von sich gestreckt. Überraschung stand in seiner Miene, die sich gleich darauf verdüsterte. Unwillkürlich musste Finja lachen.

Beinahe empört sah er sie an. »Ich breche mir fast die Hüfte und du lachst?«

Mühsam unterdrückte sie die Heiterkeit. »Entschuldige, es sieht einfach zu witzig aus. Geht es dir gut?«

»Es ging mir schon mal besser. Aber ich denke, es ist nichts gebrochen.«

»Das ist gut.« Sie hielt ihm ihre Hand hin. »Komm, ich helfe dir auf.«

Lukas schnitt eine Grimasse und griff nach ihrer Hand. In einer gemeinsamen Anstrengung brachten sie ihn wieder zum Stehen. Er machte einen Schritt und lag beinahe wieder auf der Nase. Seine Arme ruderten, als er einen Halt suchte, den es in den Salzwiesen nicht gab. Schnell stabilisierte Finja ihn, während sie heldenhaft versuchte, nicht erneut in Gelächter auszubrechen. Sanft zog sie ihn zu einer Stelle, an der Gras wuchs und es nicht allzu rutschig war. Leia rümpfte die Nase und hielt sich so weit von ihm fern wie möglich. Ein Kichern entschlüpfte Finja, bevor sie die Kontrolle wiedererlangte.

Sie betrachtete Lukas, dessen Kleidung auf der Seite, auf der er gelandet war, völlig von übelriechendem Schlick bedeckt war. Er ging von seinen Schuhen bis hin zum Kragen seiner Uniform.

Lukas sah an sich hinunter und verzog den Mund. »Na toll! Meinst du, das bekommt man wieder weg?«

»Nicht hier, fürchte ich.« Sie zog Taschentücher heraus und gab ihm eines. »Versuchen wir, zumindest das Schlimmste zu entfernen, damit du nicht noch alles andere einschmierst.«

Nachdem sie die ganze Packung verbraucht hatten, seufzte Finja. »Besser geht es wohl nicht. Den Rest werden wir zu Hause machen müssen.«

»Ja.« Mit zwei Fingern hielt Lukas seine Pistole in die Höhe. »Dieses Zeug ist überall hingekommen. Ich werde vermutlich Tage damit zubringen, das zu reinigen.«

»Tut mir leid.« Sie lächelte. »Ich würde ja anbieten, dir dabei zu helfen, aber ich gehe mal davon aus, dass ich sie nicht mal berühren darf.«

»So ist es. Trotzdem danke für das Angebot.« Lukas sah sich um.

»Ich glaube, ich werde mit diesem Ort nicht warm.«

Finja legte ihre Hand an seine Wange und drehte sein Gesicht zu sich. Auf Zehenspitzen küsste sie seinen glücklicherweise vom Schlamm verschonten Mund. »Jetzt besser?«

»Es wird schon beträchtlich wärmer.« Er wollte nach ihr greifen, doch sie trat rasch zurück.

»Tut mir leid, aber ich möchte nur ungern auch nach Fisch riechen.«

Lukas rümpfte die Nase. »Das kann ich gut verstehen.« Er blickte an seiner Kleidung hinunter. »So kann ich nicht weiter, fürchte ich.«

Finja nickte. »Verstehe ich. Fahren wir zurück zur Polizeistation, dann kannst du dich umziehen und wir waschen deine Kleidung. Schlick ist echt hartnäckig, wenn er einmal am Stoff haftet.«

»Gut, dass ich noch eine Uniform habe.« Er sah sie an. »Schlimmer finde ich aber, dass ich dich noch nicht mal berühren kann.«

Ihr Lächeln brach wieder durch. »Das können wir ja nachholen, wenn du wieder sauber bist.«

Wärme stand in seinen Augen. »Ich kann es kaum erwarten.«

Den Rückweg legten sie in deutlich höherem Tempo zurück, in wenigen Minuten erreichten sie ihre Fahrräder, stiegen auf und radelten los. Diesmal nahmen sie den Hellerpad, wodurch sie schneller vorankamen, allerdings trafen sie auch mehr Leute. Finja hielt sich extra so, dass sie möglichst Lukas' schlammige Seite verdeckte. So lustig sie es selbst auch fand, wusste sie, dass er Wert darauf legte, als Respektsperson anerkannt zu sein. Das wollte sie auf keinen Fall untergraben. Es war nur schade, dass ihr Ausflug so jäh zu Ende ging, sie hätte ihm gern noch viel mehr von der Insel gezeigt. Aber gut, sie konnten das einfach in ein paar Tagen noch mal nachholen, wenn sie einen freien Tag hatte. Sie freute sich schon jetzt darauf.

In Rekordzeit erreichten sie die Polizeistation. Sie lehnte ihr Fahrrad an die Hauswand, während Lukas seines in den Verschlag stellte und mit einem Schloss sicherte. Leia war die ganze Zeit brav neben dem Fahrrad hergelaufen, jetzt stand sie hechelnd neben ihr. Sowie Lukas die Haustür aufschloss, rannte sie ins Haus. Finja öffnete für die Hündin die Bürotür und sah lächelnd zu, wie sie sich über den Trinknapf hermachte. Sie hatten ihr unterwegs natürlich auch zu trinken gegeben, aber auf dem Rückweg nicht mehr, weil sie wussten, dass sie bald zu Hause sein würden.

Leia legte sich in den Korb, sowie der Durst gestillt war, und schloss die Augen. Offenbar war die Hündin solche Ausflüge nicht gewöhnt. Das konnten sie bestimmt ändern, wenn sie öfter mit ihr etwas unternahmen. Natürlich nur, bis sich Leias Besitzer meldeten. Traurigkeit senkte sich bei dem Gedanken über sie, Leia gehen zu lassen. Sie wusste, dass es sicher besser für die Hündin war, wieder bei ihren Bezugspersonen zu sein. Es war für Finja immer noch ein Rätsel, wieso sie niemand suchte. Außer, Leia war tatsächlich bei Ebbe vom Festland herübergekommen oder hatte sich auf eine Fähre geschlichen. Beides erschien ihr allerdings recht unwahrscheinlich.

»Warum guckst du so? Stinke ich wirklich so extrem?«

Rasch sah Finja zu Lukas. »Was? Nein, natürlich nicht. Ich dachte nur gerade über Leia nach.«

Lukas blickte an ihr vorbei auf die Hündin. »Geht es ihr gut?«

»Ja, sehr gut, denke ich. Wir haben sie ausgepowert.«

»Ich gebe zu, ich bin das einfach nicht gewöhnt, ständig für ein Tier zu sorgen. Ich hatte mal von meiner Nichte den Hamster in Pflege, das war aber irgendwie was anderes. Er war kaum zu sehen.« Er schüttelte den Kopf. »Manchmal vergesse ich glatt, dass Leia in ihrem Korb liegt. Vermutlich wäre es besser, wenn sich jemand um sie kümmert, der auch eine Ahnung hat, was so ein Hund braucht.«

Es gefiel ihr, dass er darüber nachdachte, ob er das Richtige für Leia tat. »Du machst das wunderbar. Niemand kann alles von Anfang an richtig machen, man lernt aus seinen Fehlern.«

»Auch wieder wahr. Aber ich muss mich trotzdem darum kümmern, dass die Flugblätter verteilt werden, falls ihre Besitzer noch in der Nähe sind, oder jemand etwas darüber weiß.«

»Das kannst du nachher machen. Erst mal holen wir dich jetzt aus deinen stinkenden Klamotten. Ich kann sie in die Waschmaschine stecken, während du duschst.«

Lukas seufzte. »Ich habe tatsächlich das Gefühl, dass sich der Schlick durch die Kleidung bis an meine Haut gesogen hat.«

»Das kann passieren.« Sie trat näher zu ihm. »Komm, gehen wir ins Bad, dann helfe ich dir. Wenn du dich hier ausziehst, bröckelt der Kram überall auf den Boden.«

Lukas wirkte alles andere als begeistert, als er ihr zum Bad folgte. Zuerst legte er das Diensthandy auf die Ablage über dem Waschbecken. Als Nächstes folgte der Gurt, diesen legte er nach kurzem Zögern ins Waschbecken. Dabei sah er sie an. »Ich kann darauf vertrauen, dass du die Pistole nicht anfasst, oder? Normalerweise müsste ich sie wegschließen, aber da sie schlammig ist …«

Finja hob die Hand zum Schwur. »Ich werde sie nicht berühren und lasse auch niemand anderen herein.«

Lukas nickte ihr zu. »Danke.«

Vorsichtig half sie ihm aus der Jacke, die sie in einen Wäschekorb legte. Sein Hemd folgte gleich darauf. Es hatte einige Flecken, wo der Schlick durch die Jacke gedrungen war. Während sie es zur Jacke legte, betrachtete sie aus den Augenwinkeln Lukas' nackten Oberkörper. Bisher hatte sie ihn immer nur angezogen gesehen und das war eindeutig eine Schande. Er war schlank mit breiten Schultern und schmaler Hüfte, an Brust und Armen auch muskulös. Für den Job musste er vermutlich fit sein, aber sie hatte schon genug andere Polizisten gesehen, die eine ganz andere Figur hatten. Einschließlich Jens, allerdings war der auch schon um die fünfzig. Genau die richtige Menge an Haaren bedeckte seine Brust und deutete in einer schmalen Linie nach unten.

Lukas räusperte sich, seine Hände lagen am Hosenbund, der Knopf war bereits offen. »Ich glaube, den Rest schaffe ich schon allein.«

*Mist!* Rasch hob Finja den Kopf. »Bist du sicher? Ich will die Hose gleich in die Wäsche mitnehmen. Wo hast du eine Waschmaschine?«

»Im Hauswirtschaftsraum, gleich neben der Zelle.«

»Alles klar.« Sie hielt die Hand auf. »Deine Hose.«

Lukas zögerte, dann zog er den Reißverschluss hinunter. Ein schwarzer Slip kam zum Vorschein. Finja lief das Wasser im Mund zusammen. Zu gern würde sie Lukas berühren, doch das wäre vermutlich etwas zu verwegen, selbst für sie. Er schlüpfte aus der Hose und hielt sie ihr hin. So ein Pech, jetzt hatte sie keinen Grund mehr, hierzubleiben.

Abwartend blickte Lukas sie an. »Du musst dich aber auch nicht um die Wäsche kümmern, das kann ich danach machen.«

»Nein, das ist kein Problem. Ich bin schließlich schuld an der Misere.«

Fragend sah er sie an. »Warum das?«

»Weil ich dich gezwungen habe, durch die Salzwiesen zu gehen.«

Lukas trat näher. »Das ist Unsinn. Ich tue nichts, das ich nicht tun will. Ich wollte bei dir sein und die Insel durch deine Augen sehen.«

Ihr Herz klopfte schneller. »Und, hast du es?«

»Ja, absolut.«

»Gut, dann habe ich mein Ziel erreicht. Ich wollte, dass du die Insel lieben lernst, bevor du gehst.«

»Noch bin ich da.« Seine Finger strichen über ihre Wange. »Wirst du mir noch mehr zeigen?«

»Ja.« Ihre Stimme klang rau. Sie wusste nicht, ob Lukas merkte, dass sie ihm alles versprechen würde, wenn er sie so ansah und dazu noch berührte. »Ich … werde dann mal die Sachen waschen.« So schnell wie möglich verließ sie das Badezimmer, um der Versuchung zu entkommen. Noch eine Sekunde länger und sie hätte sich Lukas an den Hals geworfen.

# 24

Lukas sah Finja hinterher und atmete enttäuscht aus, als sich die Tür hinter ihr schloss. Das Verlangen in ihren Augen war nicht zu übersehen gewesen. So wie sie seinen Körper angestarrt hatte, gefiel er ihr offensichtlich. Vermutlich war es besser, wenn sie keinen Sex miteinander hatten, dann würde es nicht so schwer für sie werden, wenn er die Insel verließ. Aber wem machte er etwas vor, es würde trotzdem wehtun, sie nicht mehr zu sehen und mit ihr reden zu können. Er würde sie schrecklich vermissen.

Rasch zog er seinen Slip aus und kickte ihn zur Seite, bevor er in die Dusche trat. Normalerweise wusch er zuerst seine Haare, aber heute brach er mit der Gewohnheit, um als Erstes den fischigen Gestank loszuwerden, der an seiner Seite klebte. Es war unglaublich, wie hartnäckig Schlick war. Lukas spülte den Schaum mit viel Wasser ab und schnupperte dann. Als er nur noch Duschgel roch, atmete er erleichtert auf. Gerade als er seinen Oberschenkel wusch, hörte er ein Geräusch. Ein kühler Luftzug strich über seinen Rücken. Abrupt drehte er sich um. Seine Augen weiteten sich, als er einer vollständig nackten Finja gegenüberstand, die die Tür der durchsichtigen Duschkabine geöffnet hatte.

Der Wasserstrahl trommelte auf seinen Rücken, während er sie anstarrte. Er sollte etwas sagen, aber sein Kopf war vollständig leer. Lukas ließ seinen Blick über die perfekten Brüste an ihrem schlanken Körper nach unten wandern. Die Tätowierungen beschränkten sich nicht nur auf ihre Arme, eine prangte seitlich an ihrem Bauch, eine andere wand sich um ihren Oberschenkel. Obwohl er normalerweise damit nichts anfangen konnte – und auch der Meinung war, dass Finja ohne sie ebenso großartig aussehen würde –, passten sie doch zu ihr und unterstrichen ihre Einzigartigkeit. »Finja.«

Ihr Blick hob sich, der auf seiner Mitte gelegen hatte. »Ja?« Sie klang ein wenig unsicher.

»Wenn ich dich jetzt berühre, gibt es keinen Weg zurück. Ich werde dich nicht mehr loslassen können.«

Ein Lächeln zog über ihr Gesicht. »Gut.« Sie hob ihre Hand und hielt sie ihm mit ausgestreckter Handfläche hin. Eine Kondompackung lag darauf.

Sie konnte sicher genau sehen, was das bei ihm bewirkte. Lukas trat einen Schritt auf sie zu und schlang seine Arme um sie. Er schloss seine Augen, als sich ihre Körper berührten. Es war zu gut. Wenn er nicht aufpasste, wäre es viel zu schnell vorbei. Finjas Hände glitten an seinem Rücken nach unten und legten sich über seine Pobacken. Unwillkürlich bewegte er sich gegen sie. *Verdammt!* Er musste sich dringend ablenken und wie ginge das besser, als wenn er Finja küsste?

Lukas stürzte sich auf ihren Mund. Sofort reagierte Finja und küsste ihn mit einer solchen Intensität, dass die Luft zwischen ihnen förmlich glühte. Viel zu spät erkannte Lukas, dass er auf diese Art viel schneller die Kontrolle verlor, doch glücklicherweise war Finja da, die ihn auffing.

Einige Zeit später lagen sie in seinem Bett und Lukas hielt Finja sicher in seinen Armen. Er konnte sich nicht erinnern, wann er je so etwas erlebt hatte. Zusammen waren sie … perfekt. Mit Finja vereint zu sein, war so viel besser als alles, was er sich vorgestellt hatte. Allerdings hatte er recht gehabt: Er wusste nicht, wie er sie je wieder loslassen sollte, ohne sich – und vermutlich auch ihr – das Herz hinauszureißen. »Was machen wir jetzt?« Er hatte das gar nicht sagen wollen, aber es rutschte ihm einfach heraus.

Finja drehte sich in seinen Armen um und sah ihn forschend an. »Das Gleiche wie vorher, würde ich sagen.«

»Ich glaube nicht, dass ich das kann. Jetzt, wo ich weiß, wie es ist, dich zu lieben.«

Ein Lächeln hob ihre Mundwinkel. »Wie wäre es dann mit dem Gleichen wie vorher und jeder Menge Sex?«

Sein Körper reagierte sofort. »Das meinte ich nicht und das

weißt du.«

Finja seufzte. »Ja. Was möchtest du denn machen? Willst du, dass wir uns nicht mehr sehen?«

»Nein!«

»Dass wir uns sehen, uns aber nicht mehr küssen oder berühren? Nur Freunde?«

»Das könnte ich nicht, fürchte ich.« Wie um das zu beweisen, bewegte sich seine Hand über ihren Körper. »Es ist so unglaublich, das tun zu können.«

»Und es fühlt sich gut an.« Lachen klang in Finjas Stimme mit. »Ich berühre dich auch gern.«

»Das ist mir aufgefallen.« Er konnte nicht genug davon bekommen. Und das war ein Problem.

»Also gut, was stellst du dir vor, wie wir damit umgehen?« Diesmal war sie ernst.

»Ich weiß es nicht. Irgendwann werde ich die Insel verlassen, in ein paar Wochen oder Monaten, vermutlich. Aber ich möchte dich nicht verlieren. Das, was wir gefunden haben.« Als Finja schwieg, kam Unsicherheit in ihm auf. »Wenn ich mich hier zum Affen mache, sag es lieber gleich. Ich sollte vermutlich nicht voraussetzen, dass du das Gleiche fühlst wie ich.« Sein Herz zog sich zusammen. »Was völlig okay wäre. Vielleicht kannst du Sex lockerer handhaben als ich.«

Finja presste ihre Finger auf seinen Mund. »Du solltest besser aufhören zu reden.«

Er küsste ihre Fingerspitzen. »Entschuldige. Ich neige dazu, alles zu zerdenken. Besonders, wenn ich etwas nicht unter Kontrolle habe.« Seine Gefühle, zum Beispiel.

»Das ist mir aufgefallen.« Finja legte ihre Hände um seine Wangen. Mit dem Daumen strich sie über seine Lippe. »Ich neige nicht zu leichtfertigem Sex. Wärst du mir nicht wichtig, wäre ich ganz sicher nicht in die Dusche gekommen. Aber ich sehe auch nicht ein, darauf zu verzichten, nur weil du irgendwann der Insel den Rücken kehrst. Ich möchte es nicht hinterher bedauern, dass ich die Zeit nicht genutzt habe, die wir haben. Ganz im Gegenteil, ich möchte sie so intensiv erleben, dass es für den Rest meines Lebens reicht.«

Erleichterung setzte ein. »Du wirst es nicht bereuen, dich mit mir eingelassen zu haben?«

»Nein, auf gar keinen Fall. Höchstens bedauern, dass du nicht mehr da sein wirst.« Sie sah ihm direkt in die Augen.

Es schmerzte, die Wahrheit in ihnen zu lesen. »Das wird mir auch so gehen. Ich muss ganz ehrlich sagen, dass ich das nie erwartet hätte, als ich auf die Insel gekommen bin. Vor einer Woche habe ich noch gehofft, dass ich so schnell wie möglich abgelöst werde.«

Ein kleiner Hoffnungsschimmer glomm in Finjas Augen. »Und jetzt nicht mehr?«

»Nein. Und das nur deinetwegen. Wenn die Arbeit hier anders wäre …«

Sie unterbrach ihn. »Ich weiß. Du würdest nur unglücklich werden, wenn du den Job länger machen müsstest.«

Das Problem war, dass er nun auch unglücklich sein würde, wenn er in seinen alten Job zurückkehrte und Finja hier zurückließ. »Und du würdest unglücklich sein, wenn du die Insel, deinen Laden, deine Eltern und Freunde verlassen würdest.«

»Ja.«

»Eine grandiose Ausgangssituation.«

»Von der wir von Anfang an wussten und die wir akzeptiert haben.« Finja rollte sich über ihn. »Und jetzt genug davon, ich will mir den Tag nicht verderben lassen.«

»Dein Wunsch ist mir Befehl.« Er ließ seine Finger an ihren Seiten entlanggleiten. »Was würdest du lieber tun?«

»Hm, da würde mir einiges einfallen, aber musst du nicht arbeiten?«

Die Worte fuhren wie ein Schock durch seinen Körper. »Mist, ja! Wie konnte ich das vergessen?«

Finja grinste. »Ich würde sagen, du warst abgelenkt.«

»Aber so was von! Das ist mir noch nie passiert.«

»Na, das will ich aber auch hoffen.« Finja rollte sich von ihm hinunter. »Dann will ich dich nicht weiter von der Arbeit abhalten.«

»Willst du hierbleiben?« Er wollte einfach nur mit ihr zusammen sein, egal wie.

»Ich fürchte, das wird mir zu langweilig, dir beim Arbeiten zuzusehen. Aber du weißt ja, wo du mich findest. Warum kommst du nicht nach Feierabend zu mir rüber und wir machen es uns gemütlich?«

»Gute Idee. Sollte ich mehr Kondome besorgen?«

Finja lachte laut auf. »Nein, lass das besser, sonst wird das noch zum Inselgespräch, dass der Herr Kommissar Verhütungsmittel kauft. Ich kann jetzt schon die Spekulationen hören.«

Verdammt, daran hatte er nicht gedacht. In Oldenburg war das nie ein Problem gewesen. »Okay.«

»Nun guck nicht so enttäuscht, ich werde welche ganz diskret besorgen.«

»Aber wird das dann nicht auch zum Gesprächsthema auf der Insel?«

Sie zuckte mit den Schultern. »Möglich. Ist mir aber so was von egal. Die Leute sollen sich um ihren Kram kümmern. Ich bin alt genug und ungebunden und kann tun und lassen, was ich will.« Ihr Blick strich über seinen Körper. »Und wenn ich Sex mit einem heißen Kommissar haben will, dann mache ich das.«

Wie könnte er sie nicht vergöttern? »Ich bin sehr dafür.«

»Perfekt.« Finja erhob sich. Offenbar war es ihr völlig egal, dass sie nackt war. »Ich werde dann mal meine Sachen suchen. Keine Ahnung, wo ich die gelassen habe.«

»Vielleicht solltest du dir wenigstens das Handtuch umbinden, falls jemand zum Fenster reinschaut.«

»Glaubst du, das wagt einer bei der Polizeistation?«

»Du glaubst nicht, was ich schon alles erlebt habe. Für manche Touristen ist das hier eine weitere Attraktion.«

Grinsend hob sie das Handtuch vom Boden auf. »Na, dann haben sie jetzt noch mehr zu gucken.« Sie band es um ihren Körper, was er sehr bedauerte, obwohl er es selbst vorgeschlagen hatte.

Als sie das Zimmer verlassen hatte, setzte sich Lukas auf und atmete tief durch, bevor er aufstand und sich schnell anzog. Er hasste es, Finja gehen zu lassen, aber sie hatte recht, es war furchtbar langweilig, ihm beim Arbeiten zuzusehen. Genauso langweilig, wie den Job zu machen. Aber er wollte ja noch weiter in ihrer Vergangenheit recherchieren, so hatte er zumindest eine sinnvolle Beschäftigung. Sowie er herausgefunden hatte, was er wissen wollte, würde er ihr sofort alles erzählen. Und hoffen, dass sie es ihm nicht übelnahm. So wie sie ihn anblickte, als er angezogen aus dem Schlafzimmer kam, hoffte er, dass sie ihm zuhören und glauben würde, dass er das nur getan hatte, um ihr zu helfen. »Ich wünschte, wir hätten mehr Zeit für uns.«

Finja küsste ihn. »Ich auch. Aber heute Abend haben wir sehr viel Zeit. Denk dran, Leia mitzubringen, falls du etwas länger bleiben willst.«

»Mache ich.« Er zögerte. »Wenn du bei deiner Mutter gebraucht wirst, verstehe ich das.«

Ihr Lächeln verschwand. »Ich werde heute Nachmittag zu ihr gehen, dann sollte sie aus dem Krankenhaus zurück sein. Glücklicherweise kommt mein Vater morgen schon raus, sofern es jetzt nicht noch irgendwelche Komplikationen gibt.«

»Das geht wirklich schnell und ich bin froh darüber, dass es Barne schon so gut geht. Melde dich am besten, falls du noch länger bei deiner Mutter bist. Sollte sie irgendwelche Hilfe brauchen, kann sie mich jederzeit anrufen.«

»Danke, das werde ich ihr ausrichten. Und ja, mache ich.« Noch einmal küsste sie ihn. »Bis später. Solltest du mich vermissen, weißt du ja, wo du mich findest.«

Das tat er jetzt schon, aber er würde es nicht sagen, weil es einfach zu schmalzig klang, selbst in seinen Gedanken. Verdammt, was war mit ihm los? Finja musste ihn verzaubert haben, anders konnte er sich das nicht erklären. Gott, das wurde ja immer schlimmer. Er war Polizist, und hatte sich stets unter Kontrolle. Gut, meistens jedenfalls.

Erst als die Tür hinter Finja ins Schloss fiel, bemerkte er, dass er sich nicht mal von ihr verabschiedet hatte. Kopfschüttelnd ging er ins Büro zurück, wo er schwanzwedelnd von Leia begrüßt wurde. Er hockte sich neben sie und kraulte sie unter dem Kinn. »Na, hast du dich gelangweilt?« Im Korb entdeckte er einen Darth Vader ohne Arme und Beine. »Ach, wie ich sehe, hattest du gut zu tun. So viel zu unzerstörbar.«

Er gab Leia ein Leckerli, dann setzte er sich an den Schreibtisch und widmete sich seiner Arbeit.

# 25

Finja kam aus dem Grinsen gar nicht mehr raus. In den letzten Tagen war so viel passiert und alles nur gute Dinge. Ihr Vater war aus dem Krankenhaus entlassen worden und endlich wieder zu Hause. Seine Genesung machte große Fortschritte, obwohl für ihn alles nicht schnell genug ging. Er hasste es, stillsitzen zu müssen, das war noch nie seine Art des Ruhestands gewesen. Deshalb versuchten sie, ihn möglichst viel zu beschäftigen, doch selbst das reichte nicht. Und dann war da noch Lukas, mit dem sie jede freie Minute verbrachte. Häufig im Bett, aber sie unternahmen auch viel zusammen. Inzwischen hatten sie weitere Sehenswürdigkeiten der Insel besichtigt und sie hatte das Gefühl, dass er Spiekeroog inzwischen deutlich mehr zu würdigen wusste als noch vor ein paar Wochen.

Lukas zeigte ihr mit jeder Geste, wie viel sie ihm bedeutete, auch wenn er das Wort Liebe nie in den Mund nahm. Genauso wenig wie sie. Sie wussten beide, dass ihre Zeit begrenzt war und sie machten das Beste daraus. Und das war unglaublich gut. So zurückhaltend sich Lukas Fremden gegenüber auch verhielt, wenn er jemanden kannte und mochte, war er unglaublich herzlich und witzig. Finja konnte sich nicht erinnern, schon mal so viel gelacht zu haben wie mit ihm. Sie ergänzten sich perfekt, Lukas mit seiner Planung, Genauigkeit und Verlässlichkeit und sie mit dem eher kreativen Ansatz und ein wenig Chaos.

Dazu kam dann noch Leia, die ihr auf Schritt und Tritt folgte, wenn sie nicht gerade bei Lukas im Büro in ihrem Korb lag. Inzwischen war sie in Finjas Laden schon genauso zu Hause wie in der Polizeistation. Noch immer hatte sich kein Besitzer gemeldet, obwohl sie überall die Flugblätter verteilt hatten. Niemand kannte den Hund oder wusste, wo er hingehörte. So wie es aussah, würde Lukas ihn wohl behalten können. Zumindest solange er auf der Insel war.

Das war das Einzige, was die Tage ein wenig überschattete: Der Gedanke daran, dass Lukas vielleicht bald die Insel verlassen würde. Sie versuchte, sich das nicht anmerken und vor allem es auch nicht ihre gemeinsame Zeit zerstören zu lassen. Sie würde jede einzelne Minute genießen, so lange, bis Lukas die Fähre betrat, um nach Oldenburg zurückzukehren. Vielleicht wäre es einfacher, wenn es einen festen Termin gäbe, die Ungewissheit, wie lange sie mit Lukas noch hatte, war schwer zu ertragen.

Auch diesmal schob sie die trüben Gedanken beiseite. Gleich würde sie den Laden für die Mittagspause schließen und kurz zu ihren Eltern rübergehen, um zu sehen, ob sie irgendetwas brauchten. Danach würde sie der Polizeistation einen Besuch abstatten und Lukas zu einem Pausenquickie überreden. Ihr Grinsen kehrte zurück. Sie liebte die Mittagspausen. Und den Feierabend. Und … ach, eigentlich alles. Inklusive Lukas. Ein schmerzhafter Stich fuhr durch ihr Herz. Eigentlich hatte sie sich vorgenommen, nur eine schöne Zeit zu verleben und sich nicht in ihn zu verlieben, doch es hatte nicht funktioniert. Wie auch? Lukas war ein toller Mann. So wie er sich um sie gekümmert hatte, als sie wegen ihres Vaters völlig fertig war, hatte er sich in ihr Herz geschlichen.

Sie hatte keine Ahnung, was er für sie empfand, aber so, wie er sie immer ansah, die grauen Augen hell und leuchtend, vermutete sie, dass er ihre Gefühle teilte. Doch sie redeten nie darüber, weil das nur dazu führen würde, dass sie darüber sprechen mussten, wie es enden würde. Und das würde sie beide verletzen.

Finja seufzte, als sie erkannte, dass sie schon wieder beim gleichen Thema gelandet war. Sie wollte die Zeit genießen und nicht mit Jammern verbringen. Vor allem wollte sie Lukas nicht unter Druck setzen. Es wäre nicht fair. Um nicht noch mehr Zeit zu verlieren, lief sie zum Haus ihrer Eltern. Das Gartentor stand offen und Finja trat in das grüne Paradies, das ihre Mutter geschaffen hatte. Genau wie ihr Mann war Wiebke auch nicht in der Lage, still zu sitzen, sie brauchte immer etwas zu tun. Im Sommer war das die Gartenarbeit, im Winter häkelte oder strickte sie meist.

Sie wollte zum Haus gehen, änderte aber den Kurs, als sie Geräusche aus dem Schuppen hörte. Ihr Vater würde doch wohl hoffentlich nicht versuchen, mit seiner frischen Verletzung an seiner Jolle weiterzuarbeiten! Eilig folgte sie dem Plattenweg dorthin und blieb in der offenen Tür stehen. Es behagte ihr gar nicht, den Ort zu betreten, an dem sie ihren Vater zuletzt in einer Blutlache hatte liegen sehen. Erleichtert erkannte sie, dass ihr Vater diesmal still auf einem Stuhl saß, das verletzte Bein hochgelagert, während er sich mit Mattes unterhielt. Der Tischler war sonst meist in der Werkstatt zu finden, die er von Barne übernommen hatte. Sie hatte häufiger mit ihm zu tun, weil er für ihre Kunstwerke das Holz bearbeitete sowie Holzplatten zuschnitt. Auch wenn er wenig von sich preisgab, mochte sie ihn und seine Hingabe für Holz. »Hallo!«

Ihr Vater lächelte, als er sie sah. »Finja, schön, dass du da bist.«

Mattes nickte ihr zu.

»Was macht ihr denn hier?«

»Mattes hat angeboten, mich beim Bau der Jolle zu unterstützen, solange ich nicht selbst stehen kann.«

Finja lächelte den Tischler an. »Das ist nett von dir.« Sie wandte sich an ihren Vater. »Aber überanstreng dich nicht. Hinterher dauert die Heilung noch länger und du hast nichts gewonnen.«

»Glaub mir, das hat mir deine Mutter alles schon gesagt.«

»Na dann ist ja gut.« Sie ging zu ihm und küsste ihn auf die Wange. »Pass auf dich auf, ja?«

Barne umfasste sanft ihren Kopf. »Natürlich. Keine Angst, ich mache nicht noch mal so einen Fehler. Du musst es noch lange mit mir aushalten.«

Tränen sammelten sich in ihren Augen, die sie mühsam zurückhielt. »Das will ich doch hoffen.« Sie versuchte, fröhlich zu klingen, aber es gelang ihr nicht ganz.

»Ich passe auf ihn auf, während ich hier bin.« Mattes' Stimme erklang hinter ihr.

Finja richtete sich auf und drehte sich zu ihm um. »Danke, Mattes.« Sie atmete tief durch. »Dann will ich euch nicht länger stören.

Mama wartet sicher schon.«

»Sie hat frisches Brot gebacken und noch einiges andere.«

Das klang hervorragend, vielleicht konnte sie ihr was davon abluchsen und mit zu Lukas nehmen. Er war geradezu süchtig nach den Leckereien. »Perfekt. Viel Spaß noch, ihr beiden.« Sie ging zum Tor des Schuppens. »Mattes, ich komme in den nächsten Tagen wegen des Holzes bei dir vorbei.«

»Klar, ich bin da.«

Sie winkte ihnen zu und machte sich auf den Weg zum Haus. Da die Tür offen war, ging sie einfach hinein und fand ihre Mutter in der Küche vor. Wiebkes Wangen waren gerötet, sie war offensichtlich ganz in ihrem Element. Als sie Finja bemerkte, lächelte sie ihre Tochter breit an. »Oh, hallo. Du kommst genau richtig, ich habe gerade wieder eine Ladung aus dem Ofen geholt.«

»Ich habe es bis zum Laden gerochen.«

Wiebke lachte auf. »Das glaube ich kaum, aber du hattest schon immer ein sehr gutes Timing.«

»Es liegt in den Genen.« Irrte sie sich, oder hatte sich das Lächeln ihrer Mutter gerade abgeschwächt? Nein, das musste sie sich einbilden. Sie stellte sich neben Wiebke. »Was hast du denn Leckeres gemacht?«

Ihre Mutter zeigte ihr die neuesten Backwerke. »Kann ich dir davon was für Lukas mitgeben?«

»He, ich kriege jetzt nichts mehr?«

»Doch, natürlich. Ich weiß ja, dass ihr sowieso immer zusammen esst und vor allem backe ich eh immer, was du besonders gern magst, deshalb brauche ich dich nicht zu fragen, was du haben willst.«

Finja schlang ihren Arm um die Taille ihrer Mutter. »Das weiß ich, es war nur ein Scherz. Außerdem soll Lukas ruhig noch ein bisschen was Gutes bekommen, bevor er nach Oldenburg zurückkehrt.« Mist, das hatte sie gar nicht sagen wollen.

Wissend und mit viel Mitgefühl sah Wiebke sie an. »Kann er sich immer noch nicht dazu durchringen, hier zu bleiben?«

»Nein, und das soll er auch nicht. Stell dir vor, du müsstest beruflich etwas machen, das absolut nichts für dich ist. Du würdest dich dabei zu Tode langweilen. Dann wärst du sicher schon nach kurzer Zeit total genervt und würdest nur noch weg wollen. Das möchte ich nicht für Lukas. Er soll Spaß an seinem Job haben. Nur dann kann er glücklich werden.«

Ihre Mutter nickte. »Das verstehe ich schon, doch ob er glücklich sein wird, wenn er zwar einen tollen Job hat, aber sein Privatleben brach liegt? Wenn die Frau, die er liebt, ganz woanders ist und er sie verloren hat?«

»Wer hat denn von Liebe gesprochen?«

»Ich. Ihr ja anscheinend nicht, obwohl es total offensichtlich ist. Meinst du nicht, dass es Zeit wird für ein ernsthaftes Gespräch?«

Im Grunde hatte ihre Mutter nicht unrecht, aber Finja war sich nicht sicher, ob das wirklich eine gute Idee war. »Wir kennen uns gerade mal zehn Tage, das wäre wohl ziemlich verfrüht.«

»Gut, ich gebe zu, eure Beziehung ist etwas ungewöhnlich gestartet, aber das hat ja nichts mit der Tiefe eurer Gefühle zu tun. Oder willst du mir sagen, dass es dir nichts ausmachen würde, wenn er die Insel verlässt?«

»Nein.« Und das war die größte Untertreibung der Welt. Es würde sie zerstören, und das machte sie ziemlich nervös.

Wiebke wirkte zufrieden. »Das dachte ich mir. Also, was willst du tun?«

»Gar nichts. Es gibt einfach keine Lösung für unser Problem, bei der nicht einer von uns alles verliert.«

»Ja, es gibt keine leichte Lösung, da stimme ich dir zu. Aus diesem Grund gibt es Kompromisse. Ich bin sehr sicher, dass ihr – wenn ihr es wollt – einen Weg findet, wie ihr zusammen sein könnt und dabei glücklich und zufrieden.«

Ein wenig Hoffnung keimte in Finja auf. »Glaubst du das wirklich? Ich habe schon hin und her überlegt, aber mir ist nichts eingefallen. Wenn du also eine Idee hast, sag es mir bitte.«

»Nicht aus dem Stehgreif. Und es muss *eure* gemeinsame Lösung sein. Deshalb solltet ihr darüber sprechen, wenn es euch wichtig genug ist.«

»Ja, das sollten wir vermutlich.« Sie hatte wohl nur Angst, dadurch alles zu verlieren. Finja schob ihr Kinn vor. Seit wann war sie so feige? Bisher war sie jede Konfrontation ohne Zögern angegangen. »Ich werde nachher mit ihm sprechen.«

Liebevoll lächelte ihre Mutter sie an. »Ich bin unglaublich stolz auf dich, mein Kind. Du hast mir dein ganzes Leben lang nur Freude bereitet.«

Finja umarmte sie. »Ihr seid einfach die besten Eltern der Welt. Ich hatte unglaubliches Glück.«

Der Griff ihrer Mutter wurde fester. »Genauso wie wir. Wir haben uns immer eine Tochter wie dich gewünscht.«

Es fühlte sich so gut an, solche Eltern zu haben, besonders weil es so viele andere gab, die dieses Glück nicht hatten. Rieke und Joris zum Beispiel. Sie würde Wiebke und Barne für nichts in der Welt eintauschen wollen. Sie hatten sie immer bei allem unterstützt. Sogar bei ihren Tätowierungen, obwohl sie damit nichts anfangen konnten.

Finja stieß einen tiefen Seufzer aus und löste sich von ihr. »Wenn es mit Lukas nicht klappt, habe ich immer noch euch.«

»Das auf jeden Fall. Aber denk dran, dass wir nicht immer da sein werden. Du musst für dich ein schönes Leben aufbauen, ganz unabhängig von uns.«

»Ihr seid ein wichtiger Teil meines Lebens!«

Ihre Mutter lächelte. »Natürlich sind wir das und das wollen wir auch weiterhin sein. Ich will damit nur sagen, dass du eine Lösung für dich und Lukas finden musst und wir sollten dabei keine Rolle spielen. Nur falls du auf die Idee kommst, darüber nachzugrübeln, dass du uns nicht verlassen kannst.«

»Aber ich möchte euch weiterhin in meinem Leben haben.«

»Das wirst du auch. Glaub nicht, dass du uns so schnell loswirst.«

Finja schnitt eine Grimasse. »Warum muss das alles so kompliziert sein? Es wäre einfacher gewesen, wenn ich hier auf der Insel einen interessanten Mann gefunden hätte. Also der auch hierbleibt.«

»Ja, und das hätten wir dir auch gewünscht, doch Lukas ist ein toller Mann und du kannst froh sein, ihn gefunden zu haben. Nicht jeder hat so viel Glück.«

Das stimmte. Es machte die Sache aber auch nicht unbedingt leichter.

Wiebke berührte ihren Arm. »Ihr werdet das schon hinkriegen, da bin ich sicher.« Sie wandte sich wieder den Backwaren zu. »Du willst ja sicher gleich zu ihm rüber, dann packe ich dir mal ein paar Leckereien ein.«

»Danke.« Sie konnte es tatsächlich kaum erwarten, zu Lukas zu kommen, auch wenn sie noch so gern bei ihren Eltern war.

Ihre Mutter packte ihr verschiedene Dinge in eine Leinentasche und drückte sie ihr in die Hand. »Hier. Grüß Lukas schön von mir. Er ist hier auch jederzeit willkommen.«

»Mache ich.« Finja verabschiedete sich von Wiebke und verließ das Haus.

Ihr Herz klopfte schneller, je näher sie der Polizeistation kam. Die letzten Meter rannte sie beinahe. Als sie bei der Tür ankam, öffnete sie sich, noch bevor sie klingeln konnte. Lukas lächelte sie an und sie konnte nichts anderes tun, als sich in seine Arme zu werfen. Er stolperte ein paar Schritte zurück, dann schlossen sich seine Arme um sie und er presste sie eng an sich.

»He, vorsichtig, du schmeißt mich ja um.«

Finja lachte. »Einen großen, starken Mann wie dich? Nie im Leben.« Sie küsste ihn mit all der Leidenschaft, die er in ihr auslöste.

Eine Ewigkeit später setzte er sie auf dem Boden ab und brachte etwas Abstand zwischen sie. »Hm, daran könnte ich mich gewöhnen.«

»Ja.« Ihre Stimme klang atemlos.

»Und rieche ich da frisches Brot?«

Ihre Augenbrauen schoben sich zusammen. »Aha, jetzt verstehe ich. Eigentlich willst du nur an die Leckereien meiner Mutter rankommen.«

»Das auch, aber zuallererst an dich. Wenn du willst, beweise ich dir das gleich.«

Verlangen stieg in ihr auf, aber sie unterdrückte es. »Ich dachte, wir essen vielleicht erst etwas, damit wir auch genug Energie haben.«

»Eine wunderbare Idee. Komm rein.« Er schloss die Tür hinter ihr. »Kann ich dir etwas abnehmen?«

Und genau das mochte sie besonders an Lukas. Er war immer aufmerksam. »Nein, danke, geht schon.«

Sie gingen durch das Büro, wo Leia schon schwanzwedelnd auf sie wartete. Sie stürzte sich sofort auf Finja. Schnell reichte sie Lukas die Tasche, damit sie beide Hände frei hatte, um die Hündin umfassend zu kraulen. Leia leckte begeistert ihre Wange. Lachend wehrte Finja sie ab. »Ist ja gut, ich bin auch froh, dich zu sehen.«

Nach ein paar weiteren Streicheleinheiten richtete sie sich wieder auf und folgte Lukas in die Küche. Leia trottete hinter ihr her. Lukas hatte bereits den Tisch gedeckt und Finja lief das Wasser im Mund zusammen. »Anscheinend hast du eingekauft.«

»Ja, ich dachte, es ist nicht gerecht, dass ich mich immer bei dir durchfresse. Du sollst nicht hungern müssen, wenn wir bei mir sind. Setz dich.«

Finja setzte sich auf den Stuhl und blickte Lukas ernst an. »Ich komme nicht wegen des Essens zu dir.«

Seine Mundwinkel hoben sich. »Das dachte ich mir schon, schließlich habe ich meistens nicht viel da.« Rasch holte er einige Sachen aus dem Kühlschrank und stellte sie auf den Tisch. Dabei lief Leia ihm vor die Füße und er hielt sich gerade noch an der Arbeitsplatte fest, das Getränk in der anderen Hand schwappte über. Strafend sah er sie an. »Leia, Platz!« Er deutete in die Ecke neben dem Tisch, wo er für die Hündin eine Decke hingelegt hatte.

Mit großen Augen sah Leia ihn unschuldig an, dann senkte sie den Kopf und trottete zu ihrem Platz. Amüsiert sah Finja ihr dabei zu. »Sie hat es wirklich faustdick hinter den Ohren.«

»Das habe ich ja schon immer gesagt. Ein Blick von ihr und ich lasse ihr alles durchgehen. Manchmal ist es wirklich schwierig, hart zu bleiben.«

»Das kann ich mir vorstellen.«

Nachdem alles auf dem Tisch stand, was sie brauchen würden, setzte sich Lukas ihr gegenüber. »Greif zu.«

Das ließ sie sich nicht zweimal sagen. Sie nahm sich eines der fast noch backofenwarmen Brötchen und hielt es an ihre Nase. Tief atmete sie den Geruch ein. Es roch himmlisch.

»Ich frage mich ja wirklich, warum du nicht fünfzig Kilo mehr wiegst.«

Erstaunt sah Finja ihn an, dann brach sie in Gelächter aus. »Wie kommst du darauf?«

»Also wenn meine Mutter so backen könnte – und es auch tun würde – könnte ich mein Gewicht nicht halten. In der kurzen Zeit, die ich in den Genuss gekommen bin, habe ich sicher einige Kilos zugelegt.«

»Das glaube ich kaum, schließlich hast du jede Menge Gelegenheit zum Abtrainieren.«

Sein Blick erwärmte sich. »Das stimmt natürlich. Ich finde, das sollte man als Nachtisch einführen: einmal Sex mit allem.«

Finja grinste ihn an. »Ich bin dafür.«

»Lass uns erst mal essen. Ich will ja nicht, dass du verhungerst, nur weil ich die Finger nicht von dir lassen kann.«

Sofort legte Finja das Messer auf den Teller. »Essen wird überbewertet.«

Lukas stand so schnell auf, dass die Stuhlbeine über den Boden schrappten. Mit einer Grimasse hielt er Finja die Hand hin. »Entschuldige. Eigentlich sollte ich alt genug sein, um meine Triebe unter Kontrolle zu haben.«

»Ich mag es, wenn du ein wenig die Kontrolle verlierst.« Sie legte ihre Hand in seine.

Er trat näher an sie heran. »Tust du das?«

»Ja, unbedingt.«

Ihre Lippen fanden sich in einem tiefen Kuss. Ein Stöhnen war aus der Ecke des Raumes zu hören. Finja blickte zu Leia und begann zu lachen. Die Hündin hatte eine Pfote über ihre Augen gelegt, so als könnte sie es nicht mehr mit ansehen. »Wie wäre es, wenn wir das ins Schlafzimmer verlegen? Wir wollen ja das Kind nicht schockieren.«

Anstelle einer Antwort zog Lukas sie aus der Küche direkt ins Schlafzimmer. Was konnte es Besseres geben, als einen Mann, der ihr jeden Wunsch erfüllte?

# 26

Noch immer war es für ihn unglaublich, Finja in seinen Armen halten zu dürfen. Er konnte sich nichts Schöneres vorstellen, erst recht nicht, nachdem sie sich geliebt hatten. Hatte Finja dabei ein wenig verzweifelt gewirkt? So als wollte sie ihn nie wieder loslassen? Ihm ging es genauso. Und doch würde er es irgendwann tun müssen. Vor allem aber würde er mit ihr reden müssen. Was er über sie herausgefunden hatte, konnte er nicht länger für sich behalten. Sie hatte ein Anrecht darauf, es zu erfahren, auch wenn es ihm Magenschmerzen bereitete, ihre heile Welt zum Wanken zu bringen.

»Was guckst du so ernst?« Finjas Stimme klang noch ein wenig rau.

Lukas wandte ihr sein Gesicht zu. »Tue ich das nicht immer?«

»Nicht so als gäbe es etwas Schlimmes, das du mir nicht erzählen willst.« Ihre Lippen pressten sich zusammen. »Haben sich Leias Besitzer gemeldet?«

Daran hatte er überhaupt nicht gedacht. »Nein, bisher noch nicht.«

Erleichtert atmete sie auf. »Gut.« Leichte Röte stieg in ihre Wangen. »Ich meine, nein, eigentlich nicht, schließlich soll sie ja wieder nach Hause kommen, aber ich lasse sie nur ungern gehen. Sie ist so ein Schatz.«

»Das geht mir auch so.« Er hatte sich daran gewöhnt, dass Darth Vader mit ihm im Bett lag. Oder wahlweise in ihrem Korb neben dem Bett, wenn Finja hier schlief oder sie bei ihr waren.

»Wenn es das nicht ist, was dann?« Erschreckt setzte sich Finja auf. »Hast du Nachricht von deinem alten Job? Darfst du wieder zurück?« Ihre Miene zeigte, wie unglücklich sie darüber wäre.

Zugegebenermaßen wäre er darüber momentan auch nicht sonderlich glücklich. »Auch das nicht.«

Erleichtert atmete Finja auf. »Puh, hast du mich erschreckt.« Sie biss auf ihre Lippe. »Ich möchte dich nicht schon verlieren. Ich weiß, ich habe gesagt, dass es kein Problem wäre, aber wenn ich mir vorstelle, dich nie wieder zu sehen …«

»So schnell wirst du mich nicht los. Selbst wenn ich wieder zurück dürfte, müssten sie ja erst mal jemanden finden, der den Job hier macht.«

»Gut.« Erleichtert sah sie ihn an. »Also wenn es das nicht ist, dann kann es doch eigentlich nicht so schlimm sein, dass du so ein Gesicht ziehen musst.«

Lukas zögerte. Am liebsten würde er die ganze Sache einfach vergessen, um die Gefühle zwischen ihnen nicht zu zerstören, aber das konnte er nicht. Schließlich holte er tief Luft. »Es geht um deine Vergangenheit.«

Finja runzelte die Stirn. »Meine, was? Denkst du, ich war vorher Prostituierte oder was?«

Der Gedanke war so absurd, dass er beinahe gelacht hätte. Doch das Lachen blieb ihm im Hals stecken. »Nein, ich meinte, deine früheste Kindheit. Weißt du noch etwas darüber?«

»Nein, sie war ganz normal, denke ich. Ich sagte ja schon, dass ich hier aufgewachsen bin.« Verwirrt sah sie ihn an. »Ich verstehe nicht, was du mir sagen willst.«

Ein Druck entstand in seiner Brust, weil er ihre heile Welt zerstören musste. »Ich hatte mich gefragt, warum du so auf die Verletzung deines Vaters reagiert hast und habe deshalb ein paar Nachforschungen angestellt.«

Wut flammte in ihren Augen auf. »Du hast in meinem Leben rumspioniert, ohne mich zu fragen? Wie kommst du dazu?«

Er wollte seine Hand beruhigend auf ihren Arm legen, doch sie zog ihn weg. »Du hast so gelitten, ich versuche, dir zu helfen, indem ich herausfinde, was diese Panik verursacht hat. Ich dachte mir, wenn du es weißt, kannst du damit besser umgehen. Oder dir die passende Hilfe suchen.«

»Es gibt Leute, die haben eine unerklärliche Angst vor Spinnen oder was auch immer. Warum denkst du, dass hinter meiner etwas steckt?«

»Weil es nicht nur eine Sache ist, sondern mehrere.«

»Ich wünschte, du hättest vorher mit mir geredet, dann hätte ich dir gesagt, dass du dir die Mühe sparen kannst. Es gibt nichts, dass meine Gefühle erklären kann.«

Lukas zögerte. »Das würde ich nicht sagen.«

Finja schob ihr Kinn vor. »Also gut, was hast du herausgefunden?«

»Dass du nicht auf Spiekeroog geboren wurdest.«

Ihre Augenbrauen schoben sich zusammen. »Das weiß ich selbst, es steht in meinem Pass.«

Er nickte. »Steht da auch, dass du erst mit zwei Jahren nach Spiekeroog gekommen bist?«

»Das kann nicht sein, meine Eltern haben immer hier gelebt. Sicher haben sie mich gleich vom Krankenhaus aus hierher gebracht.«

»Nein.«

»Was willst du mir damit sagen?«

Lukas zögerte. »Dass zumindest Barne nicht dein leiblicher Vater ist.«

Finja sprang aus dem Bett. »Was zum Teufel soll der Scheiß? Natürlich ist er mein Vater. Er hat mich großgezogen! Und willst du mir jetzt sagen, dass meine Mutter fremdgegangen ist? Selbst wenn wäre ich bei ihr aufgewachsen.«

»Finja …«

»Nein, ich will nichts mehr hören. Es ist völliger Unsinn, was du erzählst. Wie kannst du so gemein sein und so etwas sagen? Ich dachte, du magst meine Eltern!«

»Das tue ich, sehr sogar.«

»Du hast kein Recht, in meiner Privatsphäre herumzuschnüffeln!« Sie hob ihre Kleidung vom Boden auf und zog sich mit wütenden Bewegungen an.

Lukas stand auf. »Was tust du da?«

»Ich gehe, ich dachte, das ist offensichtlich.«

»Tu das nicht, bitte. Lass uns darüber reden.«

»Was gibt es da zu reden? Du bist doch offensichtlich der Meinung, alles besser zu wissen. Aber es gibt jemanden, der die Wahrheit kennt und dem ich mehr glaube als dir.«

»Wen?«

»Meine Eltern.«

»Warte, ich komme mit.«

Abweisend starrte Finja ihn an. »Nicht nötig.« Die Kälte in ihrem Blick war erschreckend.

»Bitte, Finja. Ich möchte dir nur helfen.« Hastig zog er seine Hose über.

»Wie soll mir das helfen, wenn du alles infrage stellst, was gut in meinem Leben ist? Wie kommst du überhaupt darauf, dass Barne nicht mein leiblicher Vater ist?«

»Eure Blutgruppen. Es ist unmöglich, dass er dein Vater ist.«

Einen Moment lang starrte Finja ihn stumm an. Dann schüttelte sie den Kopf. »Sie hätten es mir erzählt, wenn es so wäre. Es gibt gar keinen Grund, warum sie das geheim halten sollten. Ich würde sie genauso lieben, auch wenn sie nicht meine leiblichen Eltern wären.«

»Das weiß ich und ich bin froh darüber. Ich denke, dass irgendetwas in deiner frühesten Kindheit passiert sein muss und du dann hierher nach Spiekeroog gekommen bist.«

Ein Gefühl zog über ihr Gesicht, das er nicht deuten konnte. Verunsicherung oder Angst, möglicherweise. »Nein, du musst dich irren.«

»Ich habe es schriftlich. Ich kann es dir zeigen, wenn du möchtest.« Inzwischen hatte er auch den Pullover über den Kopf gezogen.

Finja warf ihm einen vernichtenden Blick zu und wandte sich zur Tür. Rasch folgte er ihr durch sein Büro. Leia blickte fragend vom einen zum anderen, dann lief sie hinter Finja her, die sich nicht lange aufhielt. Mit einem stummen Fluch schnappte Lukas sich Geschirr und Leine sowie seine Schlüssel und rannte hinter ihnen her. Vermutlich hätte er sich einen anderen Moment aussuchen sollen, um Finja von dem Ergebnis seiner Recherche zu erzählen, aber als sie in seinen Armen gelegen hatte, konnte er sie nicht mehr belügen. Er hatte geahnt, dass sie wütend sein würde, doch er hatte gehofft, dass sie ihm wenigstens zuhören würde. Und vor allem verstehen, dass er ihr nur helfen wollte.

An der Tür holte er Leia ein und hielt sie fest, während er ihr das Geschirr anlegte. Die Hündin knurrte ihn tatsächlich an, als er sie nicht gleich hinter Finja herlaufen ließ. »Ist ja gut, du kannst gleich zu ihr.« Erleichtert atmete er auf, als er die letzte Schlaufe schloss und Leia loslassen konnte.

Sofort rannte sie los und er hinterher, weil die Leine nicht sonderlich lang war. Schnellen Schrittes ging Finja den Tranpad hinunter und blickte nicht zurück. Es war ihr offenbar völlig egal, ob Lukas ihr folgte. Oder es wäre ihr sogar lieber, wenn er es nicht täte. Sein Herz zog sich schmerzhaft zusammen. Gerade waren sie noch so glücklich zusammen gewesen und jetzt war er nicht sicher, ob er ihre Beziehung durch sein Handeln zerstört hatte. Aber er war immer noch der Ansicht, dass er das Richtige tat. Finja hatte eindeutig ein Trauma aus der Vergangenheit, das sie bewältigen musste. Es war ganz deutlich gewesen, dass sie es auf Dauer nicht einfach ignorieren konnte. Es nagte an ihr und irgendwann würde sie unter dem Druck zusammenbrechen.

Lukas war sich allerdings unsicher, wie ihre Eltern reagieren würden. Bestimmt würden sie nicht sonderlich erfreut sein, dass er ihr Geheimnis ausgegraben hatte. So wie er sie kennengelernt hatte, wollten sie nur das Beste für Finja. Hoffentlich war das auch in diesem Fall so. Seine Anspannung wuchs, je näher sie dem Haus von Wiebke und Barne kamen. Wortlos folgte er Finja den Gartenweg entlang zur Haustür. Sie ignorierte ihn, als sie an die Tür klopfte und sie öffnete.

»Mama? Papa?«

Aus der Küche war das Klappern von Geschirr zu hören, deshalb wandte sich Finja dorthin. Vielleicht sollte Lukas sie allein mit ihren Eltern sprechen lassen, doch er wollte sich nicht vor seiner Verantwortung drücken. Er hatte die Sache in Gang gebracht und es war nur richtig, dass er sich dem Ärger stellte.

In der Küche trafen sie Wiebke an, die ihnen lächelnd entgegenblickte. »Nanu, ich hätte nicht gedacht, dich so schnell wiederzusehen, mein Schatz. Hallo Lukas.« Es dauerte einen Moment bis sie die angespannte Stimmung zwischen ihnen wahrnahm. Sie runzelte die Stirn. »Was habt ihr?«

»Lukas hat in meiner Vergangenheit herumgeschnüffelt und behauptet jetzt, dass Papa nicht mein leiblicher Vater ist. Sag ihm, dass er sich irrt.«

Wiebke wurde merklich blasser. Ihr Blick glitt von Finja zu ihm und dann wieder zurück. »Ich denke, bei dem Gespräch sollte Barne dabei sein. Er ist noch im Schuppen, gehen wir am besten zu ihm, dann muss er mit seinem Bein nicht die Treppe hoch.«

Finja wirkte erschüttert. »Willst du mir damit sagen, dass es wirklich so ist?«

»Wir müssen dir etwas erklären. Das hätten wir schon früher tun sollen, aber wir dachten, es wäre so besser für dich.«

Lukas wollte Finja berühren, doch sie brachte sich mit einem Schritt aus seiner Reichweite. Offenbar war sie noch nicht bereit, sich von ihm trösten zu lassen. Vielleicht auch nie wieder. Das Loch in seinem Herzen wurde größer, als er Finja und ihrer Mutter zum Schuppen folgte. Barne saß auf einem Stuhl und unterhielt sich mit einem anderen Mann, der gerade ein Brett der Jolle abschmirgelte.

»Mattes, könntest du uns für einen Moment allein lassen?« Wiebke bemühte sich um ein Lächeln.

Jetzt erkannte Lukas ihn, es war der Tischler, der ihm bei irgendeiner Gelegenheit mal vorgestellt worden war. Er blickte nur in ihre Gesichter und nickte. »Klar. Ich muss sowieso wieder zurück in die Tischlerei. Soll ich morgen wiederkommen, Barne?«

»Wenn du Zeit hast, sehr gern.«

»Dann komme ich vorbei, wenn ich mit meinem Auftrag fertig bin. Bis dann.«

Wiebke brachte ihn zum Tor, dann schloss sie es. Tief holte sie Luft. »Finja hat Fragen zu ihrer Herkunft.«

Sofort trat Anspannung in Barnes Miene. »Ich verstehe.«

Noch immer war Finja sehr blass. »Lukas behauptet, dass du nicht mein leiblicher Vater bist. Sag mir, dass das eine Lüge ist.«

Bedauernd schüttelte Barne den Kopf. »Das kann ich nicht, denn es ist die Wahrheit. Ich bin nicht dein leiblicher Vater.« Er blickte zu seiner Frau. »Und Wiebke ist auch nicht deine Mutter. Wir haben dich adoptiert, als du noch sehr klein warst.«

»Was?« Finja starrte ihn an. »Wie kann das sein? Und warum habt ihr mir das nie gesagt? Es ist doch heutzutage nichts Schlimmes mehr daran, wenn ein Paar keine Kinder bekommen kann und deshalb eines adoptiert. Dachtet ihr, dass ich euch dann weniger lieben würde?«

»Nein, die Angst hatten wir nie. Du gehörst zu uns, das war für uns nie eine Frage. Es liegt an dem, was damals geschehen ist. Wir wollten nicht, dass du mit dem Wissen leben musst. Wir haben oft darüber gesprochen, aber wir konnten uns nie dazu durchringen, dir zu erzählen, wer deine Eltern sind.«

»Warum nicht? Was war mit ihnen? Wollten sie mich nicht haben?« Es war Finja anzusehen, dass sie das Schlimmste befürchtete.

»Doch, sie wollten dich, sogar sehr. Du hast mit deinen Eltern auf Norderney gelebt, bevor du zu uns gekommen bist. Dein Vater war absolut hingerissen von dir, er hat jede freie Minute mit dir verbracht. Doch er hatte einen anspruchsvollen Job, deshalb hat deine Mutter sich die meiste Zeit um dich gekümmert. Auch sie hat dich geliebt, aber …« Wiebke brach ab, Tränen traten in ihre Augen.

»Aber, was?«

»Sie war krank. Psychisch. Wir haben es erst nicht gemerkt, aber je mehr Zeit dein Vater mit dir verbrachte, desto eifersüchtiger wurde sie. Wenn niemand in der Nähe war, hat sie sich nicht gut um dich gekümmert. Irgendwann merkte Tammo es und hat sie zur Rede gestellt. Sie hat alles abgestritten. Eine Weile ging es, dann wurde es wieder schlimmer. Irgendwann habt ihr einen Bootstrip gemacht – ihr hattet ein kleines Segelboot – und dabei ist die Sache eskaliert. Wie genau, wurde nicht geklärt, aber wir gehen davon aus, dass Gesa dich angegriffen hat und Tammo versucht hat, dich zu schützen. Oder vielleicht hat er ihr auch gesagt, dass er sie verlässt und dich mitnimmt. Jedenfalls hat sie ihn mit einem Messer angegriffen und …« Wiebke versagte die Stimme, Tränen liefen über ihre Wangen.

»Er ist gestorben.« Barne führte ihre Erzählung fort. »Du wurdest auch verletzt, konntest aber gerettet werden. Gesa … sie konnte wohl mit der Schuld nicht leben und ist ins Wasser gesprungen. Tage später wurde sie gefunden.«

Das war sogar noch schlimmer, als Lukas es sich ausgemalt hatte. Doch es erklärte, warum Finja bei dem Anblick von Barnes Verletzung so reagiert hatte, und auch, warum sie nie ins Meer ging. Die Frage war, ob sie dieses Trauma je überwinden konnte. Ohne Hilfe ganz sicher nicht. Am liebsten würde er sie in die Arme nehmen, sie wirkte absolut entsetzt und zerbrechlich. Kein Wunder. Gerade war ihre ganze heile Welt zusammengebrochen. Durch seine Schuld.

»Wie … wie bin ich zu euch gekommen?«

»Tammo war mein Bruder.« Wiebke übernahm wieder. »Wir hatten euch immer mal wieder besucht oder ihr seid zu uns gekommen. Deswegen haben wir auch Babyfotos von dir. Als wir davon hörten, was geschehen ist, haben wir nicht eine Sekunde gezögert und dich zu uns genommen. Da deine Eltern tot waren, konnten wir dich sehr schnell adoptieren.« Ihr Lächeln wirkte schmerzhaft. »Wir konnten keine eigenen Kinder bekommen, du warst wie ein Geschenk für uns. Ich war acht Jahre älter als Tammo und dachte schon, dass wir allein bleiben würden. Aber dann warst du da und es war so, wie wir es uns immer vorgestellt hatten. Mit den Jahren haben wir beinahe vergessen, dass du nicht unsere leibliche Tochter bist. Für uns warst du immer unser Kind.« Erneut rollte eine Träne über ihre Wange. »Es tut uns leid, dass wir dich angelogen haben. Wir wollten dir nie Schmerz bereiten und dir nur das Beste geben. Ich hoffe, du kannst uns verzeihen.«

Finja schlang ihre Arme um Wiebke. »Das weiß ich. Ihr seid meine Eltern und ich liebe euch. Danke, dass ihr mich damals aufgenommen habt.«

Ihre Mutter schluchzte auf. »Oh, das war gar keine Frage. Du warst so ein glückliches Kind, es war, als hättest du alles, was vorher passiert ist, vergessen. Nichts davon war deine Schuld. Wir hatten gehofft, dass es keine Auswirkungen haben würde. Nur die Angst vor dem Meer war offensichtlich. Wir haben es ein paar Mal probiert, aber du wolltest unter keinen Umständen hinein. Deshalb haben wir dich nicht gezwungen. Es war vermutlich falsch, dich nicht zu einem Therapeuten oder so etwas zu schicken. Und vor allem wäre es richtig gewesen, dir alles zu erzählen, als du erwachsen warst. Nur wie erzählst du jemandem, den du liebst, was für furchtbare Dinge geschehen sind? Wir waren feige.«

»Nein, ihr wolltet mich nur beschützen, das verstehe ich.« Sie warf Lukas einen Blick zu. »Aber Lukas hatte kein Recht, in meiner Vergangenheit rumzustochern. Es geht dich überhaupt nichts an!«

Bevor er antworten konnte, schüttelte Wiebke den Kopf. »Gib nicht Lukas die Schuld. Es war allein unsere. Wir hätten nie so ein Geheimnis daraus machen dürfen.« Wiebke atmete tief durch. »Wollen wir ins Haus gehen? Dann beantworten wir all deine Fragen und ich kann dir Fotos von deinen Eltern zeigen. Wir haben sie aufbewahrt, falls du wissen willst, wie sie aussahen.«

Finja löste sich von ihr. »Ich glaube, ich brauche erst mal einen Moment allein, um alles in meinem Kopf zu sortieren.«

»Natürlich, du kannst so lange hierbleiben, wie du möchtest.«

»Ich denke, ich mache lieber einen Spaziergang.«

Lukas trat vor. »Ich begleite dich.«

»Nein.«

»Finja …«

»Denkst du nicht, dass du schon genug Schaden angerichtet hast? Ich will dich jetzt nicht sehen.« Ungesagt schwang mit, dass sie das vielleicht nie wieder wollte.

Lukas fühlte sich unglaublich hilflos. Wie sollte er ihr klarmachen, dass er ihr nur helfen wollte, wenn sie nicht mit ihm redete? Er blickte ihr hinterher, wie sie den Schuppen verließ. Als er sie nicht mehr sehen konnte, drehte er sich schuldbewusst zu Wiebke und Barne um. Die beiden hatten ihn so herzlich aufgenommen und er hatte ihnen gerade das Leben sehr viel schwerer gemacht. »Es tut mir wirklich leid. Ich wollte nur herausfinden, was zu Finjas Ängsten geführt hat, um ihr helfen zu können.«

Wiebke seufzte. »Dieser Tag musste irgendwann kommen. Wir hätten es Finja längst sagen sollen, aber sie war so glücklich, dass wir es nicht riskieren wollten. Ja, es war nicht angenehm, ihr das zu erzählen, doch irgendwie bin ich auch ein wenig erleichtert, dass wir jetzt dazu gezwungen waren. Es war schlimm, sie immer zu belügen.«

Das konnte er sich lebhaft vorstellen. »Ich bin froh, dass sie so reagiert hat und euch weiterhin als ihre Eltern ansieht.«

»Das sind wir auch.« Sie lächelte leicht. »Und jetzt lauf hinter ihr her. Finja braucht jemanden, mit dem sie reden kann.«

Wie sehr er das wollte! »Ich denke nicht, dass sie gerade mich sehen will. Das hat sie ziemlich deutlich gemacht.«

»Sie ist sauer auf dich, aber wenn sie Zeit hatte, darüber nachzudenken, warum du das getan hast, wird sie erkennen, dass du nur ihr Wohl im Sinne hattest. Sie wird es verstehen.«

Das konnte er nur hoffen. »Ihr kommt zurecht?«

»Ja, natürlich. Wenn ihr mögt, kommt heute Abend nach der Arbeit vorbei, dann können wir in Ruhe über alles sprechen und ich kann Finja die Fotos und andere Erinnerungsstücke an ihre Eltern geben.«

»Ich werde es ihr sagen.«

»Gut.« Diesmal war Wiebkes Lächeln fast so breit wie früher. »Mein Rat: Lass dich nicht abweisen. Finja ist ziemlich dickköpfig, aber normalerweise merkt sie auch schnell, wenn etwas richtig ist. Ihr beiden gehört einfach zusammen, das kann jeder sehen. Mach sie glücklich.«

Lukas wusste nicht recht, was er sagen sollte. »Danke. Ich versuche es.« Er nickte Finjas Eltern zu und verließ rasch mit Leia den Schuppen.

Finja war schon nicht mehr zu sehen. Ob sie zu ihrem Laden zurückgekehrt war? Nein, vermutlich eher nicht. Sie wollte allein sein und in Ruhe nachdenken. Das hieß bei ihr wohl irgendwo in der Natur. Er folgte dem Gartenweg zur Straße. Leia zog an der Leine, als wüsste sie, wo sie hinwollten. Das brachte ihn auf eine Idee. »Such Finja.«

Leia sah sich kurz zu ihm um, bevor sie Finjas Spur folgte. Es war ihm egal, wie das auf andere wirken mochte, er lief hinterher. Er musste sich davon überzeugen, dass es Finja gut ging. Sie folgten ihr aus dem Ort hinaus bis in die Dünen hinein. Erleichtert atmete er auf, als er Finja ein Stück entfernt auf einer Bank sitzen sah. Sie wirkte furchtbar allein, aber körperlich unversehrt. Wenn sie jetzt eines brauchte, dann einen Freund. Nach kurzer Überlegung löste er die Leine von Leias Geschirr. Die Hündin sah ihn kurz verwirrt an, dann rannte sie los.

# 27

Erschreckt zuckte Finja zusammen, als etwas Feuchtes ihre Hand berührte. Leia drängte sich an ihr Bein und leckte über ihre Hand, wie um sie zu trösten. Ein Lachen entfuhr ihr, das fast wie ein Schluchzen klang. »Was machst du denn hier? Bist du etwa abgehauen?« Rasch hielt sie Leia am Geschirr fest, aber die Hündin machte keinerlei Anstalten, wegzulaufen. Stattdessen schob sie sich noch dichter an Finja. »Ist ja gut.« Nein, eigentlich war nichts gut, aber das musste Leia ja nicht wissen.

Sie kraulte Leia hinter dem Ohr, während sie sich umblickte. Hatte die Hündin sich losgerissen und war ihr vom Haus ihrer Eltern gefolgt? Adoptiv-Eltern sollte sie wohl sagen. Die Wunde in ihrem Herzen war noch zu frisch, um sagen zu können, was das für Auswirkungen auf ihr zukünftiges Leben hatte. Sie liebte ihre Eltern, so viel war sicher, und sie war ihnen unendlich dankbar, dass sie sie aufgenommen hatten. Ihr Leben war wunderbar gewesen, ruhig und stabil und angefüllt mit Gelächter und Freude.

Es dauerte einen Moment, bis sie Lukas ein Stück entfernt entdeckte. Er stand nur da und beobachtete sie, machte aber keine Anstalten, näher zu kommen. Ein scharfer Stich fuhr durch ihr Herz. Wie gern würde sie sich einfach in seine Arme werfen und alles vergessen. Doch das ging nicht. Ohne sein Rumgeschnüffel würde sie schon wieder in ihrem Laden sein und sich mit ihren Farben vergnügen. Stattdessen musste sie sich jetzt fragen, ob ihr ganzes Leben nicht auf einer Lüge aufbaute. Ihre Eltern liebten sie, daran hatte sie keinen Zweifel, genauso wenig wie daran, dass sie nur versucht hatten, das Richtige zu tun. Sie hatten sie nicht verletzen wollen, da war sie sicher. Trotzdem war es nicht das Leben, das für sie vorherbestimmt gewesen war.

Aus den Augenwinkeln warf sie Lukas noch einen Blick zu. Er hatte sich keinen Zentimeter bewegt. Wollte er jetzt wirklich die ganze Zeit dort stehen und sie beobachten? Oder wartete er nur darauf, dass Leia zu ihm zurückkam? Finja strich über den Kopf der Hündin. »Na los, geh zu deinem Herrchen.« Leia blickte sie nur mit ihren braunen Augen an und rührte sich nicht. Mit dem Finger deutete Finja in Lukas' Richtung. »Geh!«

Es hatte keinen Sinn, sie wollte offenbar lieber bei ihr bleiben. Vermutlich würde Lukas deshalb dort bis in alle Ewigkeit stehen. Sollte er ruhig, sie würde einfach nicht hinsehen und vergessen, dass er existierte. Doch das war nicht so leicht. Am liebsten würde sie ihn anschreien und ihm etwas über den Schädel ziehen, aber das würde ihr auch nicht helfen. Wie hatte er das tun können, ohne sie vorher zu fragen? Hätte er das gemacht, hätte sie ihm gesagt, dass er sich da raushalten sollte. Es ging ihn schlicht nichts an. Jetzt hatte er auch noch die kurze Zeit verdorben, die sie vielleicht noch zusammen gehabt hätten.

Leia biss in ihren Ärmel und versuchte, an ihm zu ziehen.

»He, was soll das? Lass los!«

Doch sie hörte nicht. Stattdessen zog sie stärker. Es würde sicher nicht lange dauern, bis der Stoff riss. So etwas hatte Leia bisher noch nicht gemacht. Oder zumindest nur mit ihrem Spielzeug. Finja hatte gesehen, was Darth Vader zugestoßen war. Das wollte sie ihrer Kleidung ersparen. Deshalb stand sie auf und hoffte, dass Leia losließ. Doch die zog unbeirrbar weiter – in Lukas' Richtung. Jetzt verstand sie es. Vermutlich hatte er Leia darauf trainiert, sie zu ihm zu locken.

Finja verdrehte die Augen. Inzwischen sah sie überall schon Verschwörungen. Niemand konnte einer fremden Hündin innerhalb von ein paar Minuten so etwas beibringen. Es war also Leia selbst, die sich als Friedensstifterin versuchte. Das war irgendwie fast schon wieder niedlich. Wahrscheinlich konnte die Hündin nicht verstehen, warum sie nicht mit Lukas zusammen war wie sonst. Gut, wie sollte sie das auch. Ein kurzer Blick zeigte ihr, dass Lukas inzwischen ebenfalls auf sie zukam. Ihr Herz klopfte schneller, während es gleichzeitig brach. Sie hatte ihm vertraut und gedacht, dass er sie nie verletzen würde. Jedenfalls nicht absichtlich. Doch das hatte er mit dem Wühlen in ihrer Vergangenheit.

Die Wut schwappte wieder an die Oberfläche. Als sie sich in der Mitte des Weges trafen, hatte sie ihren Siedepunkt erreicht. »Wie konntest du das tun?«

In seinen Augen glaubte sie, sein schlechtes Gewissen zu erkennen. »Ich habe gesehen, wie sehr du gelitten hast, als Barne den Unfall hatte.« Seine Lippen pressten sich zusammen. »Wir wissen beide, dass ich nicht immer hier sein werde. Ich wollte dir helfen, die Panik zu überwinden und langsam zu heilen. Das geht aber nur, wenn du weißt, was die Angst verursacht hat. Diese Information wollte ich für dich finden. Als Freund. Auf keinen Fall wollte ich dich oder deine Eltern verletzen.«

Finja sah ihn nur mit brennenden Augen an.

»Wir haben so viel Zeit miteinander verbracht, wenn du etwas über mich wissen solltest, dann dass ich verrückt nach dir bin. Ich würde nie etwas tun, das schlecht für dich ist.«

»Genau deshalb tut es so weh, weil ich das nicht von dir erwartet habe. Es fühlt sich an wie ein Stich in den Rücken von dem Menschen, dem man am meisten vertraut.« Ihre Kehle fühlte sich rau an, die Worte kratzten schmerzhaft.

Lukas senkte den Kopf. »Das tut mir leid, es war nie meine Absicht, dir wehzutun. Ich bin wohl einfach nicht für eine Beziehung geschaffen.« Er hielt ihr Leias Leine hin. »Ihre Gesellschaft tut dir vielleicht gut. Klingel einfach nachher, dann nehme ich sie wieder. Oder wenn es dir hilft, kann sie auch über Nacht bei dir bleiben.«

Seine Augen waren wieder sturmgrau, so wie an dem Tag, als sie sich kennenlernten. Sie hatte sich daran gewöhnt, ihn lachen zu sehen. Wie er sie voller Gefühl anblickte. Mit Humor oder Leidenschaft. Jetzt wirkten sie beinahe … tot. Hoffnungslos.

Noch immer schaffte sie es nicht, ihm den Vertrauensbruch zu verzeihen, doch es gelang ihr auch nicht, ihn sich aus dem Herzen zu reißen und wegzuschicken. Dafür waren ihre Gefühle schon viel zu tief. Finja stieß einen stummen Seufzer aus. »Ich glaube dir, dass du mir nicht wehtun wolltest. Trotzdem hast du es geschafft.«

Ein wenig Hoffnung keimte in seinen Augen auf. »Ich weiß und das tut mir wirklich leid. Was kann ich tun, um es dir leichter zu machen? Ich werde alles tun, was du möchtest.«

»Auch wenn es nicht das ist, was du willst?«

»Absolut.« Die Antwort kam wie aus der Pistole geschossen.

»Auch wenn ich sage, dass ich dich nie wiedersehen möchte?«

Sein Gesicht verzerrte sich, aber er nickte. »Wenn es so ist, werde ich das respektieren. Egal, wie schwer es mir fallen wird oder wie sehr es schmerzt.«

Er meinte es ganz offensichtlich ernst. Der Schmerz verringerte sich ein wenig. »Möchtest du mich zum Laden begleiten?«

Verwirrt sah er sie an. »Du schickst mich nicht weg?«

»Nein, das bringe ich nicht fertig, aber du solltest dich besser be mühen, deine Aktion wiedergutzumachen, sonst …« Weiter kam sie nicht, denn Lukas riss sie in seine Arme und drückte sie fest an sich. Deutlich konnte sie das schnelle Pochen seines Herzens spüren. Ihre Wut schmolz in sich zusammen und sie lehnte ihre Wange an seine Brust. Es würde einige Zeit dauern, bis sie die Sache verarbeitet hatte, aber sie wollte das nicht allein tun. Lukas sollte an ihrer Seite sein und ihr dabei helfen. Finja schob ihre Arme um seine Taille und hielt sich an ihm fest. Selbst wenn sie sich immer noch darüber ärgerte, wie er es getan hatte, glaubte sie ihm, dass er gedacht hatte, es wäre das Beste für sie. Vermutlich hatte er versucht, etwas Gutes für sie zu tun, bevor er die Insel verließ. Ihre Kehle schnürte sich zusammen. Sie wollte ihn nicht verlieren. Nicht so. »Ich erwarte, dass du mir nie wieder etwas verheimlichst.«

»Ich verspreche es.« Seine Stimme klang rau. Seine Umarmung lockerte sich etwas und er sah auf sie herunter. »Danke. Ich könnte es verstehen, wenn du nichts mehr mit mir zu tun haben willst, aber ich wäre unglaublich glücklich, wenn ich dich weiterhin lieben darf.«

Ihr Atem stockte, während sie ihn ansah. »Tust du das denn?«

Seine Augen leuchteten warm. »Ja.«

»Oh.«

Unsicherheit breitete sich in seinem Gesicht aus. »Das ist alles, was du dazu sagst?«

Finja versuchte, sich von dem Schock zu erholen und genug Grips zu sammeln, um eine vernünftige Antwort zu geben. »Du hast mich überrascht.«

Lukas schnitt eine Grimasse. »Ich mich auch, aber ich nehme es nicht zurück.«

»Das sollst du auch nicht.« Forschend blickte sie ihn an. »Du sagst das doch nicht nur, weil du denkst, dass ich es hören will? Oder damit ich dich nicht auf den Mond schieße?«

»Nein.« Lukas strich mit der Hand durch seine Haare, wie immer, wenn er aufgebracht war. »Ich hätte es nicht jetzt sagen sollen, tut mir leid. Es war der falsche Zeitpunkt.« Er trat einen Schritt zurück.

Finja packte seinen Pullover und zog ihn dichter zu sich. »Nein, ganz und gar nicht.« Sie stellte sich auf die Zehenspitzen und strich mit ihren Lippen über seine.

Seine Hände schlossen sich um ihre Oberarme und er vertiefte den Kuss. Hungrig eroberte er ihren Mund, sie klammerte sich an ihn, als ihre Beine nachgaben. Nur Lukas schaffte es, dass ihre Gefühle innerhalb kürzester Zeit von furchtbar wütend, über gerührt bis hin zu erregt wechselten. Doch nie konnte sie ihm gegenüber gleichgültig sein, das war jetzt schon absehbar.

Nach einer halben Ewigkeit und trotzdem viel zu früh löste er sich von ihr und betrachtete sie ernst. »Mit dir wird es nie langweilig, oder?«

Finja bemühte sich um ein Grinsen. »Ganz sicher nicht. Und das ist gut für dich. Du neigst dazu, allzu ernst und gewissenhaft zu sein, wenn dich niemand aufrüttelt.«

»Wie gut, dass ich dich habe.« Es klang fast wie eine Frage.

»So ist es. Ich werde dich schon auf Trab halten.«

Lukas lächelte sie an. »Perfekt.« Er hielt ihr seine Hand hin. »Wollen wir jetzt nach Hause?«

Der letzte Ärger verließ Finja und sie atmete tief durch. Sie nahm seine Hand. »Ja.«

Als sie den Weg entlang in Richtung des Ortes gingen, tanzte Leia fröhlich um sie herum. Es war richtig so, das spürte Finja in jeder Faser ihres Körpers.

# 28

Lukas hätte niemals gedacht, dass er so glücklich sein könnte. Gut, die Arbeit auf der Insel war in den letzten Wochen zwar etwas mehr geworden, aber wirkliche Ermittlungen in Verbrechensfällen waren immer noch nicht dabei. Doch das war okay für den Moment, so hatte er mehr Zeit, um sie mit Finja zu verbringen. Sie hatten lange darüber geredet, wie sehr er Finja mit seinen heimlichen Ermittlungen verletzt hatte und letztendlich hatte sie ihm verziehen. Wenn möglich waren sie dadurch sogar noch enger zusammengerückt, ihre Beziehung war tiefer geworden. Er liebte sie, daran musste er sich immer noch gewöhnen. Nie hätte er gedacht, dass er gerade hier die Frau finden würde, die zu ihm gehörte. Und das war das Problem an der Sache. Jeden Tag befürchtete er, dass er zurückbeordert werden könnte. Gleichzeitig wünschte er sich aber auch seinen anspruchsvollen Job zurück. Das zerriss ihn und trübte auf Dauer sein Glück. Im Augenblick war alles noch neu zwischen ihm und Finja, aber irgendwann in der Zukunft würde ihm die Polizeiarbeit auf der Insel nicht mehr reichen.

Das Klingeln der Türglocke riss ihn aus seinen Gedanken. Rasch stand er auf und ging zur Haustür. Er öffnete sie und starrte erstaunt auf die beiden Personen, die vor ihm standen. »Was macht ihr denn hier?«

Janine grinste ihn schief an. »Wow, das ist ja eine Begrüßung!« Seine Kollegin hatte immer noch leichte motorische Probleme und ihre Sprache klang manchmal etwas verwaschen, aber es war in den vergangenen Monaten deutlich besser geworden.

»Entschuldige. Ich freue mich, euch zu sehen, ich hatte nur nicht damit gerechnet. Warum hast du nicht vorher angerufen, dann hätte ich euch vom Hafen abgeholt.« Er umarmte Janine und anschließend ihre Tochter Natalie, die tatsächlich ein Stück gewachsen war, seit er sie zuletzt gesehen hatte.

»Wir wollten dich überraschen. Außerdem musst du ja arbeiten, da wollte ich nicht stören.«

»O bitte, stör mich!«

Janine lachte. »Okay.« Schnell wurde sie wieder ernst. »Ich gehe davon aus, dass dich der Job hier immer noch nicht befriedigt?«

»Richtig.«

»Dann wird es dich sicher freuen, dass Bewegung in den Fall gekommen ist. Ich weiß nicht genau, wie, weil ich nicht mehr daran beteiligt bin. Aber Wagner hat gesagt, dass sie kurz vor dem Durchbruch stehen. Offenbar hat ein Untergebener von Hogeboom Informationen über die bevorstehende Razzia kurz vor dem Einsatz an die Bande weitergegeben. Offenbar war er in die Sache verwickelt und hat ordentlich abkassiert. Soweit ich das verstanden habe, hat Hogeboom das schon vor einiger Zeit herausgefunden und nichts getan. Momentan rollen Köpfe.«

»Rollen sie auf dem Boden?« Die Frage kam von Natalie, die mit großen Augen zugehört hatte.

Janine schnitt eine Grimasse. »Entschuldige, Spatz, das war nicht für deine Ohren bestimmt. Ich meinte das aber nicht wörtlich, es bedeutet, dass einige Leute nicht mehr Polizisten sein werden.«

Lukas wurde bewusst, dass sie immer noch draußen standen. »Möchtet ihr reinkommen?«

»Wir können auch später wiederkommen, wenn du Feierabend hast.«

»Nein, nicht nötig. Kommt, ich zeige euch mein vorübergehendes Reich. Ach ja, und ihr kennt Leia ja noch gar nicht.« Er trat zur Seite und ließ sie ins Haus.

Natalie sah sich neugierig um. »Ist Leia deine Freundin?«

Das entlockte ihm ein Grinsen. »Das auch, vor allem ist sie aber eine Hündin. Ich habe sie vor ein paar Wochen gefunden und bisher ist es mir noch nicht gelungen, ihren Halter zu ermitteln.«

Die Augen des Mädchens leuchteten auf. »Ein Hund! Kann ich sie streicheln?«

»Aber klar.«

Sowie er die Tür zum Büro öffnete, kam Leia schwanzwedelnd auf sie zu. Glücklicherweise stürzte sich die Hündin nicht auf die Besucher, auf keinen Fall sollte Natalie Angst bekommen. Dicht vor dem Kind setzte sich Leia und streckte nur den Kopf vor, um an ihr zu schnüffeln.

Natalie lachte verzückt auf. »Sie ist wunderschön.« Sie sah ihre Mutter an. »Darf ich sie streicheln?«

Lukas nickte Janine zu, als die ihn fragend anblickte.

»Ja, aber sei ganz behutsam. So wie ich es dir beigebracht habe.«

Lukas beobachtete lächelnd, wie sich Leia in der Aufmerksamkeit des Mädchens sonnte. Artig ließ sie sich streicheln und leckte zum Schluss als Dank über Natalies Hand. Das Mädchen quietschte vergnügt. Beruhigt, dass die beiden sich gut verstanden, zeigte er Janine sein Büro.

Interessiert sah seine frühere Kollegin sich um. »Gemütlich.«

»Man kann es hier aushalten.«

Janine hob die Augenbrauen. »Aber du langweilst dich zu Tode.«

»Ja. Immerhin ist jetzt schon etwas mehr auf der Insel los und damit häufen sich auch die Delikte, aber das ist alles nichts im Vergleich zu dem, was ich in Oldenburg gemacht habe.«

»Das kann ich mir vorstellen.«

Lukas kam eine Idee. »Habt ihr Lust, an den Strand zu gehen? Leia kann ein wenig Bewegung gebrauchen.«

»Ja!« Das kam von Natalie.

Janine lächelte. »Ich würde sagen, die Antwort war eindeutig.«

»Ich suche nur schnell meinen Kram zusammen, dann können wir los.«

»Kannst du denn einfach hier weg?«

Lukas hob die Schultern. »Eine der Aufgaben des Inselpolizisten ist es, auf der Insel für Ordnung zu sorgen. Das kann ich ja nicht nur vom Schreibtisch aus.« Er band den Gurt um und holte die Pistole aus dem Waffentresor. Es war warm genug, dass er keine Jacke brauchte, deshalb band er nur noch Leia das Geschirr um und befestigte die Leine daran. »Wir sind bereit.«

Janine grinste ihn an. »Mich wundert, dass Leia keinen Waffengurt hat.«

»Sie hat die Ausbildung noch nicht abgeschlossen.« Lukas bemühte sich um ein ernstes Gesicht.

Wie erhofft brachte es Janine zum Lachen. Es tat gut, sie so zu sehen. Noch immer sah er vor sich, wie sie still und leblos in dem Krankenhausbett gelegen hatte. Sie hatte es seitdem weit gebracht. Er war einfach nur dankbar, dass es ihr inzwischen wieder so gut ging.

Gemeinsam gingen sie langsam in Richtung Strand, Natalie führte Leia stolz an der Leine. Es war grandios, zu sehen, wie sich die Hündin bemühte, nicht zu stark zu ziehen, weil sie wusste, dass das kleine Mädchen sie nie halten könnte. Trotzdem blieb Lukas immer neben ihnen, um sicherzustellen, dass nichts passierte.

Sie gingen über die Düne zum Hundestrand. An der höchsten Stelle blieb Janine stehen, blickte über den Strand aufs Meer und atmete tief durch. »Schön hast du es hier.«

Obwohl er diesen Anblick jeden Tag genießen konnte, gefiel er ihm immer noch. »Ja.«

Während sie hinuntergingen, hakte sich Janine bei ihm ein, um ihren unsicheren Gang in dem tiefen Sand auszugleichen. Sie blickte ihn von der Seite an. »Darf ich dir etwas sagen?«

»Klar, was denn?« Seit wann fragte Janine, bevor sie ihre Meinung äußerte?

»Die Insel steht dir gut. Du bist viel entspannter als früher. Du wirkst fast … glücklich.«

Verlegen suchte er nach einer Antwort und entschied sich schließlich für die Wahrheit. »Das liegt nicht an der Insel.«

Janines Augenbrauen wanderten nach oben. »Ach, woran denn dann? Der Job wird es ja nicht sein.« Ihr Gesicht erhellte sich. »Eine Frau!«

Rasch blickte er sich um, ob jemand in der Nähe war. »Finja, sie lebt hier auf der Insel.«

»Toll! Ich habe ja fast schon nicht mehr daran geglaubt, dass du dein Herz endlich öffnest.« Janine strahlte ihn an. »Ich freue mich sehr für dich.«

»Danke.«

»Okay, und warum bist du jetzt nicht völlig und super glücklich?«

»Weil der Job mich nicht zufriedenstellt. Selbst wenn mein Vorgänger nicht zurückkommen sollte, kann ich mir nicht vorstellen, mein gesamtes Leben nur noch diese Arbeit zu machen. Das Highlight hier war, dass ein betrunkener Tourist nachts randaliert und in einen Vorgarten gepinkelt hat.«

»Verstehe.« Janine nickte nachdenklich. »Das ist tatsächlich ein Problem. Und wenn sie mit nach Oldenburg kommt?«

»Finja hat hier einen Laden, in dem sie ihre Kunstwerke verkauft. Sie ist auf die Touristen angewiesen. Außerdem leben ihre Eltern hier und sie stehen sich sehr nah. Ich könnte sie nie hier rausreißen, wenn ich weiß, dass sie woanders nicht glücklich wird.«

»Du hast also schon darüber nachgedacht.«

»Natürlich. Seit ich sie kenne, tue ich kaum etwas anderes. Aber ich sehe keine Lösung, die uns beiden gerecht wird.« Und bei der sie nicht irgendwann einen Groll hegen würden, weil einer von ihnen etwas für den anderen aufgegeben hatte. Liebe allein reichte eben doch nicht, wenn man etwas Bestimmtes im Leben wollte.

»Das ist wirklich schwierig, aber ich bin sicher, ihr werdet einen Weg finden, wenn es euch ernst ist. Ich kann dir nur eine Sache sagen: Das Leben kann sehr schnell zu Ende sein. Wenn du das Glück findest, halt es mit beiden Händen fest.«

Lukas zog sie an sich und küsste sie auf die Wange. »Ich weiß schon, warum du immer meine Lieblingskollegin warst.«

Janine lachte. »Ich habe deine Schmeicheleien vermisst.«

»Das meine ich völlig ernst.« Langsam setzten sie den Weg fort, während Natalie mit Leia vorlief. »Es tut mir so leid, dass ich das, was dir passiert ist, mit verschuldet habe.«

»Hast du? Wie das? Du konntest ja nicht wissen, dass diese Verbrecher vorgewarnt waren und versuchen würden zu fliehen. Es war einfach Pech, dass ich im Weg stand. Du hättest nichts daran ändern können.«

Vielleicht nicht, trotzdem fühlte er sich als Einsatzleiter dafür verantwortlich. »Ich hätte mit einem Fluchtversuch rechnen müssen.«

»Das hast du doch, aber niemand konnte wissen, dass sie schon fliehen, während wir gerade ankommen. Du bist kein Hellseher, Lukas, das erwartet auch niemand von dir.«

Doch, er selbst. Die Erinnerung daran, wie Janine von dem Auto getroffen wurde, würde er nie vergessen können. Im ersten Moment hatte er wirklich gedacht, dass sie sterben würde. Selbst im Krankenhaus hätten sie Janine noch verlieren können. Dass sie jetzt überhaupt neben ihm stand, war ein Wunder. »Ich hoffe, diese Drecksäcke kriegen die Strafe, die sie verdienen. Hogeboom eingeschlossen.«

»Das werden sie bestimmt.« Sie neigte den Kopf. »Was den Kriminaldirektor angeht, da bin ich nicht sicher, ob es für ihn Konsequenzen haben wird. Er behauptet steif und fest, er hätte davon nichts gewusst.«

»Kann sein, dass er es vorher nicht wusste, aber als ich mit ihm gesprochen habe, muss er es zumindest schon geahnt haben, sonst hätte er mich nicht versetzen lassen.«

Janine nickte. »Ja, das ist anzunehmen. Nachdem du hier eine wunderbare Frau gefunden hast, bist du immer noch sauer, dass du hierher versetzt wurdest?«

»Über die Sache an sich, ja. Aber wenn ich mir vorstelle, Finja sonst nie kennengelernt zu haben …« Er hob die Schultern. »Vielleicht sollte es so kommen.«

# 29

Finja sah auf, als Lukas in den Laden kam. Seinem Gesichtsausdruck war anzusehen, dass er etwas auf dem Herzen hatte. Sie konnte sich auch schon vorstellen, was es war. Schließlich hatte sie ihn vorhin mit einer anderen Frau am Strand gesehen, die sich bei ihm eingehängt hatte und sich während sie redeten an ihn lehnte. Ein kleines Mädchen war bei ihnen, das mit Leia am Strand spielte. Erst hatte Finja zu ihnen gehen wollen, doch stattdessen hatte sie weiter nach schönen Muschelschalen gesucht. Lukas hatte versprochen, dass er in Zukunft immer ehrlich zu ihr sein würde und dies war eine gute Gelegenheit, um zu sehen, ob er es ernst meinte.

»Hallo.« Er beugte sich über die Ladentheke und küsste sie sanft.

Ihr Herz begann schneller zu klopfen. Finja sah auf die Uhr, es war noch nicht mal vier Uhr. »Was treibt dich schon hierher?«

»Ich muss mit dir reden.«

Das klang verdammt ernst. Langsam bekam sie doch ein wenig Angst. »Worüber?«

»Mein früherer Chef hat eben angerufen. Ich kann meinen alten Job wiederhaben. Sowie sie einen Ersatz für meinen Vorgänger gefunden haben, ist mein Aufenthalt hier zu Ende.«

Ein scharfer Schmerz fuhr durch ihr Herz, aber sie versuchte, zu lächeln. »Das ist doch toll, oder? Darauf hast du die ganze Zeit gewartet.«

»Ja, schon …« Er wirkte überhaupt nicht glücklich.

»Aber?« Sie fragte es, obwohl sie wusste, was sein Problem war. Auch wenn es das Letzte war, was sie wollte, musste sie ihn jetzt gehen lassen. »Du musst dir meinetwegen keine Gedanken machen. Ich wusste von Anfang an, dass unsere Beziehung ein Enddatum hat. Ich habe das akzeptiert. Es ist okay, Lukas.« Die Worte schmeckten bitter.

»Nein, das ist es nicht. Ich will dich nicht verlieren.« Kummer stand in seinen Augen.

Der Schmerz vervielfachte sich. Es wäre einfacher, wenn er sich wie ein Arschloch verhalten würde. Stattdessen war er genauso liebenswürdig wie immer. Und ja, sie war froh, dass er ebenfalls ein Problem damit hatte, sich von ihr zu trennen, aber das würde ihnen nicht weiterhelfen. Sie würden sich nur beide mies fühlen. »Ich dich auch nicht, aber es gibt keine andere Lösung. Die Arbeit hier erfüllt dich nicht, was ich gut verstehen kann. Dein Leben ist in Oldenburg, deine Familie, deine Freunde.«

»Aber du bist es nicht.«

»Nein. Vielleicht kannst du ja hierher kommen, wenn du Urlaub hast. Oder am Wochenende.« Noch während sie es sagte, wurde ihr klar, dass ihnen das nie reichen würde. Vor allem arbeitete sie an den Wochenenden, da würden sie sich besonders im Sommer kaum sehen können. Es würde schnell unbefriedigend werden und noch mehr schmerzen als jetzt schon.

»Ich habe nachgesehen, es dauert ohne Staus und Baustellen etwa eine Stunde von Oldenburg bis nach Neuharlingersiel. Das wäre also fahrtechnisch machbar, aber ich habe nicht gerade den klassischen Job, bei dem ich um sechzehn Uhr Feierabend habe. Das hängt immer von den Fällen ab und manchmal arbeite ich auch das Wochenende durch.«

Finja nickte traurig. »Es ist für uns beide nicht gerecht.«

»Aber was ist die Alternative? Dass wir unsere Beziehung beenden und uns nie wiedersehen?«

Der Schmerz schoss so scharf durch sie, dass sie aufkeuchte und eine Hand auf ihre Brust presste. Tränen bildeten sich in ihren Augen. »Das wird vermutlich das Beste sein, wenn wir uns nicht immer wieder verletzen wollen.«

Lukas trat um den Tresen herum und zog sie in seine Arme. »Nein, ich weigere mich, dich – uns – aufzugeben. Wir sind gut zusammen, es fühlt sich richtig an.«

»Das tut es.« Inzwischen liefen die Tränen über ihre Wangen, ihre Stimme klang erstickt.

»Dann müssen wir dafür kämpfen. Ich bin sicher, uns fällt eine Lösung ein, wenn wir bereit sind, Kompromisse einzugehen.«

»Darüber haben wir doch schon gesprochen. Wenn du den Job hier weitermachst, wird dich das irgendwann nur noch frustrieren. Das würde unserer Beziehung schaden. Und ich habe hier meinen Laden und kann nicht weg. Oder ich könnte schon, aber dann kann ich nicht genug verdienen, um davon leben zu können und ich möchte nicht von jemandem finanziell abhängig sein.«

»Das verstehe ich sehr gut. Ich würde auch nicht wollen, dass du deine Eltern verlässt. Oder die Insel, die du liebst.« Er legte seine Hände um ihr Gesicht. »Janine sagte, dass ich das Glück festhalten soll, wenn ich es finde. Und bei dir, mit dir, bin ich glücklicher als je zuvor. Ich kann dich nicht loslassen.« Mit den Daumen wischte er die Tränenspuren von ihren Wangen.

»Aber wir hatten gesagt, dass es nur für die Zeit ist, in der du hier bist und wir uns danach ohne Bedauern trennen.«

Tief sah er in ihre Augen. »Möchtest du das?«

Stumm schüttelte sie den Kopf.

Erleichtert atmete er auf. »Ich auch nicht. Deshalb müssen wir eine Lösung finden, die uns beiden gerecht wird.«

»Wer ist eigentlich Janine?« Sie konnte es sich schon vorstellen, aber sie wollte es von ihm hören.

In seinem Gesicht stand keine Spur von Schuld. »Janine ist die Kollegin, die bei dem Einsatz, wegen dem ich hierher versetzt wurde, schwer verletzt wurde. Ich hatte dir neulich davon erzählt. Momentan ist sie mit ihrer Tochter zur Erholung auf der Insel und hat mich besucht.«

»Hast du sie zum Essen eingeladen?«

»Nein, wir waren mit Leia am Strand.« Er lächelte. »Natalie hat einen Narren an ihr gefressen. Ich fürchte, Janine wird sich jetzt öfter anhören können, dass sie auch einen Hund haben möchte.«

Jetzt war Finja froh, dass sie Lukas nicht darauf angesprochen und sich lächerlich gemacht hatte. »Ich meinte heute Abend. Ihr könntet ins Wilkins gehen.«

»Also wenn, dann wir alle zusammen. Wenn du sie kennenlernen möchtest, kann ich sie anrufen.«

»Ja, gern.«

Seine Augen leuchteten auf. »Das freut mich. Sie ist wirklich toll. Wie sie sich aus dem Koma zurückgekämpft und sogar einige Dinge ganz neu gelernt hat, ist beeindruckend.«

Wenn sie ihn nicht schon lieben würde, hätte sie sich spätestens jetzt in ihn verliebt. »Ist ihr Mann auch hier?«

»Nein, der muss arbeiten. Sie macht eine Kur in der Mutter-Kind-Klinik.«

Finja sah auf die Uhr an der Wand. »Wie wäre es, wenn du sie anrufst, während ich den Laden etwas früher schließe. Es ist heute sowieso kaum was los.«

»Bist du sicher? Ich kann auch warten, bis du fertig bist.«

»Wenn wir nachher Essen gehen, will ich wenigstens vorher noch etwas von dir haben. Ganz für mich allein.« Wer wusste, wie lange sie noch die Gelegenheit dazu haben würde.

Lukas' Lächeln wurde breiter. »Da sage ich bestimmt nicht Nein.« Er beugte sich vor, bis seine Lippen fast ihr Ohr berührten. »Ich kann es kaum erwarten.«

Verlangen strömte so schnell durch ihren Körper, dass sie ein Stöhnen unterdrücken musste. »Na dann beeil dich lieber mit dem Telefonat.«

»Mache ich.« Mit einem breiten Grinsen zog er sein Handy heraus und bewegte sich zum Eingang des Ladens.

Finja beobachtete ihn einen Moment, dann erinnerte sie sich daran, dass sie noch die Abrechnung machen musste. Viel war das nicht, sodass sie innerhalb kürzester Zeit fertig war. So konnte sie gerade noch sehen, wie Lukas das ‚Geschlossen'-Schild aufhängte und die Ladentür abschloss. Jede Faser in ihrem Körper kribbelte, als er mit einem entschlossenen Gesichtsausdruck auf sie zukam. Fast könnte sie Angst vor ihm bekommen, so fokussiert war er auf sie. Langsam machte sie ein paar Schritte zurück, während sie ihn weiter ansah. Sie stoppte erst, als sich die Kante ihres Arbeitstischs in der Werkstatt in ihren Rücken bohrte. Lukas zog hinter sich den Vorhang zu, der den Durchgang zum Laden verdeckte.

»Alles fertig?« Lukas' Stimme klang tiefer als sonst.

»Ja.« Sie fühlte sich seltsam fiebrig.

»Gut.« Lukas legte seine Hände um ihre Taille und hob sie scheinbar mühelos hoch, bis sie auf dem Tisch saß.

Verwirrt sah sie ihn an. »Wollten wir nicht ins Bett?«

Lukas grinste sie an. »Du wolltest allein sein, das sind wir jetzt. Oder hast du etwas dagegen einzuwenden?«

Finja schlang die Arme um seinen Nacken. »Nein, absolut nicht.« Sie zog ihn dichter an sich. »Liebe mich.«

Lukas küsste sie, bis sie atemlos war. »Das tue ich.«

Einige Zeit später lagen sie eng umschlungen im Bett. Ihr Körper summte vor Zufriedenheit. Wie sollte sie Lukas jemals aufgeben? Sie konnte sich nicht vorstellen, dass sie einen anderen Mann finden würde, der sie so vervollständigte. Es musste einfach eine Möglichkeit geben, wie sie zusammen sein konnten. Vielleicht wenn sie ihr Online-Geschäft weiter ausbaute …

»Ich glaube, ich habe eine Lösung.« Offenbar kreisten Lukas' Gedanken um die gleiche Sache.

Finja drehte sich aufgeregt zu ihm um. »Wirklich? Welche?«

»Ich bleibe den Sommer über hier. Soweit ich das verstanden habe, wird im Sommer immer ein zweiter Polizist auf die Insel abgeordnet. Das geht also auch, wenn mein Vorgänger zurückkommen sollte. Und ich könnte Leia behalten.« Er lächelte sie an. »Natürlich bräuchte ich dann eine andere Unterkunft hier.«

»Du kannst jederzeit bei mir unterkommen, wenn es dir nicht zu eng ist. Vielleicht bekommt die Aushilfskraft auch ein Apartment bezahlt oder so.« Finja runzelte die Stirn. »Aber was ist mit deinem Job in Oldenburg? Ich glaube nicht, dass dein Vorgesetzter begeistert ist, wenn er dich nur im Winter sieht.«

»Nein, das wird er nicht sein. Ich lasse mich hier an die Küste versetzen. Nach Aurich oder Wittmund, die sind näher dran und größer als die Insel. Dort nehme ich mir eine Wohnung. Dann kann ich zwischendurch immer zu dir kommen, wenn der Job es erlaubt. Ich muss natürlich vorher mit der Dienstleitung absprechen, dass ich dann immer nur von Oktober bis April dort bin und von Mai bis September auf Spiekeroog eingesetzt werde.«

»Meinst du, das machen sie?«

Lukas zuckte mit einer Schulter. »Ich werde es auf jeden Fall probieren. Zumindest wenn du die Idee gut findest.«

»Ich finde sie toll!« Finja dachte einen Moment nach. »Wie wäre es, wenn ich im Winter mit zu dir komme? Meine Kunst kann ich auch woanders herstellen und wenn ich den Laden vielleicht nur am Wochenende öffne in den Wintermonaten und ansonsten online verkaufe, sollte ich auch mit dem Geld hinkommen.« Das funktionierte natürlich nur, wenn Lukas wirklich einen Job irgendwo in der relativen Nähe bekam.

Ein glückliches Lächeln breitete sich auf Lukas' Gesicht aus. »Das klingt nach einem perfekten Plan. Wir können zusammen sein und trotzdem das machen, woran unser Herz hängt. Und du bist in der Nähe deiner Eltern.«

»Ja.« Finja traute sich noch nicht ganz, die Freude zuzulassen, die in ihr aufsprudeln wollte. »Aber bist du sicher, dass du deinen Job in Oldenburg aufgeben willst? Ich dachte, du magst deine Kollegen und die Arbeit. Und was ist mit deiner Familie und deinen Freunden?«

Lukas küsste ihre Nasenspitze. »Ich mag den Job und auch Janine und die anderen Kollegen. Allerdings hat mir nicht gefallen, wie ich dort behandelt worden bin, nur weil ich unbequeme Fragen gestellt habe. Deshalb habe ich sowieso überlegt, ob ich nicht woanders hingehe. Was Familie und Freunde angeht, ich werde sie vermissen, aber ich bin ja nicht aus der Welt. Sonst haben wir uns auch nicht ständig gesehen. Es ist kein Problem hin und wieder mal nach Oldenburg zu fahren. Ansonsten gibt es Mails und Skype und was auch immer.«

»Ich möchte nicht der Grund sein, dass du dich einsam fühlst.«

»Wie könnte ich das, wenn du bei mir bist?« Seine Hand fuhr an ihrem Arm hinab, seine Finger verschränkten sich mit ihren. »Im Grunde ist es ganz einfach: Ich kann ohne meine Familie und Freunde um mich leben, aber nicht ohne dich. Ich liebe dich über alles.«

Finjas Kehle zog sich zusammen. »Ich liebe dich auch.«

Sein Kuss war sanft. »Dann werde ich meinem Vorgesetzten sagen, dass ich nicht zurückkomme. Ich bin ja sowieso noch weiter hier eingesetzt, so habe ich genug Zeit, um mir etwas anderes zu suchen und alles Weitere in Gang zu setzen.« Er lächelte sie schief an. »Jetzt wirst du mich nicht mehr los.«

Finja stieß einen lauten Freudenschrei aus und warf sich auf Lukas. »Falsch. Ich lasse dich nie mehr gehen. Du gehörst jetzt mir. Mit Haut, Haaren und Hund.«

Lukas lachte laut auf und hielt sie so fest, dass sie wusste, er würde sie nie loslassen.

***Im September geht es in der Nordseebrise-Reihe weiter …***

# Nachwort

Liebe Leserinnen und Leser,

ich hoffe, Finjas und Lukas' Geschichte auf Spiekeroog hat euch genau so viel Spaß bereitet wie mir beim Schreiben und bei der Recherche auf der Insel! Wenn ihr mehr über das Buch, meine Recherchen, die Charaktere und Tiere erfahren möchtet, schaut gern auf meiner Facebookseite oder auf Instagram vorbei. Wenn ihr Fragen oder Anmerkungen haben, könnt ihr mir auch gern eine E-Mail schicken. Ich freue mich, euch dort zu treffen oder von euch zu hören!

Facebook: https://www.facebook.com/100063804636173
Instagram: #livhansen_autorin
Email: info@livhansen.de

Ich freue mich über jede Rezension oder Bewertung bei Amazon und bedanke mich dafür sehr herzlich. Wenn ihr auf meiner Autorenseite bei Amazon unter meinem Porträt auf 'Folgen' klickt, werdet ihr in Zukunft automatisch über neue Bücher von mir informiert.

Alles Liebe

*Liv Hansen*

## Band 1 der Nordseebrise-Reihe verpasst?

Der erfolgreiche Koch Joris Wilkens kehrt aus Kalifornien zurück auf seine idyllische Heimatinsel Spiekeroog, um das Familienrestaurant zu übernehmen – zumindest für einige Wochen, bis sich sein Vater von einem Herzinfarkt erholt hat. Was er allerdings nicht weiß: Auch seine Jugendliebe Lena ist inzwischen wieder auf der Insel. Schnell flammen die alten Gefühle zwischen ihnen auf, nachdem Joris ihr bei der Rettung eines Katzenbabys hilft. Sie gehören zusammen, das wird ihnen in der Nordseebrise zwischen Strand und Dünen bald klar. Doch Joris sieht seine Zukunft wegen seines tyrannischen Vaters weiter im Ausland, während Lena das Hotel ihrer Famlie vor dem Konkurs bewahren muss. Wie wird sich Joris entscheiden: Foodtruck in Kalifornien oder ein Leben mit Lena an der Nordsee?

Die Nordseebrise-Reihe ist bei Amazon als Ebook erhältlich. Das Taschenbuch ist überall erhältlich.

1. Inselglück auf Umwegen
2. Inselgefühle in Aufruhr
3. Inselliebe mit Chaos
4. Inselzauber wider Erwarten

## So geht es mit Band 2 weiter …

Die Lektorin Nele Winter genießt die Ruhe in ihrer gemütlichen Kate auf der idyllischen Insel Spiekeroog. Ihr friedliches Leben gerät jedoch ins Wanken, als der Anwalt Rick Kulpepper, ein Dauergast im Hotel Dünenblick, sie vor dem Ertrinken aus der kalten Nordsee zu retten versucht. Allerdings braucht sie seine Hilfe nicht, und auch keinen Mann, der bald wieder aus ihrem Leben verschwinden wird. Schon einmal hat sie eine ähnliche Erfahrung gemacht und wäre beinahe daran zerbrochen. Auch Rick hätte lieber auf die Begegnung mit Nele verzichtet. Denn wie soll er sich jetzt noch von ihr fernhalten, wie er es sich geschworen hat? Unerwartet wirbelt ein kleines Schwein ihr Leben gehörig durcheinander und sie erkennen, dass sie gemeinsam glücklicher sind. Wäre da nicht Ricks dunkles Geheimnis, das alles zu zerstören droht ...

Die Nordseebrise-Reihe ist bei Amazon als Ebook erhältlich. Das Taschenbuch ist überall erhältlich.

1. Inselglück auf Umwegen
2. Inselgefühle in Aufruhr
3. Inselliebe mit Chaos
4. Inselzauber wider Erwarten

## Wie es mit Rieke und Nando weitergeht …

Zusammen mit ihrem Bruder führt Rieke das Familienrestaurant Wilkens auf der idyllischen Insel Spiekeroog. Alles könnte so schön sein, wäre da nicht der Halbspanier Nando, der für ihre Mutter als Servicekraft einspringt und sie mit seiner lockeren Art beinahe um den Verstand bringt. Immer wieder geraten sie aneinander, weil er sie nicht in Ruhe lässt. Wen interessiert schon sein aufgesetzter südländischer Charme und seine Tierliebe? Bis Rieke erkennt, dass sie ihn nur auf Abstand hält, weil sie Angst hat, verletzt zu werden, wenn er irgendwann die Insel verlässt. Sie gibt der Anziehung nach und für eine Weile ist sie unglaublich glücklich mit ihm, obwohl sie nichts über seine Vergangenheit weiß. Doch dann gerät er in Lebensgefahr und sie fürchtet, ihn für immer zu verlieren …

Die Nordseebrise-Reihe ist bei Amazon als Ebook erhältlich. Das Taschenbuch ist überall erhältlich.

1. Inselglück auf Umwegen
2. Inselgefühle in Aufruhr
3. Inselliebe mit Chaos
4. Inselzauber wider Erwarten

## Über Liv Hansen

Schon in ihrer frühesten Kindheit baute Liv Hansen die ersten Sandburgen am Meer und beobachtete das Spiel der Wellen. Reisen, malerische Landschaften und absolute Ruhe sind nach wie vor ihre Quellen der Inspiration. In ihren Inselromanen verknüpft sie romantische Geschichten mit beeindruckender Natur und dörflicher Gemeinschaft – Nordseebrise inklusive. Nach den ersten vier Bänden der Nordseebrise-Reihe 'Inselglück auf Umwegen', 'Inselgefühle in Aufruhr', 'Inselliebe mit Chaos' und 'Inselzauber wider Erwarten', erscheint am 13. September der fünfte Band 'Inseltraum mit Hindernissen'.

Ihr findet mich auch auf folgenden Kanälen:

Email: info@livhansen.de
Facebook: https://www.facebook.com/100094325571541
Instagram: livhansen_autorin

Ich freue mich darauf, euch dort zu treffen!

## Inselromane von Liv Hansen:

*Nordseebrise-Reihe:*
1. Inselglück auf Umwegen
2. Inselgefühle in Aufruhr
3. Inselliebe mit Chaos
4. Inselzauber wider Erwarten

## Romane von Michelle Raven:

*Lyons Ranch-Reihe:*
1. Soul Deep
2. Wild Heat
3. Cold Fate
4. Torn Heart

*Lyons Creek-Reihe:*
1. Deadly Secret
2. Past Sins
3. Broken Promises

*The Riverside Club-Reihe:*
1. Hüllenlos
2. Hilflos
3. Haltlos
4. Schuldlos

*Crossroads-Reihe:*
1. Ohne Gnade
2. Ohne Ausweg

*Dyson-Dilogie:*
1. Eine unheilvolle Begegnung
2. Verhängnisvolle Jagd

*Ghostwalker-Reihe:*
1. Die Spur der Katze
2. Pfad der Träume
3. Auf lautlosen Schwingen
4. Fluch der Wahrheit
5. Ruf der Erinnerung
6. Tag der Rache

*Außerdem erhältlich:*
Tödliche Verfolgung
Perfektion
Das Flüstern der Savanne
Fallen from Olymp (Novelle)

*Hunter-Reihe:*
1. Vertraute Gefahr
2. Riskante Nähe
3. Gefährliche Vergangenheit
4. Trügerisches Spiel
5. Späte Vergeltung
6. Ein letzter Funke Hoffnung
7. Tiefe Strömung (Novelle)

*Montgomery-Reihe:*
1. Tödliche Glut
2. Riskante Rache
3. Fatale Jagd
4. Düstere Last

*TURT/LE-Reihe:*
1. Gefährlicher Einsatz
2. Riskantes Manöver
3. Geheime Mission
4. Brisanter Auftrag
4.5 Dunkle Hoffnung (Novelle)
5. Letzte Rettung
6. Tödliche Bedrohung

*RIOS-Reihe:*
1. Riskanter Verdacht
2. Brisante Wahrheit
3. Gefährliche Beute
4. Fatale Täuschung
5. Kalte Vergeltung
6. Grausamer Verrat

*Love & Passion (erotische Novelle):*
1. Verhängnisvolles Verlangen
2. Flammende Leidenschaft
3. Atemloses Begehren
4. Tiefe Sehnsucht

## Romane von Hailey R. Cross:

*Cougar Mountain-Reihe:*
1. Cougar Mountain Troublemaker
2. Cougar Mountain Heartslayer
3. Cougar Mountain Warrior

## Kriminalromane von Liv Sievers:

*Vanessa Lux-Reihe:*
1. Lagerraum 113
2. Kältekammer